外国文学研究丛书

生存危机中的自我与他者
——朱利安·巴恩斯小说研究

毛卫强　著

本书得到教育部人文社会科学研究青年基金项目(10YJC752030)和国家留学基金(〔2013〕3018)的资助。

苏州大学出版社

图书在版编目(CIP)数据

生存危机中的自我与他者:朱利安·巴恩斯小说研究 / 毛卫强著. —苏州:苏州大学出版社,2015.9
(外国文学研究丛书)
ISBN 978-7-5672-1485-9

Ⅰ.①生… Ⅱ.①毛… Ⅲ.①巴恩斯,J.-小说研究 Ⅳ.①I561.074

中国版本图书馆 CIP 数据核字(2015)第 205521 号

书　　名：	生存危机中的自我与他者
	——朱利安·巴恩斯小说研究
作　　者：	毛卫强
责任编辑：	汤定军
策划编辑：	汤定军
装帧设计：	刘　俊
出版发行：	苏州大学出版社(Soochow University Press)
社　　址：	苏州市十梓街1号　邮编: 215006
印　　装：	苏州恒久印务有限公司
网　　址：	www.sudapress.com
E - mail：	tangdingjun@suda.edu.cn
邮购热线：	0512-67480030
销售热线：	0512-65225020
开　　本：	700mm×1000mm　1/16　印张: 14.75　字数:249千
版　　次：	2015年9月第1版
印　　次：	2015年9月第1次印刷
书　　号：	ISBN 978-7-5672-1485-9
定　　价：	48.00元

凡购本社图书发现印装错误,请与本社联系调换。服务热线:0512-65225020

前　言

朱利安·巴恩斯是当今英国文坛最具影响力的作家之一。在很大程度上，巴恩斯的小说具有半自传特征，小说叙事是他探讨日常生活中他所关注的实际问题的中介。另外，巴恩斯的小说从本质上来说是一种危机叙事，探讨个体如何在日常生活危机中借助叙事来发展自我身份并认知生活。鉴于这两方面的原因，本书试图从叙事中介的角度，探讨巴恩斯的危机叙事在发展小说人物以及他本人的自我身份和认知生活等方面所起的中介作用。

"叙事中介"这一概念于20世纪80年代中期在澳大利亚兴起。受后现代主义和社会建构主义的影响，它强调个体或特定群体在治疗专家的协调下通过突破权威的多元叙事来认知生活并发展自我身份。随后，法国诠释学家保罗·利科发展了这一概念，指出自我身份是一种阐释，表明个体或群体只能借助日常生活中的叙事这一间接手段才能获取自我身份的阐释。无论在叙事诊疗中，还是在叙事身份建构中，个体或群体所依赖的叙事中介既包括基于事实的历史叙事，也包括基于想象的虚构性叙事。通过文本细读，笔者发现巴恩斯的小说所探讨的叙事中介融合了虚构和历史。另外，巴恩斯所关注的对象既包括备受生活问题困扰的个体，也包括特定处境下的社会群体。虽然巴恩斯的小说中的有些主人公经历过某种精神创伤，但他们用来发展自我身份和认知生活的叙事却都是自我追寻的结果，根本未受到任何治疗专家的引导。鉴于此，本书指出，巴恩斯所关注的叙事中介更接近利科所提出来的作为自我阐释的日常生活的叙事。

从叙事中介的角度来研究巴恩斯的小说是学界近几年逐渐发展起来的新颖的视角。加上它本身是一个新兴的课题，无论是在理论研究上，还是在批评实践上，该视角下的巴恩斯研究在深度、广度和力度上都显得相对不足。在本书中，笔者将结合危机叙事理论、叙事身份理论和现代身份理论的基本概念,从婚姻危机、信仰危机、道德危机这三个层面来分析巴恩斯的小说叙事在发展自我身份、认知生活方面所起的中介作用。一方面,从危机叙事理论、叙事身份理论和现代身份理论的视角来探讨巴恩斯的小说在建构自我身份方面所起的中介作用,不仅能够拓展叙事中介研究的理论基础,而且能够拓展巴恩斯研究的视域,为巴恩斯研究做贡献。另一方面,探讨婚姻危机、信仰危机、道德危机等日常生活危机中的叙事在发展自我身份、认知生活等方面所起的中介作用,既有助于学界在探索现代身份的发展模式时有所洞见,又可以丰富巴恩斯研究的成果。在目前的巴恩斯研究中,这两方面均没有被涉及。

本书共分五个部分,其中第一章至第三章为本书的主体部分。

"绪论"分四节,主要是对巴恩斯研究现状的评述和本课题研究的理论方法和基本思路的介绍。第一节就巴恩斯小说的半自传特征与危机叙事本质做了简单的论述。第二节首先回顾了近30年来国内外巴恩斯研究的发展历程,继而对近年来兴起的叙事中介研究进行了评述,指出了该视角下巴恩斯研究方面所取得的成就和不足之处。第三节扼要介绍了本研究的基本理论框架。在介绍本书所参考的危机叙事理论、叙事身份理论、现代身份理论等理论的基本概念的过程中,笔者还简要分析了这些基本概念在巴恩斯小说中的体现,旨在说明本课题研究所选用的理论方法之合理性。第四节介绍了本书主体部分的基本结构、基本观点和本研究的主要意义。

第一章分两节,主要结合巴恩斯的小说《伦敦效区》,探讨婚姻危机中的自我表达对于建构强调日常生活价值的自我身份的作用和意义。第一节主要分析了小说主人公如何在"重要的他者"的挑唆下发现了他的婚姻危机,以及他如何在焦虑的驱使下叙事反思由激进到平庸的成长轨迹。第二节主要讨论了小说主人公如何在平庸的生活中借助强调日常生活价值的自我表达,发展了他的艺术才能并确立了他作为驻地艺术家的自我身份。在创作这部具有自传特征的小说的过程中,巴恩斯不仅确立了他的作家身份,而且还建构了他的可能生活。

第二章以小说《亚瑟与乔治》为例,从两个部分来论述信仰危机中的个体如何借助融合历史与虚构的叙事,来建构自我身份并重构存在范式。第一节分析了该小说中的两个主人公各自所经历的信仰危机,以及为何这两个主人公在信仰危机中都转向了代表科学理性且崇尚骑士精神的侦探小说,借此来化解各自的生存困境。第二节则深入剖析了叙事中介在捍卫(或修复)两者在他人眼中的自我形象、克服各自的生存困境、发展各自的身份和重构各自的存在范式等层面所起的作用。通过创作这部带有侦探小说特征的作品,巴恩斯不仅拓展了他的作家身份,而且还为读者认知历史谜案、发展自我身份和建构小时代的生活理想提供了一些方法论上的参考。

第三章由两节构成,主要结合巴恩斯的小说《结局的意义》,探讨小说主人公所经历的道德危机以及他在道德危机中如何通过记忆叙事来建构自我身份。第一节的讨论结合小说主人公在退休后的平庸生活中叙事建构他在年轻时的自我身份的原因及动机,探讨他如何逐步陷入万劫不复的道德深渊。第二节则围绕自我身份发展过程中所使用的记忆叙事的策略,讨论主人公如何在自我与他者的相互关切中通过反思自我眼中的他者来破解生存困境、认知生活中难以理解事件的意义和重构一个具有道德正义感的自我身份。通过创作这部虚构的回忆录,巴恩斯不仅重新确立了他作为小说家的身份,而且还暗示他将通过怎样的方式来探讨妻子的死亡这一重要的生活问题。

"结论"为全书的总结,在得出一些结论的同时,也指出了本书的局限之处,以及尚未解决、有待今后解决的一些问题。

目录

- **绪　论** /001
  - 第一节　巴恩斯的半自传体危机叙事／001
  - 第二节　巴恩斯研究评述／006
  - 第三节　本书的研究方法／037
  - 第四节　本书的主体结构／041
- **第一章　《伦敦郊区》中的婚姻危机**／044
  - 第一节　婚姻危机与生存焦虑／046
  - 第二节　日常生活的自我表达／061
- **第二章　《亚瑟与乔治》中的信仰危机**／074
  - 第一节　科学理性与信仰危机／075
  - 第二节　他者眼中的自我／092
- **第三章　《结局的意义》中的道德危机**／117
  - 第一节　平庸生活中的道德危机／118
  - 第二节　自我眼里的他者／135
- **结　论**／152
- **英文概述**／156
- **参考文献**／190
- **附录Ⅰ　朱利安·巴恩斯生平及著作年表**／209
- **附录Ⅱ　朱利安·巴恩斯国内外研究文献**／211
- **后　记**／225

绪 论

第一节 巴恩斯的半自传体危机叙事

朱利安·巴恩斯(Julian Barnes, 1946—)自幼年起就生活在伦敦郊区,是当今英国著名小说家和评论家。巴恩斯的小说具有大胆的实验性、深厚的历史与人文关怀以及独到的法国文化情结,在创作艺术和美学思想上都代表了当今英国小说的发展成就。[①]因此,他与麦克尤恩(Ian McEwan, 1948—)、艾米斯(Martin Amis, 1949—)等作家被并称为当代英国文坛的巨头是当之无愧的(Alberge 2010: 25)。2011年,巴恩斯凭借其第十一部小说《结局的意义》(The Sense of an Ending)获得了代表英语文学最高成就的布克奖。[②] 此外,他还获得了许多其他奖项。在英国,他的处女作《伦敦郊区》(Metroland, 1980)一经发表就获得了毛姆文学奖。在2011年获得布克奖之前,他还三度获得过该奖的提名。再者,他还获得过E. M. 福斯特文学奖、莎士比亚文学奖和大卫·科恩终生成就奖。在法国,巴恩斯是唯一同时获得费米娜文学奖和普利美迪斯奖这两个奖项的外国作家;另外,他还获得了法国文学艺术骑士勋章。除此之外,他还是德国古登堡文学奖和奥地利欧洲文学国家奖获得者。这些荣誉既肯定了他的艺术才华和创作成就,同时也确立了他在英国文学和世界文学中的地位。巴恩斯的小说以诙谐机警的语言、丰富多变的形式和富有哲理的笔触,探讨了生存危机中个体所面临的各种问题,涵盖了死亡、爱情、婚姻、信仰、

[①] Sebastian Gores 和 Peter Childs 认为巴恩斯的《福楼拜的鹦鹉》、《一部由10 1/2章构成的世界史》、《英格兰、英格兰》等作品构成了当代英语小说的主要经典之作。参见:Sebastian Gores and Peter Childs, *Julian Barnes: Contemporary Critical Perspectives* (London: Continuum, 2011):1.

[②] 获得这三次提名的小说分别是1984年出版的《福楼拜的鹦鹉》、1998年出版的《英格兰、英格兰》和2005年出版的《亚瑟与乔治》。

道德、身份等日常生活的各个层面。

　　截至2014年底,巴恩斯共发表了11部小说。此外,他还发表了4部侦探小说、5部散文随笔、3部短篇小说集和1篇回忆录。他的小说从不同的侧面反映了他在生活和创作中所关注的焦点。可以说,他的小说源于自己的生活并反映了他在生活中所经历的实际问题。因此,巴恩斯的小说都具有一定的自传性。除了披露日常生活中个体所面临的生存危机外,巴恩斯的小说还通过叙事中介来发展个体的自我身份并认知生活,探究叙事艺术在解决日常生活问题方面所独具的功能。

　　巴恩斯的第一部小说《伦敦郊区》具有较强的自传特征,它揭示了巴恩斯如何通过小说创作来构建自己的作家身份。该小说取材于巴恩斯从中学到大学毕业后就业、结婚的经历。小说中的主人公克里斯(Chris)和巴恩斯一样,他们都在伦敦城市学校上中学,在大学期间都主修了语言文学专业,都迷恋法国文化并在工作前去法国生活和学习过,人生的第一份职业都是教师工作,后来也都转入编辑行业,在结婚后也都居住在伦敦郊区。他们不仅有着共同的成长经历,而且还有着共同的生存焦虑。和巴恩斯一样,克里斯也惧怕死亡,担心婚姻和情感中的背叛,并对个体信仰的缺失和道德的滑坡充满忧惧。无论是克里斯,还是巴恩斯,他们都认为六十多岁是人生最完美的年龄,因为人们在那时将不再惧怕死亡。[①] 在面对人生共同的生存焦虑时,克里斯和巴恩斯一样,都试图通过叙说自己的生活经历来建构自己的身份。《伦敦郊区》中借助第一人称叙述者克里斯之口所讲述的故事在帮助克里斯实现他想成为驻地作家的生活理想的同时,也确立了巴恩斯作为小说家的地位。《伦敦郊区》不仅预示了巴恩斯在日后小说创作中的"半自传体"特征[②],而且也预示了他将如何着魔般地关注给他带来生存焦虑的问题,比如死亡、婚姻和爱情中的背叛和道德危机等日常生活中的问题。

[①] 参见:Julian Barnes, *Nothing to Be Frightened Of* (New York: Alfred A. Knopf, 2008):156;另参见:Julian Barnes, *Metroland* (London: Vantage Books, 2009):115.

[②] "半自传"一词来自卡洛琳·霍兰德(Caroline Holland)对《伦敦郊区》的评论。她认为该小说是巴恩斯"半自传体"叙事的结果:小说中的细节基本上都来自巴恩斯自己的生活,但巴恩斯却通过虚构克里斯这个人物来表现自己的生活,所以该小说不能被称为自传,它充其量只是"半自传"。参见:Caroline Holland, "Escape from Metroland", *Islington Gazette* (July 31, 1981):16.

巴恩斯的半自传体小说不仅源自他已知的生活,而且也预测了他的可能生活。巴恩斯的第二部小说《她遇我前》(Before She Met Me, 1982)中的男主人公格雷厄姆与巴恩斯一样,都对婚姻和情感生活中的背叛充满忧惧。另外,该小说中的女主人公和巴恩斯的妻子卡瓦纳(Patricia Kavanagh, 1940 – 2008)一样,在结婚前都当过电影演员。由于惧怕婚姻中的背叛,格雷厄姆不仅想象妻子在当演员时如何与男演员们上床偷欢,而且根据介绍妻子与自己相识的朋友杰克所写的小说,来推测他们如何一直保持着通奸的关系。当发现所有的猜想都变为现实时,格雷厄姆在杀死杰克之后自杀了。具有讽刺意味的是,《她遇我前》中的情节在不到三年后就变成了巴恩斯生活中的现实。在 1985 年,巴恩斯的妻子和英国女作家温特森(Jeanette Winterson, 1959 –)有染,并一度离开了巴恩斯。从这个意义上来说,巴恩斯在小说《她遇我前》中建构了他自己生活中的可能世界。

小说是巴恩斯探讨自己可能生活的中介。如果说《她遇我前》所建构的是巴恩斯在婚姻和情感生活中的可能世界,那么巴恩斯的第三部小说《福楼拜的鹦鹉》(Flaubert's Parrot, 1984)则建构了巴恩斯在妻子死亡后的可能生活。该小说中的主人公布瑞斯维特恰好处于在巴恩斯所期待的人生最完美的年龄,他也同样喜爱法国文学并惧怕死亡。和《伦敦郊区》中的克里斯一样,布瑞斯维特原谅了妻子对他的背叛。在丧妻后的悲痛中,布瑞斯维特试图通过追寻法国作家福楼拜的生平故事来追寻自我故事,借此重构自己的身份并实现自己的艺术理想。因此,《福楼拜的鹦鹉》也具有一定的自传特性。不仅如此,巴恩斯在回忆录《生命的层级》(Levels of Life, 2013)中还指出,与其说《福楼拜的鹦鹉》描述了虚构的鳏夫在亡妻后的悲痛,不如说它精确预测了自己在妻子去世后的悲痛生活。

巴恩斯小说所关注的可能生活是日常生活危机中的可能生活。为此,巴恩斯以自己的生活经历中能带来某种生存危机或生存焦虑的事件为素材。比如,巴恩斯妻子的出轨这一插曲,不仅构成了巴恩斯的第四部小说《凝视太阳》(Staring at the Sun, 1986)中的主要故事情节,而且也成为他的第六部小说《谈话》(Talking it Over, 1991)及其续集即第九部小说《爱及其他》(Love, etc, 2000)

的主要题材。① 另外,巴恩斯的《结局的意义》和《生命的层级》或以巴恩斯在经历丧妻之痛后的身份危机为叙事原动力,或直接以此为创作题材。除了关注琐碎的日常生活外,巴恩斯的小说偶尔还关注与自己生活相关的宏大的叙事。比如说,第五部小说《一部由10 1/2 章构成的世界史》(*A History of the World in 10 1/2 Chapters*,1989)中的核危机、第七部小说《箭猪》(*Porcupine*, 1992)中东欧剧变后的政治危机以及第八部小说《英格兰,英格兰》(*England, England*, 1998)中的民族身份危机。② 一言以蔽之,巴恩斯的小说是半自传体的危机叙事。

小说创作是巴恩斯探讨生存危机中个体如何重构自我身份的一种方式。他的《结局的意义》延续了《伦敦郊区》中所探讨的问题,因而是它的续集,也体现出较强的自传特征。该小说中的主人公托尼(Tony)也生活在伦敦郊区,他对法国文化也表现出同样的爱好,对死亡也充满恐惧,大学毕业后也从事了和艺术文化相关的工作,他的妻子也同样背叛了他。不同的是,《伦敦郊区》关注的是克里斯由青少年到成年这个过渡期内的生存焦虑,而《结局的意义》则关注托尼在人生最理想的年龄阶段的生存危机,即托尼在退休后所经历的道德危机。在创作《结局的意义》时,巴恩斯与小说主人公一样,都在退休后试图通过记忆叙事来重构自我身份。对于小说主人公而言,通过叙述自我故事,他不仅重新认识了自我,而且也实现了自己的作家梦。对于巴恩斯而言,《结局的意义》是他在 2008 年妻子去世后所创作的第一部小说,因而重新确立了他作为小说家的地位。在《生命的层级》中,巴恩斯直接探讨了自己如何在丧妻之痛中重新走上创作之路。在恢复作家身份的过程中,巴恩斯克服了自己在妻子去世后所陷入的身份危机。

巴恩斯还力图在小说创作中恢复人们对虚构文学的信心。《伦敦郊区》在预示巴恩斯自己的生活的同时,也在不同程度上预测了巴恩斯其他小说中的男主人公的生活。与《伦敦郊区》中的克里斯一样,《福楼拜的鹦鹉》中的布瑞斯维特和《结局的意义》中的

---

① 《凝视太阳》中的女主人公和巴恩斯的妻子一样,在背弃丈夫后都有过一段同性恋婚外情。
② 《箭猪》中的政治危机以巴恩斯自己到保加利亚推介《福楼拜的鹦鹉》时的切身体验为原型。《英格兰,英格兰》和《一部由 10 1/2 章构成的世界史》虽不直接来自巴恩斯自己的生活经历,但其所探讨的主题却都是巴恩斯在生活和创作中所关注的焦点。

托尼也都原谅了曾经背叛过他们的妻子,都惧怕死亡带来的恐惧。文学艺术既成为这些主人公们在上帝死亡后的替代性信仰,而且也成为他们的生活理想。在各自的生存危机中,这些主人们公都试图通过把自己的生活当成故事来叙述的方式,探讨造成他们生存危机的根源,并建构或重构他们的自我身份。巴恩斯的第十部小说《亚瑟和乔治》(Arthur & George, 2005)中的主人公亚瑟·柯南道尔同样把文学艺术当作宗教信仰的替代物。他通过体现科学理性的侦探小说创作和侦探实践,不仅克服了科学进步所带来的信仰危机和情感出轨造成的道德困境,而且也实现了他人生的奋斗目标。不难看出,巴恩斯小说中的主人公们都对叙事艺术抱有坚定不移的信心。因此,尽管当代社会的人们对虚构文学抱有越来越大的怀疑,巴恩斯从开始创作起就一直在自己的作品中强调通过虚构艺术来建构自我身份并认知生活的必要性。

巴恩斯不仅通过小说中的故事情节来强调虚构叙事在应对日常生活危机中的作用,而且还借助彰显自省意识的后现代主义元小说实验,直接在自己的小说中现身并探讨艺术的功能。巴恩斯的《福楼拜的鹦鹉》突破了传统小说在形式上的局限,以文学评论的形式探讨了福楼拜的生平和创作。该作品中所探讨的福楼拜的生活细节全是巴恩斯自己在研究福楼拜的过程中的真实发现。因此,《福楼拜的鹦鹉》中追寻福楼拜生平故事的虚构人物布瑞斯维特就是巴恩斯本人,他所阐发的关于福楼拜的观点也就是巴恩斯自己的观点。[①] 借助与自己有相同爱好和相同生存焦虑的布瑞斯维特,巴恩斯在该小说中指出没有道德进步的科学进步绝不可取,强调虚构艺术胜过一条铁路。巴恩斯的《一部由 10 1/2 章构成的世界史》糅合了寓言故事、法庭审判、散文随笔等文体。在小说标

[①] 在福楼拜故居游玩时,巴恩斯发现了多只同被称为福楼拜在写作小说《简单的心》时所参考的鹦鹉。根据该发现,巴恩斯于1983年8月18日写了一篇评论《福楼拜与鲁昂》("Flaubert and Rouen");在同一周内,巴恩斯又根据该发现发表了一篇题名为《福楼拜的鹦鹉》("Flaubert's Parrot")的短篇小说。小说《福楼拜的鹦鹉》则以巴恩斯先前发表的两篇作品为基础,借助虚构人物布瑞斯维特更详细地探讨了巴恩斯是如何发现数量众多的鹦鹉,以表明全面可靠地认知历史真实之艰难。除了《福楼拜和鲁昂》("Flaubert and Rouen", 1983)外,巴恩斯的研究发现还发表在《宣言》(Something to Declare, 2002)和《透过窗外》(Through the Window, 2012)等评论集中。参见:Patrick McGrath, "Julian Barnes" in Conversations with Julian Barnes, Vanessa Guignery and Ryan Roberts (eds.) (Jackson: University Press of Mississippi, 2009): 11 - 19.

题提及的"半章"中,第一人称叙述者直接表明自己就是巴恩斯,强调融合了爱情的艺术虚构是宗教信仰的替代物。在回忆录《生命的层级》中,巴恩斯强调虚构作品不仅增加了知识,而且是人们自我救赎的方法。可以看出,巴恩斯的创作实践是他探讨虚构艺术之于日常生活的意义的手段。

巴恩斯在通过小说探讨危机中自我身份的发展和认知生活的过程中,关注的焦点不是宏大的官方历史和真理,而是体现日常生活价值的个人历史和真理。虽然巴恩斯的小说《一部由10 1/2章构成的世界史》和《英格兰,英格兰》从标题上强调宏大的官方叙事,但实际上这两部小说都颠覆了官方一元真理论,强调了被传统官方历史边缘化的群体的声音。比如,《一部由10 1/2章构成的世界史》中的木蠹虫的叙事颠覆了代表西方文明源流的《圣经》叙事,而《英格兰,英格兰》则以女性的视角展现了个体生活中所经历的民族身份的危机。借助强调自省意识的叙事,巴恩斯小说揭示了个体在自我探索中所发现的属于个人的真理。另外,《福楼拜的鹦鹉》和《亚瑟与乔治》这两部小说都关注了以往官方记载所抹杀的历史人物在日常情感生活方面所经历的困境。诚如托恩金(Boyd Tonkin)所指出的那样,巴恩斯关注日常生活危机的小说能带来"小规模的个人的启示"。[①] 强调形式革新和个人真理的小说颠覆了传统小说范式及传统认识论。无疑,巴恩斯是20世纪80年代以来英国文坛的领军人物和重量级作家。他的创作不仅为小说这一文类的发展注入新的活力,而且也为后现代生存困境中的个体提供了自我救赎的方法。

第二节 巴恩斯研究评述

巴恩斯被学界接受相对滞后于大众读者对他作品的喜爱。他的处女作《伦敦郊区》在发表后不久便获得了毛姆文学奖并受到了普通读者的喜爱,但是它却没有引起学界的关注,仅有《星期日时报》、《新政治家》、《泰晤士报文学增刊》等报纸杂志发表了几篇简短的书评,探讨他作为新兴作家在小说创作中的得失。巴恩斯的

---

① Boyd Tonkin, "*The Sense of an Ending*, by Julian Barnes", *The Independent*, Friday 5 August 2011.

第二部小说《她遇我前》在发表后同样未引起评论界的重视。① 巴恩斯的《福楼拜的鹦鹉》在发表当年就获得了布克奖的提名并进入短名单。但由于其"文类难以界定的特性",并未立即受到学界的普遍接受(Holmes 2009：146)。尽管英国小说理论家克默德(Frank Kermode)认识到《福楼拜的鹦鹉》是一部"不同寻常的小说",他在《纽约书评》上发表的文章却只是寥寥数语地概述了该作品的故事情节,根本没有对之进行全面深入的剖析。② 巴恩斯的小说正式进入批评视野是1988年后现代主义学者哈钦(Linda Hutcheon)将巴恩斯的《福楼拜的鹦鹉》纳入其理论专著《后现代主义诗学：历史、理论和小说》(*A Poetics of Postmodernism: History, Theory, Fiction*)所讨论的范围。学界对巴恩斯的真正研究则始于司各特(James B. Scott)于1990年发表的论文《鹦鹉作为范式：<福楼拜的鹦鹉>中意义的无休止的延宕》("Parrot as Paradigms: Infinite Deferral of Meaning in *Flaubert's Parrot*")。此后,巴恩斯的小说逐步受到学界的关注。

一、国外研究现状

本书作者将采取历时和共时两条主线,对巴恩斯小说在国外学界的接受情况进行质和量的分析,借此勾勒出巴恩斯研究的大致图景。目前,学界对巴恩斯的研究主要以期刊论文、巴恩斯研究专著、巴恩斯研究论文集、博硕士学位论文、散见于各类报纸杂志上的书评和会议论文的形式存在。各种形式的研究文献与巴恩斯的小说文本、非小说文本以及各种场合的访谈共同构成了巴恩斯小说的世界。

国外的巴恩斯研究可依据几个常用数据库的检索结果来进行评析。③ 截至2014年12月31日,以"Julian Barnes"为关键词,在WorldCat数据库(世界上最大的在线联合图书目录数据库)中可检

---

① 参见：Paul Bailey, "Settling for Suburbia", *Times Literary Supplement*, 28 March 1980; Bernard Levin, "Metroland: Thanks for the Memories", *Sunday Times*, 6 April 1980 和 Edward Blishen, "Growing Up", *Times Educational Supplement*, 2 May 1980.
② 参见：Frank Kermode, "'Obsessed with Obsession'. Rev. of Flaubert's Parrot", *New York Review of Books* (25 April 1985): 15 - 16.
③ 在梳理国外研究现状时,本书仅统计以英语为载体的国外研究文献。其他语言形式的文献(特别是一定数量的以法语为载体的研究文献)由于未被收录进国外人文社科方向的主要数据库而无法统计。

索到 5 部巴恩斯研究专著、3 部巴恩斯研究论文集(共收录 31 篇文章)和 1 部巴恩斯访谈录。① 另外,在 WorldCat 数据库中,还可以检索到夹杂在其他专著中部分探讨巴恩斯的文章 15 篇。② 在 PQDD 数据库(欧美大学博硕士学位论文数据库)中可以检索到以"Julian Barnes"为题名的博士学位论文 3 篇,硕士学位论文 10 篇。③ 在 MUSE、JSTOR、EBSCO、SAGE、Wiley-Blackwell、Taylor & Francis 等欧美主要人文社会科学数据库中,可以检索到以巴恩斯的小说为研究对象的批评论文 80 篇。④ 下图(一)是不同类型文献的逐年变化图;下图(二)则是各类文献总数(包括论文集中的文章)的逐年变化图。从图二中可以看出,国外的巴恩斯研究在过去 30 多年内出现了 2001 年、2005 年、2009 年和 2011 年 4 个峰值。2009 年峰值的出现,在于 2008 年在英国利物浦希望大学召开世界上唯一一次巴恩斯学术研讨会后,与会论文在第二年以论文集的形式出版了。其他几个峰值,基本上都出现在巴恩斯参与角逐布克奖的当年或随后几年内。⑤ 另外,在所统计到的学位论文和期刊论文共计 93 篇文章中,有 56 篇是关于巴恩斯参与角逐布克奖的小说。上述两种情况均说明重要的评奖活动是影响学界对巴恩斯小说的接受和批评程度的一个重要因素。

---

① 由于绝大多数书评未收进各类数据库,本书在评述巴恩斯研究现状时暂不统计书评。另外,本书仅统计 2008 年在英国利物浦希望大学召开的世界上唯一一次巴恩斯研讨会上宣读的、且后来被收录在巴恩斯研究论文集中的会议论文,暂不统计未发表或未收入国际会议论文数据库的其他会议论文。

② 除了报纸杂志上的书评外,国外其他各种形式的巴恩斯研究文献参见附录Ⅱ中各相应表格。

③ 除了题名中出现"Julian Barnes"的博硕士论文,还存在一些题名中并不出现"Julian Barnes"但在部分章节中探讨巴恩斯的博硕士学位论文。

④ 在检索这些数据库时,笔者剔除了重复和不相关的文献,具体数据由于笔者的疏忽可能存在一定的偏差。

⑤ 巴恩斯参加布克奖角逐的具体年份为 1984 年、1998 年、2005 年和 2011 年。

图(一)　国外学界各年度不同类型研究文献变化图

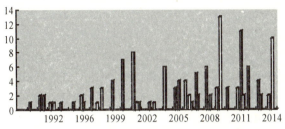

期刊论文 80 篇
学位论文 13 篇
论文集中文章 46 篇
研究专著 5 部

图(二)　国外学界各类文献总数变化图

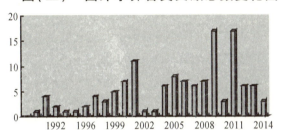

各年度各类文献总数

根据文献研究的内容,并结合三十多年来各类研究文献总数的变化特征,可以把国外巴恩斯研究大致分为三个阶段,即起步阶段(1981—1990)、发展阶段(1991—2000)和初步繁荣阶段(2001—　)。当然,这种划分并不十分科学。如果与同为英国当代文坛巨头的麦克尤恩相比,国外学界对巴恩斯的研究充其量只能说仍处于初始阶段。[①]

第一阶段主要是对巴恩斯作为新兴作家在创作主题和创作特征方面的研究。在这一阶段中,虽有知名学者克默德和著名作家厄普代克(John Updike, 1932 – 2009)在报纸杂志上鼎力推介巴恩斯的作品,学界对巴恩斯的反应仍显得有点冷淡。除了几则书评以及哈钦在建构自己理论时对巴恩斯作品所做的几句点评外,国外学界在 10 年中只发表了 1 篇期刊批评论文,即上文提及的司各特的批评文章。克默德、厄普代克、布鲁克斯(Peter Brooks)等人的书评都介绍了巴恩斯的前三部作品《伦敦郊区》、《她遇我前》和《福楼拜的鹦鹉》所探讨的对情感和婚姻生活中的背叛这一共同主题。由于这三部作品中的女性主人公都背叛了男性主人公,克默

---

① 可统计到的国外巴恩斯研究期刊论文和博硕士学位论文总数是 93 篇,而同期内麦克尤恩的研究文献总数则达到 1090 篇。如果说国外学界对同为英国文坛巨头的麦克尤恩的研究已进入相对成熟期,那么其对巴恩斯的研究尚处于襁褓阶段。

德认为巴恩斯的小说在探讨女性方面体现了老一代作家的特征，认为巴恩斯笔下的女性要比男性"更优秀、更成熟、更有道德责任感并更坦率"（Kermode 1985：15）。克默德的这一观点预示了日后巴恩斯研究中女性主义批评视角的出现。另外，克默德、厄普代克和布鲁克斯在各自的书评中也都关注到巴恩斯的作品对法国文化"着魔"般的迷恋这一主题特征。① 这种讨论在一定程度上开启了从民族文化的角度来探讨巴恩斯作品的先河。这几则介绍性书评挖掘的深度虽然有限，但它们对后续研究却有着重要的启示意义。

哈钦的评述虽然只有寥寥数语，但却精准地分析了巴恩斯创作的后现代特性。在《后现代主义诗学》中，哈钦不仅将《福楼拜的鹦鹉》定位成"质疑作者作为意义权威"的后现代元小说，而且还指出该小说通过探讨业余的和专业的读者对叙事者的不同要求而强调读者在阐释艺术以及生活方面的能动角色（77）。《福楼拜的鹦鹉》虽然表明了代表终极意义权威的作者可能已经死亡，但话语权威的位置可能仍存在，因为后现代艺术在颠覆权威的同时强调"文本生产和接受中的自反式互动关系"（77）。在其随后发表的《后现代主义政治》（*The Politics of Postmodernism*，1989）中，哈钦通过探讨历史编纂中文献的不可靠性，强调历史真实只存在于"文本的印迹中"，进而指出《福楼拜的鹦鹉》中的主人公在追寻福楼拜传记过程中所收集的文献同样不可靠（80）。哈钦的论述较大地影响了学界对巴恩斯小说的接受和批评。她的后现代元小说理论和历史编纂理论不仅成为众多学者研究巴恩斯小说时的理论依据，其理论中提出的"历史真实"、"建构性"、"自省"、"戏仿"等关键词也成为巴恩斯研究中的重要议题。在笔者所检索到的13篇国外博士和硕士学位论文中，有10篇以后现主义理论为理论视角；在所检索到的80篇期刊论文中，有67篇都在不同程度上参照了哈钦对后现代主义元小说的特征的描述，探讨了巴恩斯小说的后现代性。据此，我们可以说国外学界对巴恩斯的研究从总体上

---

① 在探讨巴恩斯对法国的文化热情时，克默德和布鲁克斯都用了"着魔"（obsessed）一词，强调法国文化对巴恩斯创作的深远影响。参见：Peter Brooks, "Obsessed with the Hermit of Croisset", *New York Times Book Review* (October 3 1985): 7 - 9; Frank Kermode, "Obsessed with Obsession", *New York Review of Books* (April 25 1985): 15 - 16; John Updike, "A Pair of Parrots", *New Yorker* (July 7 1985): 86 - 90.

来说是后现代主义视域下的研究。

国外研究巴恩斯的第一篇学术论文《鹦鹉作为范式:<福楼拜的鹦鹉>中意义的无休止的延宕》显然受到后现代主义理论的影响。在分析《福楼拜的鹦鹉》中的开放式结尾(即无法确定究竟哪只鹦鹉标本才是福楼拜在创作《简单的心》时所参考的原始标本)时,该论文作者司各特没有援引哈钦在他之前所做的论述。相反,他参考了卡勒的解构主义符号学、翁贝托·埃可(Umberto Eco)在《"玫瑰之名"的反思》("Reflections on 'The Name of Rose'")中所借鉴的后结构主义"块茎论(Rhizome)"以及埃可自己对后现代主义所下的定义。①与哈钦一样,司各特认为《福楼拜的鹦鹉》中的开放式结尾说明终极意义或终极真理并不存在(Scott 1990:68)。此外,司各特还和哈钦一样,认为身份、历史和真理都是"机智的话语所建构的产物"(Scott 1990:58)。当司各特说"后现代主义文学理论是建立在现实和真理都是话语体系所建构的幻觉这一原则之上"时(58),他不可能不知道哈钦所提出的观点:"所有现实和真理都是人为建构的产物……它们既给人安慰也给人造成幻觉"(Hutcheon 1988:8)。因此,司各特的论文在开创巴恩斯研究中的解构主义、后结构主义批评先河的同时,也发展和应用了后现代主义批评理论。鉴于该论文在巴恩斯研究中的地位,它从一开始就确立了巴恩斯小说研究中的后现代主义传统。

在第一阶段的研究中,哈钦的学生艾莉森·李(Alison Lee)在她的专著《现实主义与权力:后现代英国小说》(*Realism and Power: Postmodern British Fiction*, 1990)的第一章中,也零星地探讨了巴恩斯的《福楼拜的鹦鹉》。她指出该作品是典型的后现代元小说,认为它"质疑并颠覆了现实主义传统,但这种质疑却是从这种传统的内部进行的"(3)。李的讨论补充并发展了哈钦对巴恩斯作品的论断,较大地影响了从后现代主义理论的视角来探讨巴恩斯小说的批评实践。

巴恩斯研究的第二阶段则以《一部由 10 1/2 章构成的世界史》的出版为标志。在发表不久后,该小说就被译成法语、德语、意

---

① "块茎论"由 Deleuze 和 Guarttari 提出,认为事物之间的关系变动不居且复杂互联,就如会滑向无限开放空间的植物块茎。参见:Umberto Eco, *Reflections on "The Nature of the Rose"* (London: Secker and Warburg, 1985): 5. 另见:"Rhizome" February 4, 2015. <http://en.wikipedia.org/wiki/Rhizome_(philosophy)>.

大利语等25种语言,并在世界各地发行。另外,该小说不仅受到美国著名女作家乔伊斯·卡洛·欧茨(Joyce Carol Oates, 1938—)的好评,而且也受到英国著名文学批评家克默德的探讨。他们的书评中都提及该小说的非常规性,认为它所杂糅的不同文类说明"小说家的实验、努力、发现和成功是无限的"。此外,他们的书评还表明该小说中的后现代"幻寓"(fabulation)将成为学界研究历史和文学虚构的重要素材(Kermode 1989:20;Oates 1989:12 – 13)。随着《一部由10 1/2章构成的世界史》的发表,巴恩斯的文学地位在世界范围内得到了认可。这也促进了学界对巴恩斯的研究和批评。在这一时期内,国外学界出版了巴恩斯研究专著1部,论文集中批评文章3篇,博士学位论文和硕士论文各1篇,期刊批评论文22篇①。各类文献总数为27,较第一阶段各类文献总数只有1的情况有了显著的增长。这表明学界对巴恩斯的研究已经进入了快速发展期。

正如欧茨和克默德的书评所预示的那样,第二阶段的研究非常关注巴恩斯小说所建构的历史真实以及巴恩斯为了建构这种真实而展开的叙事实验。在论文《朱利·安巴恩斯的历史命题》("Julian Barnes's These on History in 10 1/2 Chapters")中,巴克顿(Jackie Buxton)认为本雅明(Walter Benjamin)的论文《论历史哲学》("Theses on the Philosophy of History", 1968)为解读《一部由10 1/2章构成的世界史》提供了理论依据和互文性语境。在巴克顿看来,无论是本雅明的论文还是巴恩斯的小说,都关注新千年到来之际人类所面临的恐惧以及世纪末的启示。和本雅明一样,巴恩斯质疑了传统历史所主张的进步论和线性认识论,认为历史是由不断重复、碎片式的暴力事件和毁灭性灾难构成。通过"戏仿式叙事"和"讽刺式引述",巴恩斯的小说抵制了官方的宏大叙事(Buxton 2000:65 – 66)。巴克顿的论述显然关照了怀特(Hayden White)、哈钦等后现代主义学者在探讨元历史编纂时所强调的历史真实的建构性和历史知识背后的权力意识。另外,巴克顿对互文性"戏仿"、"讽刺"等叙事技巧的关注也表明,学界的研究已由原先主题的探讨逐步扩展到对巴恩斯叙事实验的研究

---

① 在这22篇期刊论中,其中6篇专门探讨了《福楼拜的鹦鹉》,10篇专门探讨了《一部由10 1/2章构成的世界史》,2篇探讨《谈话》,3篇探讨《箭猪》,1篇探讨《凝视太阳》。

之上。

巴恩斯的小说在叙事层面所表现出来的特性是学界后现代批评中的一个重要方向。萨莱尔（Gregory Salyer）的论文在探讨《一部由10 1/2章构成的世界史》时，不仅关注了戏仿式叙事在颠覆权威话语方面所发挥的功能，而且还关注了跨文类叙事实验在瓦解历史和虚构之间的界限时所起的作用（220-233）。另外，萨莱尔还探讨了小说作者对小说叙事的干预，揭示展现自省意识的后现代元小说叙事在颠覆宏大叙事方面所具有的意义。除了萨莱尔，吉奈瑞（Vanessa Guignery）、谢普德（Tania Shepherd）、布鲁克斯（Neil Brooks）、鲁宾松（Gregory J. Rubinson）、西格登（David L. Higdon）等人的文章也都聚焦了巴恩斯的小说在叙事文类、叙事技巧、叙事语言等方面所表现出来的后现代性。[1] 这些叙事研究都在不同程度上回应或拓展了哈钦在《反讽理论和政治》（*Irony's Edge: The Theory and Politics of Irony*, 1994）中对巴恩斯小说在叙事形式和叙事技巧层面所做的分析。在哈钦看来，《福楼拜的鹦鹉》中的跨文类叙事、互文性戏仿和道德讽喻都建构了不同于官方记载的"某种版本的真理"（41-42）。因此，分析巴恩斯小说在叙事层面的特征有助于深化在主题方面所做的探讨。但是，这些叙事层面的分析往往只关注巴恩斯的小说如何颠覆传统叙事的策略，因而忽略了巴恩斯在颠覆传统的同时所发展的一些能揭示他所想表达的主题的叙事技巧。

第二阶段的研究不仅突破了主题研究的局限，而且还突破了单一的后现代主义理论视角。米林顿（Mark I. Millington）的论文《可敬的被戴绿帽子的丈夫：不同类型的男性自我防卫》（"The Honorable Cuckold: Models of Masculine Defense"）结合了男权社会中的性别关系，探讨了巴恩斯小说《她遇我前》中的男主人公为何

---

[1] 参见：Tania Shepherd, "Towards a Description of Atypical Narratives: A Study of the Underlying Organization of *Flaubert's Parrot*", *Language and Discourse*, 1997 (5): 71-95; Gregory J. Rubinson, "History's Genre: Julian Barnes's *A History of the World in 10 1/2 Chapters*", *Modern Language Studies*, 2000 (2): 159-179; Neil Brooks, "Interred Textuality: *The Good Soldier* and *Flaubert's Parrot*", *Critique*, 1999 (1): 45-51; Vanessa Guignery, "Generic Pastiche and Palimpsest in Julian Barnes", *études Aanglaises*, 1997 (1): 40-52; David Leon Higdon, "'Unconfessed Confessions': The Narrators of Graham Swift and Julian Barnes", in *The British and Irish Novel since 1960*, James Acheson (ed.) (London: Macmillan, 1991): 174-191.

通过暴力来捍卫自己的男性尊严（Millington 1992：1－19）。米林顿的论文不仅标志着巴恩斯研究中性别政治视角的引入，而且标志着国外学界不再将全部研究力量集中在仅体现后现代特征的巴恩斯小说之上。除了米林顿，伯曼（Daniel Candel Bormann）、吉奈瑞·约翰斯顿（Georgia Johnston）等学者也非常关注巴恩斯小说中所探讨的性别和权力之间的关系，他们都以女权主义理论为批评视角，分析了巴恩斯《福楼拜的鹦鹉》和《一部由10 1/2 章构成的世界史》这两部小说中的女性或其他边缘化群体的叙事在颠覆权威话语和已知真理方面所起的作用（Candel 1999：27－41；Guigner 1999：57－68；Johnston 2000：64－69）。但是，这些性别政治研究忽略了巴恩斯在建构和谐的两性关系方面所做的努力，因而无法解释为何巴恩斯小说中的男主人公（除了《她遇我前》中的格雷厄姆外）在发现妻子出轨后，非但不嫉恨妻子反而更爱妻子这一反常的现象。

除了性别研究，学界也试图从解构主义理论视角来探讨巴恩斯的小说。为了说明巴恩斯的后现代叙事如何消解传统官方历史所主张的一元真理论，胡瑞科（Isabelle Raucq Hoorickx）和考特（Claudia Kotte）从解构主义理论视角探讨了《一部由10 1/2 章构成的世界史》中所建构的多重叙事（Hoorickx 1991：47－54；Kotte 1997：107－128）。通过分析该小说所表现出的杂乱性和无序性，胡瑞科和考特指出巴恩斯这么做的目的在于表明传统历史书写中的秩序和结构体系都是人为建构的产物。因此，他们的批评与后现代理论视角下的巴恩斯研究殊途同归。

第二阶段的巴恩斯研究也出现了文化批评的转向。为了探讨艺术和灾难之间的关系，凯里（Lionel Kelly）、亨克（C. Henke）等人剖析了巴恩斯在探讨艺术地再现1816年法国美杜莎号沉船灾难时所持有的文化立场（Kelley 1993：1－10；Henke 2000）。在探讨巴恩斯在《一部由10 1/2 章构成的世界史》的半章中所强调的艺术和爱的关系时，凯里和亨克认为巴恩斯的美学思想更接近阿诺德而不是利奥塔。但是，他们的批评完全忽略了巴恩斯对现代技术文化的批判，因而没有看到巴恩斯对待现代文明的态度也可能和阿诺德相似。厄古多（JFE Agudo）、克拉斯提瓦（Yonka Krasteva）、拉扎罗（Alberto Lazaro）等人的论文则探讨了《箭猪》在艺术地再现保加利亚的政治危机时对当代欧洲政治文化所抱有的态度(Agudo 1999：295 - 305；Krasteva 2000：343 - 353；Lazaro 2000：121 - 131)。在分析该小说所探讨的共产主义极权统治时，厄古多、克拉斯提瓦等学者指出，巴恩斯继承了乔治·奥威尔(George Orwell)所开创的政治讽刺小说传统。但是，这些学者在探讨东欧解体前保加利亚所盛行的极权政治文化与东欧资本主义的民主政治文化之间的冲突时，完全忽略了该小说所强调的人类情感，因而无法阐释为何巴恩斯在创作中关注爱与艺术表达之间的关系。

莫斯利(Merritt Moseley)在1997年发表的《理解朱利安·巴恩斯》(*Understanding Julian Barnes*)，既是巴恩斯研究第二阶段的唯一专著，也是巴恩斯研究领域的第一部专著。无论从标题还是从各章节的主题内容上来看，这本专著只是介绍性地探讨了巴恩斯各部小说的主要内容、主题思想和创作特征。各章节之间既没有共同的研究主题，也没有统一的理论视角，因而在推进巴恩斯研究方面所起的作用非常有限。多种研究视角的出现以及各种类型文献数量的增长均表明，20世纪90年代巴恩斯研究已进入一个稳步快速发展的阶段。

自2001年以来，国外学界对巴恩斯的研究进入了第三阶段。若以2011年巴恩斯获得布克奖为分界，又可以把第三阶段分为获奖前的第一时期和获奖当年及随后的第二时期。在第一时期内，国外学界共发表期刊论文41篇，博硕士学位论文7篇，专著3部，专题研究论文集2部，其他论文集中的文章11篇，各类文献总数为63。在第二时期内，国外学界共发表论文16篇，博硕士学位论文4篇，专著2部，论文集中的论文1篇，各类文献总数为23。可以看出，第一时期各类文献的总数远远超过之前任何一个阶段。即便在第二时期不到5年的时间内，各类文献总数也有赶上第二阶段10年内各类文献总数的趋势。单从这些数据来看，国外学界对巴恩斯的研究已逐步走向了繁荣。

在第三阶段，国外的巴恩斯研究进入了理论视角多维化、研究内容多元化和研究方法多样化的时期。除了延续先前的后现代主义理论、性别政治、文化批评、解构主义、后结构主义理论等视角外，这一阶段的巴恩斯研究还出现了复调理论(Craig 2004：177 - 192)、性别表演理论(Berlatsky 2009：175 - 208)、空间理论(Petrar 2007：117 - 124)、伦理学批评(Kim 2009：70 - 92；Craps 2006：

287－298)、怪异理论(Greaney 2014：225－240；Zwierlein 2008：31－48)、后人文主义(Patrascu 2011：208－216)、精神分析等理论视角(Cullum 2011：1－16；Kelley 2012：179－191)。在内容上,学界除了探讨巴恩斯在小说中所表达的历史观、认识论、艺术观、婚姻和爱情中的背叛、法国文化情结等主题外,还探讨了巴恩斯在小说中所讨论的死亡观、宗教信仰、民族性、主体身份、技术文化、消费文化、怪异现象等研究主题。在研究方法上,除了传统的定性研究外,学界的讨论也采用了跨学科研究、比较研究、定量研究等方法。①因此,无论是在理论视角,还是在内容和方法上,第三阶段的巴恩斯研究都展现出蓬勃发展的趋势。

这一时期的研究首先是对前期研究成果的继承和发展。其中的一个典型例子,就是伯拉斯基(Eric Berlatsky)的论文《"包法利夫人就是我":朱利安巴恩斯的＜福楼拜的鹦鹉＞和"性变态"》("'Madame Bovary, C'est Moi!'：Julian Barnes's *Flaubert's Parrot and Sexual Perversion*")。伯拉斯基认为,小说《福楼拜的鹦鹉》中的主人公布瑞斯维特具有同性恋的倾向。具体表现就是,布瑞斯维特迷恋福楼拜,他不仅追寻福楼拜的生活故事,而且扮演福楼拜的情人柯莱特,借此表达自己对福楼拜的深厚情感。在扮演柯莱特的过程中,布瑞斯维特披露了柯莱特对来自福楼拜的性别歧视和性别压迫的不满。为了说明该小说中复杂的身份倒错关系和性变态现象,伯拉斯基运用了巴特勒(Judith Butler)的表演理论,并参考女性主义批评视角,指出柯莱特代表了布瑞斯维特的妻子艾伦,认为布瑞斯维特在扮演柯莱特的同时也扮演了自己的妻子,表明他这么做的目的是为了理解自己在情感生活中所经历的创伤。在第二阶段的性别政治研究中,约翰斯顿也注意到了布瑞斯维特在追寻福楼拜传记过程中对同性关系的迷恋。但是,她没有对此进

---

① 比如,Daria Przybyla 的论文从后结构主义语言学层面探讨了巴恩斯小说的语言和历史观;James Miracky 的论文则比较了巴恩斯的《英格兰,英格兰》和 Michael Crichton 的《侏罗纪公园》中的主题公园、文化复制等现象;兰卡斯特大学的 Elena Semino 采用了语料库分析的方法讨论了巴恩斯的小说《英格兰,英格兰》。分别参见:Daria Przybyla, "(Post)Structural Notions of Language and History in Novels of Julian Barnes", Diss, University of Silesia, 2005; James Miracky, "Replicating a Dinosaur: Authenticity Run Amonk in the 'Theme Parking' of Michael Crichton's Jurassic Park and Julian Barnes's *England, England*", *Critique*, 2004 (2): 163－171; Elena Semino, "Representing Character's Speech and Thought in Narrative Fiction: A Study of *England, England* by Julian Barnes", *Style*, 2004 (4): 428－451.

行深入的剖析,认为布瑞斯维特追寻福楼拜的目的只是为了通过他者的故事来理解自我、捍卫男权并推卸自己在妻子自杀中可能负有的责任(69)。通过引入表演理论,伯拉斯基发现布瑞斯维特在追寻福楼拜传记的过程中,对妻子的自杀抱有"强烈的负罪感"(60)。不难看出,无论是在研究内容还是在理论视角上,伯拉斯基的论文都对前一阶段的性别政治研究既有继承又有发展。

在拓展新的研究话题和运用新的理论的过程中,第三阶段的研究内容较前两阶段也更具有深度和广度。为了证明巴恩斯如何质疑传统历史观和认识论,该阶段的叙事研究除了探讨戏仿、讽刺、作者对叙事的干预等叙事策略外,还探讨了不可靠叙事者(Su 2010:391-400)、"不可靠的作者"(Lea 2007:379-394)、叙事语言的不确定性(McAuliffe 2012:349-379)、"隐藏的叙述者"等叙事技巧(Cox 2004:53-62)。在论文《"克制并躲避生活":<福楼拜的鹦鹉>中隐藏的叙事者》中,艾玛·考克斯(Emma Cox)指出,《福楼拜的鹦鹉》除了讲述布瑞斯维特如何追寻福楼拜的传记外,还讲述了另一个隐性故事,即布瑞斯维特如何通过追寻福楼拜的生平故事来追寻他的妻子艾伦的故事。根据追寻福楼拜传记的切身体验,布瑞斯维特表达了历史真实无法全面可靠地认知这一体现后现代主义不可知论特征的观点,进而暗示妻子的生活同样无法全面可靠地认知。考克斯认为,布瑞斯维特在把福楼拜当作偶像的过程中不可避免地美化了福楼拜,选择性地掩饰了一些史实。同样,由于他的偏见和逃避生活的态度,他也不可避免地掩饰了关于妻子通奸和自杀的某些细节。考克斯据此指出,布瑞斯维特是一位不可靠的叙述者,认为他所表达的不可知论只是他处理生活问题的一种策略,表明福楼拜的虚构世界是布瑞斯维特逃避和理解自己情感创伤的"中介"(59)。由此可见,考克斯的叙事研究已将重点由早先关注巴恩斯小说在叙事层面所表现出的后现代性,逐渐转移到虚构叙事以及叙事策略在解决生活问题方面所具有的功能上,进而将巴恩斯的研究推向更深更广的层面。

第三阶段的研究开始关注巴恩斯小说所探讨的独特主题,即叙事在发展自我身份、认知生活的意义等方面所起的中介作用,或叙事中介的作用。除了自主地参与欧美文坛一直盛行不衰的后现代主义元小说实验,巴恩斯还将自己的生活融入小说创作,孜孜不倦地探讨日常生活危机中的叙事活动对于发展自我身份和克服生存焦虑的意义。上文提及的伯拉斯基、约翰斯顿和考克斯等人的论文都部分地探讨了叙事在认知和理解生活意义的过程中所扮演的角色。非常遗憾的是,伯拉斯基和约翰斯顿在探讨布瑞斯维特如何通过追寻福楼拜的生平故事来理解自己的情感创伤时,却没有注意到叙事在克服生存危机和发展人物身份方面所起的中介作用。另外,考克斯的叙事研究虽然关注到虚构叙事能成为解决生活问题的中介,但美中不足的是,考克斯只关注到福楼拜的小说所建构的虚构世界在疗治布瑞斯维特的情感创伤中的作用,完全没有考虑到布瑞斯维特所建构的福楼拜的故事在发展他的自我身份和解决他的生活问题等方面的功能。伯拉斯基、约翰斯顿和考克斯等人的不足之处也正是其他学者在相关研究中所表现出来的不足。出于本书的写作目的,本书作者将详细阐述学界如何探讨巴恩斯小说所关注的叙事中介的作用。

"叙事中介"这一概念的产生有两个路径。其一是起源于心理分析的叙事疗法,它于20世纪80年代中期在澳大利亚兴起。受后现代主义和社会建构主义的影响,它强调个体或特定群体在治疗专家的协调下通过突破权威的多元叙事来认知生活问题并发展自我身份(Hansen 2004: 297 – 308)。其二是叙事身份理论,它于20世纪80年代中期由法国诠释学家保罗·利科(Paul Ricoeur)提出,强调自我身份是一种自我阐释,表明个体或社会群体只能通过日常生活的叙事这一间接手段才能获得这种自我阐释(Ricoeur 1988: 242 – 249; Ricoeur 1991: 73 – 81)。无论在叙事诊疗还是在叙事身份的建构中,个体或群体所依赖的叙事中介既包括基于事实的历史叙事,也包括基于想象的虚构性叙事。巴恩斯小说所探讨的叙事中介融合了虚构和历史。另外,巴恩斯所关注的对象既包括备受生活问题困扰的个体,也包括特定处境下的社会群体。虽然在巴恩斯小说中,有些主人公经历过某种精神创伤,但他们用来发展自我身份和认知生活的叙事却都是自我追寻的结果,根本未受到任何治疗专家的引导。因此,巴恩斯所关注的叙事中介更接近利科所提出来的作为自我阐释的日常生活叙事。

学界从叙事中介的角度来探讨巴恩斯小说的做法始于21世纪初。它的标志是那宁(Vera Nunning)在2001年发表的论文《文化传统的发明:<英格兰,英格兰>中英国民族性的建构、解构及其本真性》("The Invention of Cultural Traditions: The Construction and Deconstruction of Englishness and Authenticity in Julian Barnes's *England, England*")。在该篇论文中,那宁探讨了巴恩斯在叙事建构群体自我身份方面所做的努力。那宁认为,《英格兰,英格兰》的创作成就既不在于它重述了体现英国民族性的陈词滥调,也不在于它详述了英国历史文化中所表现出来的英国民族性,相反,该小说的创作成就在于它解构了那些被称为英国民族性的"虚构传统"(Nunning 2001: 59)。为了满足消费者的需求,小说中的皮特曼(Jack Pitman)在怀特群岛修建了一座复制英国民族典型特征的主题乐园"英格兰,英格兰"。那宁的论文分析了该乐园在再现"绿林好汉罗宾汉及其随从"这一神话故事的过程中所展现出的种种缺陷,特别是这些绿林好汉的偷猎和打劫行为。① 这些犯罪行为虽然危及了主题乐园的安全,但它们却还原了历史本真。在那宁看来,巴恩斯所讲述的罗宾汉故事披露了英国民族的负面形象,解构了这一体现英国民族最基本特征的神话,表明传统文化为了美化民族特性而存在扭曲历史的嫌疑。

那宁随后分析了英国的民族特性与历史现实之间的差异。在主题乐园"英格兰,英格兰"中,约翰逊(Samuel Johnson)的扮演者内化了约翰逊的性格特征,他并不满足于表现消费者所期待的民族性。在面对该演员所表现出来的历史真实时,消费者并未感到更高兴,因为他们只期待理想化的民族性。那宁指出,尽管皮特曼的主题乐园在复现英国民族身份的特征时表现出强烈的怀旧色彩,真正的历史却扮演了一个次要的角色,人们并不非常了解历史。整个英国民族的文化记忆显得非常脆弱,即便是著名的黑斯廷斯战役,人们也知之甚少。那宁表明,任何建构民族自我身份的努力都须探讨"记忆的不确定性、知识的残缺性以及扭曲现实的爱国主义历史观"(Nunning 2001: 66)。为了追寻民族身份的特性,人们往往不是追忆"共有经历的痕迹",而是"假借由来已久的传统来虚构某种新的传统"(Nunning 2001: 66)。那宁认为,通过揭示英国民族身份存在的问题,巴恩斯的目的是为了表明发展新传统的必要性。

---

① 比如,罗宾汉的名字在性别上比较模糊,加上历史上曾存在女性的反叛者(outlaw),认同女权主义的游客或同性恋游客可能反对一群社会叛逆者中仅有一名女性的情况。另外,主题公园中扮演绿林好汉的演员偷猎园中精心保护的野生动物,这种行为也让一些生态保护者不满。

那宁的论文所讨论的核心问题正是巴恩斯叙事建构的新传统。在《英格兰,英格兰》中,女主人公玛莎对民族身份的自我认同自幼年起就显得残缺,希望通过追寻英国地图拼图中丢失的一片来发展完整的自我身份。玛莎在成年后认识到自己关于拼图的记忆只是杜撰,拼图中丢失的部分再也无法找到。① 在怀特岛管理主题乐园期间,她发现民族记忆同样不可靠。因此,她离开虚拟的"英格兰",回到了没有工业的"英吉利"(Anglia),即真正的英格兰。那宁认为,崇尚原始农耕的"英吉利"融合了"反乌托邦式的虚构"和"田园式的回归"(Nunning 2001:62)。在"英吉利",玛莎和村民们根据不太精确的记忆和百科全书的记载,发明了一种糅合新旧传统的民俗节日,并把它当作古老的节日来庆祝。那宁指出,这种节日虽然不能体现真正的历史,但它却"发明了另一种传统"(Nunning 2001:71)。在那宁看来,巴恩斯想象并讨论共同历史记忆的虚构叙事不仅能够促成新的传统,而且有助于强化社区成员之间的纽带,因而有助于发展并巩固群体的自我身份。最后,那宁总结,《英格兰,英格兰》表明民族身份是叙事建构的产物,体现民族典型特征的风俗习惯和文化意象往往都是新近的发明,它们反映了当前社会群体希望与特定的历史传统建立某种延续性的需求。

那宁的论义开创了从叙事中介的角度来探讨巴恩斯的先河。尽管那宁在整篇论文中对叙事中介只字未提,但她的讨论却清楚地表明她已经认识到巴恩斯关注叙事中介在发展自我身份的过程中所起的作用。在讨论中,那宁没有参考叙事中介或叙事身份理论,因而没有详细地分析为何小说主人公要通过杜撰的记忆、虚拟的主题乐园和虚构的文化传统来追寻自己在民族身份方面的自我认同,更没有关注到新千年来临之际人们对消费文化大潮下民族身份发展走向的担忧。由于那宁没有看到玛莎追寻自我身份背后的深层原因,即情感和婚姻生活中的背叛,她认为《英格兰,英格

---

① 自幼年起,玛莎就一直记得是父亲在抛弃她和母亲时带走了她拼图中的一片。

兰》缺乏巴恩斯其他后现代小说中所富含的互文性。① 如果那宁能够将该小说与巴恩斯的其他作品并置起来,系统地探讨巴恩斯如何借助虚构性叙事来探讨生活危机中个体自我身份的发展,那宁的论文在巴恩斯研究中将展现出更大的学术价值。

埃里克·哈特利(Eric Hateley)的论文《<福楼拜的鹦鹉>之现代主义追寻》(*Flaubert's Parrot as Modernist Quest*, 2001)也探讨了巴恩斯融合历史和虚构的叙事在建构身份和认知生活的真理方面所起的中介作用。哈特利指出,尽管巴恩斯质疑了后现代处境下终极意义的可能性,但他的小说《福楼拜的鹦鹉》却建构了一部最具有现代主义特征的小说,即一部关于艺术家成长的小说。在哈特利看来,巴恩斯在《福楼拜的鹦鹉》中所讲述的关于布瑞斯维特如何成为一位艺术家的心路历程,弘扬了文学虚构在传递生活的意义、建构人物的身份等方面的作用。虽然布瑞斯维特追寻福楼拜生平故事的尝试并不成功,但他却通过虚构福楼拜生平中未知的或没有被言说的一面,发展了自己的艺术才能。他不仅成为柯莱特视角下的福楼拜传记的作者,而且也成为妻子艾伦故事的作者。有鉴于此,哈特利指出布瑞斯维特的虚构叙事不仅奠定了他作为艺术家的身份,而且为他认识自己生活中的真理和面对妻子的死亡提供了一种"展现其世界观的范式"(Hateley 2001: 181)。哈特利的研究非常关注巴恩斯在该小说中所表现出来的对虚构叙事的信仰。但是,哈特利在讨论虚构叙事在该小说中的作用时,既没有参照叙事中介理论,也没有参考巴恩斯的其他作品,更没有考虑巴恩斯的虚构叙事与其作家身份以及他所关注的日常生活问题之间的关系。因此,哈特利对于《福楼拜的鹦鹉》的解读既无法揭示为何巴恩斯要通过虚构人物布瑞斯维特来讲述他自己在参观福楼拜故居时的发现,也无法解释为何巴恩斯要让布瑞斯维特对妻子的通奸欲言又止。

希波德(Allen Hibbard)应当是结合叙事身份理论来探讨巴恩

---

① 在《英格兰,英格兰》中,玛莎的父亲在她年幼时就背叛了她的母亲并抛弃了整个家庭。童年的创伤使得玛莎认为父亲带走了她的拼图中的一片。因此,玛莎试图通过追寻拼图中丢失的部分来发展民族身份方面的自我认同。另外,在"英格兰,英格兰"主题乐园工作时,玛莎的男友也背叛了她。鉴于这个原因,她才离开虚拟的"英格兰"而前往代表真正英格兰的"英吉利"。不难看出,玛莎追寻自我身份的原因与《伦敦郊区》和《福楼拜的鹦鹉》等小说中主人公追寻自我身份的原因一样,都源自情感和婚姻生活中的背叛。

斯所关注的叙事中介的第一人。在论文《传记作者和传记对象：一个故事，两种叙事》("Biographer and Subject: A Tale of Two Narratives", 2006)中，希波德结合利科的叙事身份理论，指出生活可以用故事来"描述，总结，包装和出售"，表明传记作者在叙事塑造传记对象的同时也创造了自己的身份。在希波德看来，小说主人公在追寻和讲述福楼拜的生平故事的同时也讲述了自己的故事，建构了自己的身份。同时，希波德还结合后现代传记理论，指出融合了事实和虚构的《福楼拜的鹦鹉》虽然质疑任何外在的"自我"和"真理"，但却比传统传记更能披露福楼拜这一历史人物的身份(Hibbard 2006: 32)。尽管希波德关注了《福楼拜的鹦鹉》中的虚构叙事在建构作者及小说人物的身份方面所起到的中介作用，但《福楼拜的鹦鹉》只是他讨论传记叙事特征的一个例子，他未能详尽地剖析该小说如何建构作者巴恩斯以及人物布瑞斯维特的自我身份。另外，他对利科叙事身份理论的运用也不够深入，而是更多地关注读者和作者之间的互动关系。即便如此，希波德也没有分析布瑞斯维特作为福楼拜小说的读者和他作为福楼拜传记故事的作者之间的关系，因而未能阐释他到底是怎样来建构自身的叙事身份。

本特利(Nick Bentley)也认识到利科的叙事理论在分析巴恩斯小说过程中的意义。在其论文《改写英国民族性：巴恩斯的＜英格兰，英格兰＞和扎迪·史密斯＜白牙齿＞中的国家想象》("Rewriting Englishness: Imagining the Nation in Julian Barnes's *England, England* and Zadie Smith's *White Teeth*", 2007)中，本特利结合了利科在《叙事和时间》中关于叙事中介的作用的论述，指出叙事和情节构造是理解英国民族性的有效工具，认为巴恩斯的《英格兰，英格兰》不仅说明了如何运用文学形式来表现个体及群体的自我身份，而且也说明了如何重构英国这一民族国家。通过讨论小说女主人公如何凭借带有虚构色彩的记忆来发展自我身份，本特利指出虚构叙事是"身份建构过程中不可分割的重要指示物"(Bentley 2007: 490)。在讨论中，本特利没有结合利科对自我和他者之间关系的论述来阐明玛莎自我身份的发展和小说中其他人物故事之间的关系。因此，本特利的研究无法说明为何玛莎在追寻自我身份的过程中不断地思考自己与父亲、情人、雇主、同事等他者之间的关系。

本特利的研究除了运用利科的叙事理论外,还借鉴了拉康的心理分析理论。在他看来,民族性是"我们在幻想空间建构的产物",个体主要通过认同"国家"这一"主要能指符"来确立自我身份(Bentley 2007:486)。根据拉康的"想象—象征—真实"这一个体或集体心理的三元组合模型,本特利强调《英格兰,英格兰》在想象建构个体和群体自我身份的过程中对殖民记忆的压制存在必然性,因为"若要维护任何想象的或象征的民族性,那么就无法想象真实形式的殖民主义"(Bentley 2007:486,495)。本特利的阐释存在一定的合理性,能够部分地说明玛莎在发展民族身份的自我认同的过程中,为何对殖民史始终保持"政治无意识"(Bentley 2007:486)。尽管本特利对《英格兰,英格兰》中政治无意识的分析有失偏颇,他从精神分析的角度来探讨虚构叙事在建构自我身份过程中所起的作用,在一定程度上实践了叙事中介研究中的另一理论视角,即叙事疗法。因此,本特利的研究拓宽了从叙事中介的角度来研究巴恩斯的理论视野。

除了本特利外,萨伯尔(Jonathan Daniel Sabol)也试图从精神分析的角度来探讨巴恩斯的虚构叙事在建构和发展自我身份过程中所起的中介作用。在其博士学位论文《记忆、历史和身份:当代北美和英国小说中的创伤叙事》中,萨伯尔结合了拉康的"客体 a"(Object a)概念,从创伤叙事的理论视角探讨了《英格兰,英格兰》中的玛莎如何在被父亲遗弃后,通过追寻完美的个人记忆和完整连贯的民族记忆来发展自己的主体身份(Sabol 2007:152)。萨伯尔认为,玛莎幼年被父亲遗弃的创伤驱使她追求一个并不存在的美好记忆,即玛莎为了确立自己的身份,虚构了父亲在背叛她和她母亲之前,她的家庭生活曾经非常和谐幸福的回忆。因此,个人记忆并不可靠,它都是人们为了某种目的而建构的谎言。萨伯尔指出,玛莎在"英格兰,英格兰"主题乐园中所复制的民族记忆同样是一种虚构,它模仿了创伤叙事中的选择性记忆,重构了民族历史。

萨伯尔还强调,主题乐园模拟的民族历史还展现了英帝国时期的殖民暴力。这种殖民暴力所迫害的对象不是其他民族国家,而是"英格兰,英格兰"主题乐园中建构新民族神话所使用的原料,即英国传统历史文化。在萨伯尔看来,主题乐园虚构的民族历史确立了一种新的民族叙事,它钳制了构建英国民族身份的话语体系,在颂扬历史的同时努力使人忘记该叙事背后潜藏的"概念上的暴力"(Sabol 2007:175)。另外,通过分析玛莎在回归"英吉利"后对社区成员虚构的"身份故事"所持有的中肯态度,萨伯尔指出,无论是在"英格兰,英格兰",还是在"英吉利",故事都是建构身份的基础(Sabol 2007:192)。可以看出,萨伯尔在讨论巴恩斯的小说在建构和发展个体或群体自我身份的过程中展现出的"叙事诱惑力"的同时,批判并发展了本特利对《英格兰,英格兰》所做的评论(Sabol 2007:154)。萨伯尔在讨论过程中所引入的"客体a"概念和创伤叙事理论能够部分地解释为何玛莎如此钟情于虚构叙事在发展自我身份中的作用。但是,萨伯尔和本特利一样,也没有探讨社区成员虚构的身份故事和玛莎自己虚构的身份故事之间的关系,因而没有厘清身份建构中自我和他者的关系。另外,萨伯尔在利用创伤叙事理论来分析巴恩斯小说中用来构建身份的故事时,没有探讨个人或群体的故事如何有助于玛莎克服或治疗她内心的创伤,因而没有办法阐明巴恩斯的小说是如何通过虚构叙事来解决日常生活中的问题的。

布伯瑞奇(Christine Berberich)的论文《英格兰?谁的英格兰?朱利安·巴恩斯和W.G.赛博德小说对英国身份的(重新)建构》("England? Whose England? (Re)Constructing English Identity in Julian Barnes and W. G. Sebald",2008)也探讨了巴恩斯的小说叙事在建构自我身份中的作用。不同于希波德、本特利、萨伯尔等人在探讨巴恩斯小说时所使用的理论视角,布伯瑞奇结合了当代身份建构、记忆书写、旅行书写等方面的理论,探讨了巴恩斯如何在小说《英格兰,英格兰》中通过文学叙事来建构一种不同于传统主流叙事所建构的民族身份。布伯瑞奇认为,虚构叙事影响了个体身份的建构,历史叙事则记述了民族身份的变迁,而人类学家的作品却试图阐释个体身份与民族身份之间的相互影响。布伯瑞奇强调,无论是个体身份,还是民族身份,它们本身并不存在,都是虚构的产物。就民族身份而言,它是"想象的社区"根据文化记忆传递下来的"关于成功的故事"所建构的一种"共同归属感"(Berberich 2008:168)。

布伯瑞奇的论文还讨论了文化记忆的主观选择性。比如,"英格兰,英格兰"主题乐园所复制的英国民族的典型特征是皮特曼对英国历史文化选择记忆的结果。在布伯瑞奇看来,该主题乐园受到了二战后"缩微风景"热潮的影响,它所复制的英国民族特性建构了"一种可以销售的民族身份",即它选择的英国民族特征代表了旅游行业所推介的英国形象,割裂并推翻了传统的文化记忆(Berberich 2008:167,177)。同样,小说女主人公玛莎用来建构自我身份的个人记忆和她所依赖的群体文化记忆,也展现出较强的建构性和选择性。布伯瑞奇指出,颠覆并推翻传统文化记忆意味着身份的丧失,这必然要求人们去"发明新的历史、新的传统和新的身份"(Berberich 2008:180)。在小说中,这种新的传统和历史就是小说在最后一部分中建构的"英吉利",它强调传统的农耕文化,却反对理想化的田园生活。布伯瑞奇的讨论关注了记忆叙事这一技巧在建构自我身份中的作用,但她没有深入讨论是什么因素使得人们选择性地记住或遗忘个人或群体历史中的事件。另外,她对小说《英格兰,英格兰》中造成身份丧失的原因判断也过于武断,破坏人们自我身份的因素不只包括记忆的丧失或记忆的颠覆。对于玛莎而言,导致她自我身份残缺的因素至少应包括她在人生各阶段所经历的创伤,如幼年被父亲抛弃的痛苦经历,成年时遭受情人背叛的经历等。因此,布伯瑞奇的对该小说的解读无法全面剖析玛莎以及作者巴恩斯通过虚构叙事来建构自我身份的深层原因。

可以看出,前面所讨论的 6 篇论文都关注了叙事在虚构人物的生活中所扮演的角色。除此之外,还有 3 篇论文也部分地探讨了叙事之于虚构人物的生活的意义,它们分别是帕特斯库(Ecaterina Patrascu)的论文《<福楼拜的鹦鹉>和身份的面具:在后现代主义和"后人文主义"之间》("*Flaubert's Parrot* and the Masks of Identity: Between Postmodernism and the 'New Humanism'", 2011)、皮克拉斯(Maricel Oro Piqueras)的论文《朱利安·巴恩斯的<结局的意义>中记忆的重访》("Memory Revisited in Julian Barnes's *The Sense of an Ending*", 2014)和格瑞内(Michael Greaney)的《朱利安巴恩斯的怪异之处和<结局的意义>》("The Oddness of Julian Barnes and *The Sense of an Ending*", 2014)。帕特斯库的论文指出,布瑞斯维特所建构的福楼拜传记是他发展自我身份和认知生活现实的"面具"。帕特斯库强调,离开这种"阐释性面具"的中介作用,布瑞斯维特就无法建构自己的身份或"阐释自己的存在"(Patrascu 2011:215-216)。皮克拉斯的论文则结合了当代生活书写理论和老年学研究的成果,探讨了《结局的意义》中的主人公托尼通过重构记忆叙事来建构身份并认知人的衰老过程的做法。在皮克拉斯看来,生活真理和身份都是叙事重构的产物,而不是"寻找原始副本的结果",因为记忆会受情感的影响,任何记忆都是一种重构(Piqueras 2014:90)。格瑞内的论文虽然没有探讨《结局的意义》中的托尼如何通过自传叙事来建构自我身份,但他却认识到巴恩斯有可能运用了克默德(Frank Kermode)在《结局的意义:虚构叙事研究》(*The Sense of an Ending: Studies in the Theory of Fiction*, 2000)所提出的叙事理论,通过将生活事件组织成某种有意义的叙事来认知生活(Greaney 2014:232)。因此,格瑞内的讨论仍在一定程度上关照了叙事在托尼生活中所起的中介作用。

学界除了探讨巴恩斯小说中的人物如何通过叙事来发展自我身份和理解生活的意义外,还讨论了巴恩斯如何借助自己的文学叙事来发展自我身份、认知并解决自己的生活问题。在论文《战机驾驶员的月亮之下:巴恩斯和信仰》("Beneath a Bomber's Moon: Barnes and Belief", 2009)中,查尔兹(Peter Childs)指出巴恩斯是一名相信非理性信仰的作家,表明巴恩斯认为文学虚构能带给人们某种安慰。通过引述巴恩斯在《凝视太阳》中所虚构的故事情节,查尔兹探讨了巴恩斯在半自传作品《没有什么好怕的》中所表达的对死亡的忧惧和对上帝的怀念,指出尽管巴恩斯不相信上帝和来生,但他却认为关于上帝的虚构能缓解人们对死亡的惧怕。查尔兹随后梳理了巴恩斯在《伦敦郊区》、《凝视太阳》、《一部由10 1/2 章构成的世界史》、《谈话》、《爱及其他》、《亚瑟和乔治》等小说中探讨的宗教信仰与死亡及真理之间的关系,表明巴恩斯小说的一个共同主题就是他在作品《没有什么好怕的》中所表达的观点:艺术是宗教信仰的心理替代物,它有助于那些不再梦想天堂的人们理解死亡后的可能世界(Childs 2009:122)。最后,查尔兹通过分析巴恩斯反对宗教信仰的原因以及他在表达"爱是我们唯一的希望"这一非理性信念时所表现出的谨慎和冷静,指出巴恩斯是一位"严肃的作家",认为巴恩斯"借助小说虚构在宇宙的黑夜中寻找到了短暂的光明,而这种光明却赋予黑暗中的人类某种美好的安慰"(Childs 2009:128)。①

查尔兹的论断表明,他已认识到虚构叙事在奠定巴恩斯的作家地位、解决巴恩斯自己的生活问题等方面的作用。查尔兹的讨论几乎关照了巴恩斯的所有小说,但由于他这篇论文的篇幅问题,他未能系统深入地探讨巴恩斯如何通过小说创作来逐步确立他作为严肃作家的自我身份,以及他如何通过小说创作来探讨并解决他在日常生活中所关心的问题。在随后发表的《朱利安·巴恩斯》这部专著中,查尔兹归纳了巴恩斯在"日常生活中的顾虑",比如死亡、情感和婚姻中的背叛、信仰的失落和堕落的人类处境等问题(Childs 2011:11-15)。但是,他的研究缺乏系统性,仅仅逐章分析了巴恩斯各部小说的主题及创作特征,根本没有探讨叙事中介在发展巴恩斯的自我身份和缓解他生活顾虑的过程中所起的作用。

苟拉弥(Soudabe Gholami)是探讨叙事中介在建构巴恩斯自己的身份和解决他所关注的问题中的作用的另一个学者。在论文《抵制死亡话语:<没有什么好怕的>福柯式解读》("Resistance to the Discourse of Death in *Nothing to Be Frightened of* by Julian Barnes in the Light of Michel Foucault", 2011)中,苟拉弥结合了福柯的话语权力理论,探讨了巴恩斯的半自传体作品《没有什么好怕的》如何从文学话语的生产、标题和叙事三个层面来抵制"死亡话语",即探讨巴恩斯如何通过融合现实和虚构的叙事来"主张自己的身份"并克服他对死亡的恐惧(Gholami 2011:126)。苟拉弥指出,巴恩斯格外关注死亡这一话题,他通过将生活事件转变成文学素材来抵制宗教、上帝的权威和死亡。在苟拉弥看来,作品标题中的"Nothing"既指"无所畏惧",又指"惧怕的对象是死亡或虚无",它所体现的双重意义是文学话语所建构的产物,读者无论在阅读前还是在阅读后都会感到这种双重意义带来的挑战。苟拉弥强调,《没有什么好怕的》的叙事文本将"死亡或虚无"这一抽象空洞的概念变成以书这一物质形态而存在的文学话语,它由巴恩斯的家庭回忆录、艺术和文学话语、自身的经历、朋友和其他作家的经历等素材共同构成。这种文学话语让巴恩斯认识到父母的生命不仅

---

① 在查尔兹看来,巴恩斯认为宗教信仰"贬抑他者而弘扬自我",因而会引发专制或集权政治。

以子女、孙女和重孙女的形态得到了延续,而且还通过他在半自传中作品对他们的记忆而得到延续。有鉴于此,苟拉弥总结说,巴恩斯在创作《没有什么好怕的》的过程中不仅建构了自己的身份,而且克服了他对死亡的恐惧,甚至还"思考了他将怎样死亡,即预测了他的未来"(Gholami 2011:128)。

苟拉弥虽然未提及"叙事中介"这一概念,但他的讨论显然关注了巴恩斯的叙事在建构自我身份、缓解死亡的恐惧、消解上帝的权威等方面所起的中介作用。与查尔兹的讨论相比,苟拉弥的论文表现出更严密的论证逻辑和坚实的理论基础,其讨论结果也具有很强的说服力。他对文学创作在预测巴恩斯自己的可能生活中的作用的讨论具有一定的独创性,他的观点与利科在《时间与叙事》(Time and Narrative, Vol.1, 1984)中对叙事功能的论述基本一致。遗憾的是,苟拉弥未能分析巴恩斯在何种原因下选择通过叙事来建构自己的身份并克服自己对死亡的恐惧。另外,他的讨论也没有细致地分析巴恩斯的叙事如何消解上帝的权威。

通过梳理国外巴恩斯的研究文献,可以看出国外巴恩斯研究虽然进入了快速发展的繁荣时期,研究角度多样化,但成果的总体数量还非常有限,各种视角下的讨论都在不同程度上受到后现代主义理论的影响。进入21世纪后,学界更多地从叙事中介的角度来探讨巴恩斯小说在建构自我身份和认知生活意义的过程中所起的作用,这已逐渐成为一种热点。虽然已有一定数量的研究成果,但研究的广度和深度还有待拓展。首先,研究的理论分析不够深入,没有紧扣与叙事中介相关的理论,全方位多层次地剖析巴恩斯的小说叙事之于小说人物和作者的意义。其次,研究文本过于集中,研究内容也比较单一,多数研究都以《英格兰,英格兰》为对象,探讨群体自我身份或个体对于民族身份的自我认同,探讨虚构人物在日常生活中自我身份的发展以及小说作者如何通过创作来建构自我身份的讨论相对较少。另外,对于巴恩斯为何选择通过叙事中介来建构自己及小说人物自我身份的研究明显不足,探讨身份发展中自我和他者关系的研究也几乎没有。因此,从叙事中介的角度来全面系统地探讨巴恩斯的小说不但有很大的研究空间,而且有很重要的学术价值。

二、 国内研究现状

从总体上来说,国内的巴恩斯研究明显落后于国外。就发展起点而言,国内的研究始于 1997 年阮炜在《外国文学评论》上发表的论文《巴恩斯和他的〈福楼拜的鹦鹉〉》,它的发表比国外第一篇期刊论文晚了整整 7 年。从成果数量来看,截至 2014 年 12 月 31 日,CNKI 数据库中能检索到的以巴恩斯作品为研究对象的期刊论文共 36 篇(其中 CSSCI 核心刊物论文 11 篇),硕士学位论文 17 篇,博士学位论文 1 篇。① 另外,截止到目前,国内尚未出现巴恩斯研究的专著或论文集,更没有夹杂在其他研究专著或论文集中以巴恩斯的作品为研究对象的文章或章节。若将各类研究文献的数量进行累加,其结果是 54,远远低于国外各类研究文献的总数 144。如果统计各年度所发表论文的平均数,国内为每年 2 篇,远远低于国外每年 5.4 篇这一数值。② 可以看出,国内的研究不仅成果类型不及国外丰富,而且发展速度和成果数量也均落后于国外的研究。另外,国内研究的总体质量也不高,探讨的文本过于集中,观点重复现象严重。③ 国内学界总体情况参见下图(三),国内学界各类研究文献的总数变化情况参见下图(四)。

图(三)　国内学界巴恩斯研究情况图

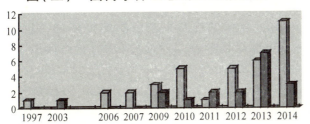

---

① 国内学界在 2013 年 11 月前已经产出硕士论文 8 篇,绝非何朝辉在其博士论文中所宣称的那样:"国内迄今为止尚未有以巴恩斯为研究对象的博硕士学位论文"。

② 依据上文对国外研究的综述,可以发现国外期刊论文共 80 篇,硕博学位论文 13 篇,3 部论文集中收录文章共 31 篇,其他文章 15 篇,研究专著 5 部。本书在统计各类文献总数时,论文集按照里边收录的文章总数计算。另外,本书在计算各年度所发表论文的平均数时,也未统计硕博学位论文和专著的数量。

③ 就研究的文本对象而言,36 篇论文中有 9 篇探讨《福楼拜的鹦鹉》、9 篇探讨《结局的意义》和 9 篇探讨《一部由 10 1/2 章构成的世界史》。就研究主题而言,36 篇期刊论文中有 29 篇论及了巴恩斯小说的后现代性,18 篇博硕士论文中有 15 篇分析了巴恩斯小说的后现代性。

图(四) 国内学界各类研究文献总数变化图

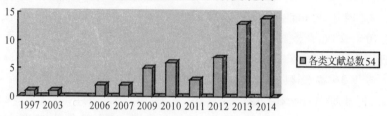

根据图(四)揭示的各年度研究文献总数的变化规则,可以看出国内的研究发展极不均衡。自 1997 年第一篇期刊论文发表后,国内研究便进入了一个为期 10 年的相对沉默期。第二篇研究论文直到 2006 年才出现,而学界在中间的 10 年中只产出一篇硕士论文。在最近 4 年,各类研究文献总数为 37,占据了国内研究文献总数的 68.5%。这在一定程度上表明,国内的巴恩斯研究受到外界某种因素的刺激,并在短期内突然爆发出来。从图(四)中各年度研究文献总数的变化特征来看,1997 年标志着巴恩斯研究的开始,2006 年和 2011 年这两个时间点预示了随后几年内巴恩斯研究的小规模爆发。这两个时间点的出现并非偶然,它们都与巴恩斯参与角逐代表英语文学最高成就的布克奖的年份相关,说明国内研究和国外研究一样,都受到了评奖活动的影响,它们促成了巴恩斯研究在短期内的突然爆发。①

根据各年度研究文献总数的变化规则,可以将国内巴恩斯研究大致划分成三个阶段。第一阶段(1997—2005)为起步阶段,第二阶段(2006—2010)为发展阶段,第三阶段(2011—)为初步繁荣阶段。由于国内研究历史并不是很长,前后只有 18 年,单凭文献总数的变化而将它划分成这三个发展阶段可能显得不尽合理,因而需要考察其他一些因素。除了上文提及的评奖活动外,巴恩斯的小说在国内的译介或介绍也是影响巴恩斯研究的一个重要因素。有鉴于此,巴恩斯研究的第一阶段还应包括国内第一篇期刊论文发表前的介绍性活动。

第一阶段的研究主要探讨巴恩斯小说的特征以及他的创作对英国小说的发展所做出的贡献。阮伟是国内研究巴恩斯的第一人。他的论文《巴恩斯和他的＜福楼拜的鹦鹉＞》讨论了巴恩斯的

---

① 2005 年,巴恩斯的小说《亚瑟和乔治》获得了代表英语文学最高成就的布克奖的提名;2011 年,巴恩斯的小说《结局的意义》则获得了布克奖。

小说如何通过"主题性的'互文性'"、"非故事化"的叙事、变动的视角和混杂不同文类的手法，促使"徘徊于十字路口的小说"向前发展（阮伟 1997:52）。阮伟指出，《福楼拜的鹦鹉》除了在创作手法上别出心裁外，它"唯美主义的非道德腔调"和"捕风捉影的拼凑"还无情地剖解了福楼拜的隐秘生活，颠覆了他的既有形象，成就了一部"新型"小说，即质疑文学在反映现实方面的能力的"后现代"小说或"后小说"（阮伟 1997:54—57）。张和龙教授在2004年发表的论文《小说没有死：1990年以来的英国小说》中，则部分地探讨了巴恩斯在《英格兰，英格兰》中对历史和真理的关照以及巴恩斯在小说《谈话》和《爱及其他》中对当代人的情感和道德的探索（张和龙 2004:195）。罗媛的硕士学位论文《追寻真实：<福楼拜的鹦鹉>研究》（"In Pursuit of the Real: A Study of Flaubert's Parrot", 2003）同样探讨了巴恩斯如何通过具有自省意识的叙事实验来创作一部"新的小说"、"新的传记"或后现代元小说（罗媛 2003:ii）。阮伟、张和龙和罗媛在各自论文中所探讨的巴恩斯小说在叙事和主题层面所表现出的后现代特征都是日后研究中的常见话题。① 在国内巴恩斯研究的36篇期刊论文中，有29篇论及了巴恩斯小说的后现代性，而18篇博硕士学位论文中则有15篇分析了巴恩斯小说的后现代性。因此，阮伟、张和龙和罗媛的论文奠定了国内研究的基本方向。

在第一阶段，还有一些学者通过其他方式向国内读者介绍了巴恩斯。亢泰是向国内普通读者介绍巴恩斯作品的第一人。他在伦敦游学时撰写了短文《湖边旅社》，介绍了1984年参评布克奖的作家及其小说，里边就有一个段落非常中肯地推介了巴恩斯的《福楼拜的鹦鹉》，将其称为"高明巧妙"的"传记性小说"（亢泰 1985:134）。中国出版科学研究所在1988年出版的《出版参考》中则向中国读者介绍了巴恩斯于1986年发表的小说《凝视太阳》。向大众读者介绍巴恩斯早期作品的还有《读书》杂志中的文讯"世界文坛中心正在消散"（慧辉 1992:156）、《中华读书报》中刊发的文章《在哪儿当作家好？》（秋叶 2001:BF26）和《光明日报》刊发的《仿佛小说的"另类"人物传记》（李景端 2005:6）。向国内学界介绍

---

① 叙事层面的互文性、戏仿、自反式叙事、文类的杂糅等特征，主题层面对权威的消解、对真理本质的关照、对历史真实的追求等特征。

巴恩斯的早期学者有翟世镜。他在1997年发表的文章《当代英国中青年小说家》部分地探讨了巴恩斯早期小说的主题、创作的实验性和对艺术的关照(翟世镜 1997:407—411)。侯维瑞、李维屏、阮伟、吴元迈、孙建等人则是将巴恩斯引入中国高校及学界的早期学者。①在第一阶段,有些学者也展开了旨在介绍巴恩斯作品的译介活动。林本椿和宋东升在2002年合译出版了《10 1/2卷人的历史》。②《福楼拜的鹦鹉》第一个译本的作者则为汤勇宽,该译本于2004年发行,与《10 1/2卷人的历史》一样,都由译林出版社出版。在翻译出版巴恩斯以及其他外国作家的作品方面,译林出版社一直走在同行的前面。③ 第一阶段的研究论文、介绍性文章和译著对国内的巴恩斯研究起到了抛砖引玉的作用,吸引越来越多的普通读者和专家学者关注巴恩斯。

在第二阶段,巴恩斯研究出现了一个小规模的爆发。2006年罗媛发表的论文《追寻真实——解读朱利安·巴恩斯的<福楼拜的鹦鹉>》则标志该阶段的开始。在短短5年内,学界发表了12篇期刊论文,3篇硕士学位论文。虽然该阶段所持续的时间不到第一阶段的一半,各类文献的总数则是第一阶段的5倍。按照研究主题,第二阶段的研究可以分成三类。第一类是探讨巴恩斯小说关注的后现代历史真实,代表论文有罗媛的《追寻真实——解读朱利安·巴恩斯的<福楼拜的鹦鹉>》、杨金才的《诘问历史,探寻真实——从<10 1/2章人的历史>看后现代主义小说中真实性的隐遁》和罗媛的《历史反思与身份追寻——论<英格兰,英格兰>的主题意蕴》。另外,罗小云、徐颖颖、汤素娜、瞿亚妮、王一平等人的论文和蓝可染、赵璧、倪蕴佳等人的硕士学位论文也都探讨了巴恩斯的后现代历史观。④ 第二类研究则探讨了巴恩斯小说对艺术

---

① 参见:侯维瑞、李维屏(编),《英国小说史》(南京:译林出版社,2005):851—853;吴元迈,《20世纪外国文学史:1970—2000年的外国文学》(南京:译林出版社,2004):211;阮伟,《20世纪英国文学史》(青岛:青岛出版社,2004);孙建,《英国文学辞典作家与作品》(上海:复旦大学出版社,2005)。

② 该译作在2010年再版时书名更改为《10 1/2章世界史》。

③ 《福楼拜的鹦鹉》的第二个译本是在2010年为石雅芳所译,她的译本同样由译林出版社发行。巴恩斯的小说《柠檬桌子》、《终结的感觉》、《英格兰,英格兰》和短篇小说集《脉搏》也由译林出版社组织专家学者翻译出版。

④ 王一平的论文《试析<福楼拜的鹦鹉>中的动物意象》虽然探讨了《福楼拜的鹦鹉》中的动物意象,但她却关注了巴恩斯如何颠覆传统作者作为意义的权威以及巴恩斯的后现代历史观,故笔者将该篇论文归入后现代历史研究这一分类中。

的关照,代表论文有张和龙的《鹦鹉、梅杜萨之筏与画像师的画——朱利安·巴恩斯的后现代小说艺术》和李冬梅的《艺术家与失败的"缪斯女神"——从＜福楼拜的鹦鹉＞说起》这两篇论文。第三类研究则探讨了巴恩斯在创作中对死亡问题的关照,代表论文有张莉的《无所畏惧?"无"所畏惧!——评巴恩斯新作＜没有什么好怕的＞》和《直面死亡,消解虚无——解读＜没有什么好怕的＞中的死亡观》。在数量上,探讨后现代历史真实的各类文献共有 11 篇,占据第二阶段所有文献的 73.3%。从研究文本来看,探讨《福楼拜的鹦鹉》的论文有 6 篇,探讨《一部由 10 1/2 章构成的世界史》的论文有 5 篇,探讨这两个文本的论文也占据该阶段总文献的 73.3%。可以看出,第二阶段研究探讨的主题比较单一,重复现象也比较多。

第三阶段的研究则以巴恩斯参评 2011 年布克奖为标志,而他的成功则直接促成了第二个爆发期的到来。在该阶段,以获奖小说《结局的意义》为研究对象的各类文献有 17 篇,以《一部由 10 1/2 章构成的世界史》为研究对象的文献有 6 篇,以《福楼拜的鹦鹉》为研究对象的文献有 6 篇,以《英格兰,英格兰》为研究对象的文献有 3 篇,以短篇小说《柠檬桌子》为研究对象的文献有 2 篇,其他 2 篇。各个研究文本所占的篇数不仅证明布克奖的评选是促进巴恩斯研究快速发展的一个重要因素,而且还表明这个阶段的研究和第二阶段一样,扎堆现象比较严重。比如说,在第三阶段的 36 篇文献中,有 32 篇探讨了具有后现代特征的小说,其中完全以后现代主义相关理论为理论视角的文献有 14 篇。除了后现代理论视角外,第三阶段的研究还以读者反应论、新历史主义、女性主义、叙事学、接受美学等理论为视角。从研究的内容来看,该阶段除了探讨后现代历史真实外,还探讨了现代文明、道德、死亡、艺术、主体性、民族身份、不可靠叙事等主题。因此,第三阶段的研究,无论是在理论视角上,还是在研究主题上,都表现出多元化的发展趋势。

自 2010 年以来,探讨叙事在发展自我身份和认知生活问题中所起的中介作用的研究逐渐成为巴恩斯研究中的一个重要方面。罗媛的论文《历史真实与身份追寻——论＜英格兰,英格兰＞的主题意蕴》探讨了小说女主人公玛莎如何借助记忆叙事和历史重构来建构个人身份。罗媛认为,《英格兰,英格兰》通过探讨记忆叙事的不可靠性和历史真实的建构性来披露后现代主义时期建构个体自我身份的困境(罗媛2010:107)。罗媛虽然关注到记忆叙事在建构个体自我身份中的作用,但她没有深入探讨小说主人公如何凭借记忆叙事来发展自我身份。张莉的论文《直面死亡,消解虚无——解读<没有什么好怕的>》在探讨巴恩斯对死亡问题的忧虑的同时,也部分地关注了个体的自我身份的建构,特别是记忆叙事在发展自我身份中的作用(张莉2010:85)。张莉表明巴恩斯通过自己的创作和自我反思来消解自己孤独的存在,但她却忽略了他的创作在建构自我身份中的作用。另外,虽然张莉认识到后现代语境中"'我'与他人之间有无限的阻隔,'我'丢掉了身份、迷失了自我"(张莉2010:86),但她既没有详尽地分析自我身份建构中自我的故事和他人的故事之间的关系,也没有探讨自我身份和他者身份之间的关系,更没有分析巴恩斯在创作这部具有半自传性质的作品时所处的生存危机。因此,张莉的论文不可能解释为何巴恩斯通过探讨他人的死亡来表达自己对死亡的担忧这个现象。罗媛和张莉的论文尽管存在一定的不足,却预示了第三阶段研究中对叙事在建构自我身份过程中所起的中介作用的关切。

  国内学界在探讨叙事之于发展自我身份的中介作用时,研究的侧重点都落在记忆叙事的性质及其作用之上。在2014年发表的论文《哀悼的意义——评巴恩斯的新作<生命的层级>》中,张莉再次部分地探讨了记忆叙事在建构自我身份中的作用。除此以外,她还探讨了巴恩斯自己的"小叙事"在认知和应对亡妻之痛中的作用(张莉2013:76)。但是,她的讨论只认识到巴恩斯"在哀痛中寻求自我诊疗",既没有意识到巴恩斯关于哀悼的叙事在建构自我身份中的作用,也没有关注到发展自我身份的过程中关于他者的叙事和自我故事之间的对话关系。另外,虽然她也关注到巴恩斯可能运用了克默德关于虚构叙事在认知生活中所扮演的角色的论断,但没有展开讨论巴恩斯的叙事如何有助于他认知自己在妻子死亡后的痛苦生活。刘成科的论文《虚妄与觉醒——评巴恩斯小说<终结的感觉>中的自我解构》则从不可靠叙述理论和新历史主义视角出发,探讨了巴恩斯如何通过记忆叙事来建构一个关于"陌生的他者"的故事,进而借助该"陌生的他者"来解构叙事者托尼的自我形象(刘成科2014:234)。在刘成科看来,巴恩斯所使用的"自我形塑"叙事实际上是叙述者的自我审视和自我反省,它有利于叙述者"寻找自我、定位自我,进而改变自我"(刘成科

2014：237）。虽然刘成科注意到了"他者"的故事在发展自我身份时所起的作用，但他所关注的"他者"仅仅是叙述者在记忆叙事中异化的自我，不是有别于自我的他人/他者。因此，他的讨论没有关注其他主人公的故事在叙述者建构自我身份时所起的中介作用。

除了探讨叙事在建构个体自我身份中的作用外，国内学界还关注巴恩斯的小说在建构群体自我身份方面的努力。在 2014 年发表的论文《＜英格兰，英格兰＞的另类主题——论怀特岛"英格兰"的民族国家建构》中，王一平探讨了民族国家的建构和民族自我形象的塑造。虽然她注意到"英格兰，英格兰"主题公园的建设者借助虚构的传统来塑造民族自我形象，但却没有探讨虚构在发明和建构传统中的作用，因而没有探讨虚构叙事在发展民族自我身份中的作用。另外，尽管王一平认识到巴恩斯的"英格兰作家"身份影响了他所建构的民族自我身份，但她却没有探讨为何巴恩斯要通过小说叙事来探讨民族身份的自我认同，即她的论述无法阐释为何巴恩斯钟情于通过虚构叙事来探讨个体和群体的自我身份（王一平 2014：79）。鉴于这个原因，王一平的讨论也没有探讨巴恩斯的虚构性叙事如何建构或巩固了巴恩斯的"英格兰作家身份"。

除了上述提及的 5 篇期刊论文外，还有 1 篇硕士学位论文也部分地探讨了虚构叙事在建构自我身份中所起的作用。在他的硕士学位论文《走出自我认识的迷雾——解读＜总结的意义＞》中，胡伟达探讨了该小说中的主人公托尼如何通过建构"个人的生活故事"和"关于生活的故事"来重构自我身份并还原真实的自我（胡伟达 2014：27—29）。他认为，由于记忆叙事的选择性和语言符号意义的无限延宕，托尼建构的生活故事不可靠，他可能出于某种目的而调整或扭曲过往事实，因而无法全面地认知自我（胡伟达 2014：33）。胡伟达强调，托尼只有通过联系过去的人和事，才得以认知真实的自我并发展自我身份。在探讨和他人的联系时，胡伟达没有认识到他人的故事也只是托尼虚构的产物，没有认识到他人的故事是托尼认识和建构自我身份的手段。

根据国内文献梳理的情况，可以看出国内研究与国外研究一样，都存在类似的问题，即受到后现代主义理论影响较大，研究的文本比较集中，重复研究的现象比较严重。比如，在国内研究的

54篇文献中,有27篇讨论了巴恩斯的后现代历史观,并且论文标题中都出现了"历史"这一关键词。不难看出,研究选题重复较多,观点也比较集中。除了这些问题外,国内研究还存在一个特有的弊端,这就是跟风现象严重。在巴恩斯获得布克奖不到三年的时间内,国内学界就产出了17篇以获奖小说《结局的意义》为对象的研究文献,占了第三阶段研究文献总数的53.1%。

除了问题外,国内研究也有一些值得称赞的地方。首先,国内研究的理论视角比较开阔,各种文学理论都被用来探讨巴恩斯的小说文本。但是,这个优点同时也可能会成为缺点。也就是说,学界的某些研究可能会为了理论创新而生搬硬套。比如说,论文《哀悼的意义——评巴恩斯的新作<生命的层级>》提及了克默德的虚构叙事理论,但却没有详尽地分析《生命的层级》如何实践了该理论或结合该理论来剖析这部小说。其次,国内的研究能够不断地开拓新的研究主题,持续跟进国外研究动态,力图与之保持同步。从国内介绍巴恩斯的最早文献的发表年代,就可窥见一斑。① 另外,近几年国内学界也关注到巴恩斯所探讨的自我身份的发展策略,这充分说明国内研究与国外研究几乎达到了无缝对接的程度,国内研究的深度和广度绝不输于国外同行的研究。

综合回顾国内外研究文献,可以看出探讨巴恩斯的小说之于发展自我身份和认知生活的中介作用,是学界在近几年逐渐发展起来的新视角。但是,无论是在理论研究上,还是在主题探讨上,从该视角所展开的研究在深度、广度以及力度上都显得相对不足。

首先,学界的研究仅局限于单独探讨某部作品,缺乏系统性和整体性的研究成果。到目前为止,也没有相关专著,相关文献的总数也较少。其次,学界的探讨往往只关注巴恩斯小说所探讨的叙事在发展小说人物的自我身份和认知生活的过程中所起的作用,既没有认识到巴恩斯的小说叙事在发展巴恩斯本人的作家身份和解决巴恩斯本人所关注的日常生活问题等方面所起的作用,也没有认识到发展自我身份的过程中自我故事和他者故事之间的关系。再次,学界也没有探究为何巴恩斯以及他笔下的人物要借助

---

① 比如,巴恩斯在1984年发表的《福楼拜的鹦鹉》在第二年就被亢泰介绍给中国读者。这说明国内学者一直关注国外文学创作和研究的最新成果,对国外学界的发展动态保持高度敏锐的嗅觉。再比如,由于现代网络通信技术的发达,国内学界在《结局的意义》发表不久后就窥探到该作品的文学成就,并对之持续地进行关注。

融合历史和虚构的叙事来发展自我身份并认知生活,即学界没有讨论巴恩斯以及他笔下的虚构人物在叙事建构自我身份和叙事理解生活的意义时所处的生存危机这一创作背景。最后,学界在探讨巴恩斯小说所建构的自我身份时,没有注意到身份认同背后的道德认同,即学界没有认识到巴恩斯对现代身份表达的关切。而这种现代身份却以日常生活的价值为指引,强调自我和他者之间的和谐关系,认为个体应该通过自我探索和发现来追求自我表达和实现。

鉴于上述几个原因,本书作者尝试运用叙事身份理论中的基本概念,并结合现代身份理论和危机叙事理论,系统地研究巴恩斯的小说叙事在发展自我身份和认知生活方面所起到的中介作用。

第三节 本书的研究方法

本书拟采用危机叙事理论、叙事身份理论和现代身份理论的基本概念,以巴恩斯的《伦敦郊区》、《亚瑟和乔治》和《结局的意义》这三部小说为研究对象,从婚姻危机、信仰危机和道德危机三个方面来分析巴恩斯的小说在发展自我身份和认知生活方面所起的中介作用。

首先,本书作者将依据危机叙事的理论,分析巴恩斯小说中的主人公以及他自己试图通过叙事中介来发展自我身份和认知生活的原因。在《结局的意义:虚构叙事理论研究》中,克默德表明生存就是危机中的生存,认为危机从来没有远离过我们的生活。虚构叙事是生存危机中个体发展自我身份和认知生活的有效工具,因为"每当我们创造虚构作品时,我们在作品中遇见的总将是我们自己"(Kermode 2000:39)。可以看出,虚构叙事能预测一个可能的未来。因此,克默德指出,文学启示与代表世界末日的《启示录》一样,都是个体在生存压力下对生命结局和生命意义的预测。随着传统宗教信仰的没落和现代社会各种危机的盛行,我们比以往任何时候更需要虚构文学所造就的"开始、中间与结局之间的和谐结构",因为虚构叙事不仅能促成自我发现和对人类世界的理解,而且是"通往个人自由或安慰的手段"(Kermode 2000:36,93;Gorak 1987:9)。尽管克默德本人没有提出"危机叙事"这一概念,但他的虚构理论却包含了这方面的意思。另外,克默德研究专家格拉克（Jan Gorak）也将其称作"危机批评家"（1）。因此，本书将克默德的叙事理论称之为危机叙事理论具有一定的理据。

危机叙事理论不仅能阐释为何巴恩斯在小说创作中不断地关注生存危机，而且还能解释为何巴恩斯以及他笔下的主人公都试图通过叙事活动来发展自我身份并认知生活。尽管巴恩斯的部分小说再现了史前的大洪水、18世纪的海难、美洲殖民地时期的种族冲突、二战期间的大屠杀、冷战期间的核战争、东欧的政治巨变等人类历史上的重大危机①，但巴恩斯却更关注日常生活中诸如死亡、信仰的失落、情感和婚姻中的背叛、道德的颓废和身份的迷失等"个人危机"（Taunton 2011：20；Tate 2011：53，64；Kucala 2009：61-62；Cavalie 2009：97）。通过叙事理解这些日常生活中的危机，我们就能够学会如何解决或避免这些生活问题，因为"小说是开放社会中个体问题的解决之道"（Kermode 2000：129）。巴恩斯及其笔下的人物热衷于通过讲述生活故事来认识自我的另一个原因在于"人从本质上来说都是讲述故事的动物"（MacIntyre 2007：216）。用巴恩斯自己的话来说，"我们最深层的自我是叙事的动物"，通过叙说我们的生活故事，我们可以"阐释和拓展生活……我们如何生活，生活有何目的，我们如何享受和珍重生活，生活如何陷入危机，我们如何失去生活"（Barnes 2012b：8）。由此可见，巴恩斯认识到叙事能够阐释和认知我们在生活中所经历的危机。

其次，本书将运用叙事身份理论，探讨巴恩斯小说中的主人公如何在生存危机中通过讲述生活故事来发展自我身份并认知生活。利科在《叙事功能》（"Narrative Function"，1981）中指出，历史会借用虚构叙事的"情节化"和"叙述视角"将历史事件配置成具有某种意义的故事整体，而虚构则会借用"生产性想象"来模仿体现"历史性"的人类行为——"在叙说故事或书写历史前，我们都属于历史。"（274-296）历史的虚构化和虚构的历史化的一个衍生结果就是"叙事身份"（Ricoeur 1985：246）。结合泰勒在《哲学文集》中所提出的"人是阐释的动物"这一论断，利科提出了自我是一种阐释的观点（Ricoeur 1992：188；Taylor 1985：45）。在

---

① 比如小说《箭猪》和短篇小说《东风》（"East Wind"）分别探讨了保加利亚和东德在东欧剧变后的政治丑闻，《10 1/2 章世界史》则探讨了史前大洪水、二战期间的犹太人的逃亡、泰坦尼克号的沉没、早期美洲殖民地时期欧洲白人与印第安人的冲突。

他看来,对历史和虚构兼收并蓄并的叙事是阐释自我的"最佳中介",表明通过将人生故事转变成能与伟大人物的传记相比拟的虚构故事或历史虚构,个体便获得了可称为"叙事身份"的稳定特征:"若按照人们所讲述的自我故事的功能来阐释,人类生活不是变得更可读吗?若借用历史和虚构叙事的模式或情节来解释这些生活故事,它们不是变得更好理解吗?"(Ricoeur 1991a:73-77)因此,身份是叙事的结果,叙事是理解生活的中介。正是通过将自己的生活转变成能与伟大人物传记相媲美的自我故事,《伦敦郊区》中的叙述者才获得了自我身份,并有可能从婚姻危机中走出来。《亚瑟与乔治》和《结局的意义》中的主人公也都在生存危机中,通过叙说自己的生活故事获得了自我知识,发展了自我身份。

生活具有"前叙事特性"(Ricoeur 1991:29)。利科认为,生活在被叙述前都可被用来构建自我身份且以真实形式存在、但未经讲述过的故事所包围。因而生活是以"初始形态"存在的故事,生活是"追寻叙事的行为"(Ricoeur 1991:29)。通过叙事追寻自我身份,生活变成了"人类生活",而未经过"叙事的检验"的生活不值得去体验(Ricoeur 1991:20,29)。巴恩斯小说中的主人公显然认识到生活的前叙事特性,发现自己是"小说中的人物"(Barnes 2005:320),认为生活是"一部未写过的书"(Barnes 1984:13),需要通过叙事追寻才能完成"我曾想写的书"或"我的故事"(Barnes 2012:40)。因此,本书将结合情节配置的观点,剖析巴恩斯小说人物如何将未被叙说的初始故事转变成利于建构自我身份的被叙述的故事,进而"修复先前已受到威胁的生活秩序"(Ricoeur 1985:44-47)。

自我和他者之间的关系密不可分。离开了他者,自我也就不存在。因此,"他者性"是自我身份和主体间性关系中的固有属性(Ricoeur 1992:318)。但是,利科所强调的他者既不是列维纳斯"高于自我"的他者(Levinas 1979:31),也不是性别或后殖民文化研究中的"异化他者"或"边缘化的他者"(Said 1977:xx;West 2010:235)。相反,它是促成自我的形成并被自我"关切的邻居"、被赋予"正义"或被视为平等的他者(Ricoeur 1992:18,342)。有鉴于此,个体在叙事发展自我身份的过程中,除了必须寻找能与自我进行对话的谈话者,即泰勒所说的"重要的他者",还必须关切他者的需求(Taylor 2001:509)。或鉴于此因,《结局的意义》中的叙述者托尼指出,"我们的生活其实不是我们的生活,它只是我们所讲述的关于我们生活的故事。讲给他人,也讲给我们自己。"(95)对于托尼斯而言,他讲述故事的目的不仅是为了发展自我身份,而且也是为了表达自己对故事听众的尊重和道德责任。在《亚瑟和乔治》中,亚瑟克服了自己的阶级优越感,通过讲述融合现实和虚构的侦探故事,不仅帮助乔治洗刷了罪名,而且满足他恢复工作和社会地位的需求。在建构侦探故事的同时,亚瑟不仅重构了自我身份,而且也克服了他所处的生存困境。在《伦敦郊区》中,叙述者在建构自我身份的同时,也积极地思考自我与他者的关系,他者是叙述者审视自我的镜子。

最后,本书还将运用现代身份理论,剖析巴恩斯的小说在叙事建构自我身份的过程中所主张的道德价值。泰勒(Charles Taylor)指出,现代身份包括"内省意识"、"对日常生活的肯定"和"作为内在道德之源的表达主义本性"这三个主要层面,其中内在意识就是对"我是具有内在深度的存在之自我意识"(Taylor 2001:x)。人是自我阐释的动物,成为自我就是通过"自我探索"和"自我发现"的"理性反思"来定位自己在道德空间中的立场,能够理解"什么构成了有价值的生活",并确定自己想成为怎样的人(Taylor 2001:121,183;Taylor 2003:45;Schweiker 1992:563)。在泰勒看来,自我身份和"善"即自我身份和道德密不可分,如果不知道"道德图景或道德直觉如何演变",我们就无法清楚地理解何为人的主体性、何为人的本性以及何为自我身份(Taylor 2001:3)。在巴恩斯的小说中,各主人公都非常关注自我身份发展中的道德力量,反思了日常生活中的生存危机如何影响对善的生活的追求。

传统道德哲学只关注道德义务的内容而忽略了善的生活的本质。鉴于此,泰勒将其拓展成包含对他人的尊重及道德义务、什么是构成我们有意义的生活、我们的尊严这三方面内容的道德思想(Taylor 2001:3,15)。不同的社会对这三方面的内容及其重要性有着不同的理解。在此背后则是"判断什么是有价值的生活"的不同范式(Taylor 2001:16-18)。① 在现代西方社会,对工作、家庭、婚姻、抚育后代等日常生活价值的肯定构成了什么是尊重他人、什么是有意义的生活、我们的尊严等道德思想背后的范式(Taylor 2003:45)。自我身份内含引导我们进行强评价并寻求有意义的存在范式,而意义的发现则在于"寻求恰当的表达"和把握"理解自我的语言"——自我的形成和探索离不开语言交际,因为我们"内在的本性是具有表达能力的存在"(Taylor 2001:18,198)。强调善的生活在于表达"日常生活中的期望、期望的实现以及我们所处的自然秩序",即强调"个人情感"和"创造性想象"(Taylor 2001:368-390)。关注日常生活的表达主义探讨了个体如何走向自我发现、个体生命如何融入整个人类故事,影响了"现代历史观和生活作为叙事的艺术观"(Taylor 2001:389)。由于传统范式(如宗教信仰和体现荣誉伦理的勇士精神)在现代社会已丧失其存在价值及基础,巴恩斯非常关注现代个体如何在平庸的日常生活中实现自己的人生理想和价值目标。在叙说自己生活的过程中,巴恩斯小说中的主人公(当然也包括巴恩斯自己)表达了自己的生活理想及价值主张。按照泰勒的理解,这些自我表达为个体的自我实现创建了有益的人际关系网。在主体部分的讨论中,本书还将分析巴恩斯小说中的主人公如何在日常生活价值的指引下,借助强调自我反思和自我表达的生活故事,来发展自我身份并认知生活。

第四节 本书的主体结构

本书分为五个部分,其中第一章至第三章为本书的主体部分。

第一章分两节,主要探讨婚姻危机中的自我表达对于建构强调日常生活价值的自我身份的作用和意义。第一节主要分析了小说主人公如何在"重要的他者"的挑唆下发现了他的婚姻危机,以及他如何在焦虑的驱使下叙事反思由激进到平庸的成长轨迹。第

---

① 比如,对于崇尚荣誉伦理的古希腊勇士来说,个人尊严至高无上且毫无遗漏地包容了第二个层面的内容;对于宗教文化中的人们来说,他们更关注对上帝的道德义务;不同于以往任何时期,我们的时代则更焦虑地"关注生活是否有意义或生活的意义是什么"。参见:Charles Taylor, *Sources of the Self: The Making of the Modern Identity* (Cambridge and Massachusetts: Harvard University Press, 2001):16.

二节主要讨论了小说主人公如何在平庸的生活中借助强调日常生活价值的自我表达,发展了他的艺术才能并确立了他作为驻地艺术家的自我身份。在创作这部具有自传特征的小说的过程中,巴恩斯不仅确立了他的作家身份,而且还建构了他的可能生活。

第二章分两个部分,论述信仰危机中的个体如何借助融合历史与虚构的叙事,来建构自我身份并重构存在范式。第一节分析了该小说中的两个主人公各自经历的信仰危机,以及为何这两个主人公在信仰危机中都转向了代表科学理性且崇尚骑士精神的侦探小说,借此来化解各自的生存困境。第二节则深入剖析了叙事中介在捍卫(或修复)两者在他人眼中的自我形象、克服各自的生存困境、发展各自的身份和重构各自的存在范式等方面所起的作用。通过创作这部带有侦探小说特征的作品,巴恩斯不仅拓展了他的作家身份,而且还为读者认知历史谜案、发展自我身份和建构小时代的生活理想提供了一些方法论上的参考。

第三章由两节构成,分别探讨了小说主人公所经历的道德危机以及他在道德危机中如何通过记忆叙事来建构自我身份。第一节的讨论结合小说主人公在退休后的平庸生活中叙事建构他在年轻时的自我身份的原因及动机,探讨他如何逐步陷入万劫不复的道德深渊。第二节则围绕自我身份发展过程中所使用的记忆叙事策略,讨论主人公如何在自我与他者的相互关切中通过反思自我眼中的他者来破解生存困境、认知生活中难以理解事件的意义和重构一个具有道德正义感的自我身份。通过创作这部虚构的回忆录,巴恩斯不仅重新确立了他作为小说家的身份,而且还暗示他将通过怎样的方式来探讨妻子的死亡这一重要的生活问题。

通过主体部分的分析,本书得出以下五个方面的观点。第一,巴恩斯的小说大多具有半自传特征,探讨了他在日常生活中所关注的问题。第二,巴恩斯的小说从本质上来说是一种危机叙事,关注了日常生活中的个人危机,探讨生存危机中的个体如何通过叙事来建构可能的生活。第三,巴恩斯的小说探讨了叙事在发展自我身份、认知生活、克服生活危机等方面所起到的中介作用。第四,在探讨个体如何在生存危机中发展自我身份时,巴恩斯强调自我与他者互为依存、互为关切,表明自我必须寻求能够与之进行"对话"的"重要他者"来实现对自我的认知。第五,巴恩斯的小说建构了一种以日常生活价值为指导的生活主张,强调通过自我探索和发现来追求自我表达和实现。

巴恩斯的小说关注日常生活中的个人危机,探讨现代个体如何在生存困境中借助叙事中介来发展自我身份和认知生活。从叙事中介的角度探讨巴恩斯的危机叙事在建构自我身份和认知生活等方面所起的作用,一方面可以揭示巴恩斯小说创作的特点,拓宽巴恩斯研究的视域,为巴恩斯研究做出贡献;同时,从危机叙事理论、叙事身份理论和现代身份理论的视角来探讨巴恩斯小说在建构自我身份方面所起的中介作用,可以拓展叙事中介的理论视野。另一方面,探讨日常生活危机中的叙事在发展自我身份、认知生活和解决日常生活问题等方面的中介作用,对于帮助现代个体走出自我迷失的困境将有着重要的指导意义。现代社会的生活变得日益平庸化和狭隘化,现代文明陷入了"相对主义、享乐主义和自恋主义"歧途(刘擎 2012:11;Taylor 2003:5)。如果能够像巴恩斯小说所设想的那样,陷入歧途的个体能够以日常生活的价值为指导,在自我探索和自我发现的过程中同时强调自我与他者相互依存、相互关切,他必然能够发展一种本真性的自我身份并实现小时代的生活理想。因此,从叙事中介的角度来探讨巴恩斯的危机叙事,既有助于学界在探索现代身份的发展模式时有所洞见,又可以丰富巴恩斯研究的成果。

第一章 《伦敦郊区》中的婚姻危机

巴恩斯的小说始终关注虚构叙事在建构自我身份和认知生活方面所起的中介作用。他指出,"小说能告诉我们关于生活的绝大部分真理……我们最深层的自我是叙述故事的动物,且是一切问题答案的探索者;最优秀的小说很少提供答案,却能格外卓越地阐释问题本身。"(Barnes 2012b:8)巴恩斯如是说无非想表明以下几个观点。首先,他的小说创作是他借助人类所特有的故事叙述能力来探讨日常生活中人们所面临的问题。其次,他的创作并未替我们解决这些问题,而是告诉我们该如何更好地认识和应对这些问题。最后,他的创作源自生活且最终回归生活,即小说创作是他应对生活问题的一种策略。因此,巴恩斯的小说是关注生活实际问题的小说。正如本雅明指出的那样,任何真正的故事都会关照生活实际问题,都具有一定的"有用性":它要么进行道德劝诫,要么提供实践经验,要么表达生活的格言(Benjamin 2006:364)。

巴恩斯的处女作《伦敦郊区》显然来自他所熟稔的日常生活。同绝大多数作家的处女作一样,该小说也是一部具有自传特征的作品。小说主人公克里斯在伦敦市区的中学生活、中学时期对死亡的恐惧、法国的留学生活、回国后的编辑工作以及伦敦郊区的婚姻生活等细节,不仅反映了巴恩斯如何在平庸的生活中逐渐走上文学创作之路,甚至部分地预示了巴恩斯在真实的生活和虚构的生活中的某些必然。譬如,让巴恩斯及其小说中的男主人公们焦虑不安的妻子不忠这一现象。[①]若考虑到"虚构叙事是借助情节构筑来建构可能世界的实验",《伦敦郊区》中的某些情节在巴恩斯

[①] 在近作《生命的层级》中,巴恩斯称"与其说《福楼拜的鹦鹉》精确描述了虚构鳏夫在亡妻后的痛苦,不如说它预测了自己在妻子去世后可能要面对的生活"。按照巴恩斯对生活和艺术关系的这种理解,《伦敦郊区》中克里斯妻子的出轨从某种意义上来说则预示了日后巴恩斯妻子的出轨。

生活中不断复现也就不足为奇了(Ricoeur 1984：184)。借用克默德的话来说,通过虚构性文学创作,巴恩斯不断地遇见他自己。因此,被叙述的生活故事不仅确立了巴恩斯的作家身份,而且还预示他的身份可能会经历某种变化。

《伦敦郊区》讲述的故事也是叙述者克里斯熟悉的日常生活。在确立巴恩斯作家地位的同时,它也将确立克里斯的"作家身份"。克里斯讲述的故事反映了他从中学时期到开始叙说自己的故事这一阶段的生活。因此,他的生活故事和巴恩斯的小说一样,都有关成长,并关注日常生活中的实际问题。在该小说中,克里斯的叙述行为始于"昨晚"后的今日凌晨(175)。① 看着安睡的妻子和女儿,心怀对即将从事的法国文学编译工作的无限期待,克里斯自称"我是一个快乐的人。"(174)不难看出,克里斯肯定工作、家庭和婚姻生活中的乐趣,强调了现代身份形成过程中的"日常生活的价值"(Taylor 2001：23)。

克里斯讲述的自我故事是他在婚姻危机中关于生存焦虑的自我表达。对夫妻是否会永远忠于对方的焦虑瓦解了他在日常生活中的自满。在其好友托尼看来,资产阶级夫妻在婚姻中不可能一直忠于配偶,即便一方有了外遇也会骗配偶说"我爱你"(149)。受焦虑的驱使,但更主要的是受托尼的挑唆,克里斯向妻子求证她是否会一直忠于他。在这过程中,托尼发现了自己的婚姻危机。妻子的通奸不仅证实了克里斯的担忧,而且应验了托尼对资产阶级婚姻的虚伪性所做的推测。这种讽刺让克里斯不禁回想起他先前由于背叛少年时的激进艺术理想而遭到托尼指责的经历。按照托尼的说法,克里斯的编辑工作与原创艺术几乎无关,他在伦敦郊区的安逸生活与少年时的激进艺术理想更是背道而驰。妻子的出轨带给克里斯的焦虑和不安让他在凌晨凝视窗外并思索人生。因此,《伦敦郊区》中的故事是克里斯在婚姻危机中反思自己人生的结果。该小说展现出记忆叙事的特征,它是克里斯在"自我探索"后得到的"自我发现",体现了现代身份演变过程中肇始于奥古斯汀的"内省转向"(inward turn)(Taylor 2001：177)。在追忆成长经历时,克里斯强调真理不是来自外在的斗争,而是来自内在的"自省"(inward glance)(101)。在"叙事形塑"(narrative emplot-

---

① 在本章讨论中,凡是单独摘引该小说原文的地方均直接括号标注页码。

ment)自我反思的过程中,克里斯部分地实现了他所追求的艺术理想,从而驳斥了托尼对他的讽刺(Ricoeur 1985:158;Laitinen 2002:63)。这表明平庸的日常生活中仍然可以有艺术,个体可以通过日常生活中具有内在深度的自我表达来建构自我身份并认知生活的意义。

本章将重点讨论克里斯选择叙事艺术来认知他在日常生活中的生存焦虑并建构自我身份的原因及其具体手段。对克里斯而言,令他忧惧的事物包括"语言的纯洁性、自我的完美性、艺术的功能以及大写的诸如爱情、真理、本真性……死亡等不可捉摸的事物"(15)①。反映到生活中,这些事物造成了他追求本真性自我的过程中所经历的各种生存焦虑:对资产阶级价值观的忧惧、对性的渴求和害怕、对死亡的恐惧、对情感背叛的疑惧,以及对艺术理想的担忧。在年少的克里斯看来,艺术不仅能够抵制资产阶级日常生活中的虚伪,而且能够延续生命,并带给人们"宗教般的平静"(12)。此外,艺术也是他走向社会前获取性、爱情、婚姻等生活经验的重要媒介。鉴于艺术和资产阶级生活之间的关系,恪守艺术理想是否意味着必须摒弃体现资产阶级价值观的生活理想?因此,克里斯对性、死亡、情感等生活问题的焦虑不可避免地与他对艺术理想存亡的担忧交织在一起。由于他在成年后转而拥抱和赞同城郊资产阶级的平庸生活,他理所当然地认为平庸的日常生活同样有可能滋养出意义深远的艺术创作。因此,本章将通过探讨克里斯对资产阶级态度的变迁来探讨他的生存焦虑、他通过叙事来建构自我身份的努力以及他所建构的自我身份的具体性质。

第一节 婚姻危机与生存焦虑

为了便于本节讨论的展开,笔者在此先探讨一下克里斯讲述自我故事的诱因和动机。小说在第一部分开篇指出:修剪后的篱笆闻起来像腐烂的苹果,就像我16岁时那样……那时,一切看起来要比现在更有可比拟之处,有更多的比喻——事物在那时有更

---

① "But stuff like the purity of the language, the perfectibility of self, the function of art, plus a clutch of capitalised intangibles like Love, Truth, Authenticity …" 巴恩斯在此处所提的"本真性"(Authenticity)和泰勒在《本真性伦理》中所探讨的资产阶级平庸生活中的"本真性"应该具有相同的外延和内涵。

多的意义、更多的阐释、更多可得到的真理(13)。此处的"现在"显然是指克里斯开始叙说自我故事的"现时",即上文提到在小说最后一章才阐明的"昨晚"后的今日凌晨。"一切看起来要比现在更具有可比拟之处"暗示当前事物之间的关系更简单。"有更多的意义"则暗示现在的事物意义更明了。今非昔比的变化暗示克里斯的叙述目的有可能是剖析造成此种局面的原因。

事实上,克里斯在开始自我反思之前已对讲述自我故事的诱因和动机做了一番探讨。但在结构上,这个部分仍然出现在小说的最后一章。在该章开头,克里斯叙说道:

> 托尼诡秘地看着花园中的蔬菜,然后问"这就是你的生活?"我没有回答;为何要让他人来打断你的自责?你不需要这样的朋友。当我在院前路口擦洗汽车时,一个不太熟的路人用手杖指了指院中一簇充满活力的常春藤,微笑了一下,以示赞许。不要以为我在脑海中不会听到那些我们经常溢于言表的赞美之词:那个刚才路过的人会说不错,很好,非常好,而别人——也许是你自己——甚至正被狼追赶着,驾着雪橇穿过俄国的白桦树林。在周六下午,当我推着割草机缓慢且仔细地修剪草坪,确保割草机回转时与先前割过的地方重合,不要以为我在这个时候不会引述马拉美(Mallarmé, 1842–1898)的话语。(174)

显然,上述段落提及的修剪草坪与小说开头的修剪篱笆遥相呼应。小说首尾都强调现时生活的简单和纯真。"这就是你的生活?"与其说它是克里斯就托尼对他的快乐生活的讽刺而做出的回忆,不如说它是克里斯反思现时生活的努力和尝试。"不需要这样的朋友"则说明克里斯不接受托尼对他的指责,否认自己因为过着资产阶级的平庸生活而放弃了少年时的激进艺术理想。"不要以为我不会在脑海中听到"和"不要以为我……不会引述马拉美"则表明克里斯认为平庸的生活与艺术并不矛盾,即便是最平常的生活琐事,也随时蕴藏着深刻的艺术。因此,艺术和生活也许能共存。

克里斯对托尼的不满折射出他对艺术理想的理性认识。在他看来,托尼激进的艺术实践不仅是"毫无意义的极端行为",而且

"背弃了个人品行"(174)。于是,他不禁感叹"激进的艺术除了让人失去理智和爱,他们又能带来什么?那些极端行为又有什么地方显得别致?为何虚假的诱惑是如此的罪恶?"(174)因此,激进的艺术理想不仅缺乏理性依据,而且可能造成不道德的后果。这种认识表明克里斯开始认真地重新审视少年时的艺术理想,并逐渐意识到艺术家的道德责任。在反思的过程中,克里斯将自己和法国意象派诗人兰波进行了对比。他发现,

> 兰波到开罗旅行时曾给母亲写信,说"此处的生活无聊至极却又十分昂贵。"至于我们想象中的雪橇和狼:没有任何证据能说明狼杀死过人。华丽的比喻并不全部可信。我将称我是一个快乐的人,如果不是说教的话,那至少是出于谦卑的兴奋,而不是出于自豪——我不明白为何如今的人们要鄙视资产阶级生活中的快乐[……]而不是把快乐当成某种成就。A代表黑色,E代表白色,I代表红色……?支付你的账单,奥登这么说道。(174-175)

兰波在去开罗旅行时已放弃了艺术职业。通过引用兰波的信件,克里斯暗示自己也放弃了艺术理想,转而关注与现实关系更为密切的物质基础,如金钱。如果没有一定的物质基础,艺术家就不可能维持生计,更不可能持续推进自己的艺术创作。或许出于这个原因,克里斯在引述兰波《元音》中的第一行时(即上述引文中的"A代表黑色,E代表白色,I代表红色")用省略号并加上"?",绝非他在第一部分标题下对同一诗句的原文直接引用。"?"的使用表明克里斯对兰波原先脱离生活实际的文学艺术已进行了某种思考,认识到关注意象的"华丽比喻"并不可靠。基于这种认识,克里斯引用奥登(W. H Auden)的诗句"支付你的账单",强调文学艺术应回归现实生活,关注日常生活中个体的责任和快乐,指出日常生活中的快乐是值得人们去追寻的"某种成就"。正因为关注个体在日常生活中的道德责任,克里斯在听到女儿哭泣时自告奋勇地去查看女儿,以消除内心的担忧:"她哭的时候,我担心;她安静

时,我担心"(175)。① 在发现女儿安然无恙后,克里斯踱步至窗边,开始反省自己的人生。

上述分析表明,克里斯叙述自我故事的表面原因在于托尼的指责。通过指出生活和艺术可以共存,克里斯表明自己在平庸的生活中仍然可以有艺术理想,进而驳斥了托尼认为他完全放弃了艺术理想的指责。通过引述兰波的故事,克里斯理性地思索了艺术和生活之间的关系,强调了艺术家的道德责任。借此,克里斯不仅批评了托尼的极端艺术行为,而且还表明了自己的道德立场。对于克里斯而言,他所坚持的道德立场就是承担起他在婚姻中所应肩负的责任:忠于妻子、爱护子女和承担起养家糊口的经济负担。他深夜起床查看女儿,对女儿的安危和幸福表达了关切,这都说明他恪守体现日常生活价值的资产阶级道德。

在回应托尼的指责的同时,克里斯也阐明了他叙说自我故事的根本诱因,即婚姻危机给他带来的焦虑。"这就是你的生活?"除了表明克里将通过叙事来反思自己的生活外,还暗示:当他发现自己的婚姻应验了托尼的预测后,他内心感到了极度的不安和焦躁。"不需要这样的朋友"除了表明克里斯在艺术理想上决定与托尼分道扬镳外,还包含了克里斯对托尼的极度不满:如果不是托尼,他也许就不会试图向妻子求证他们的婚姻是否存在虚伪之处,更不会因此发现妻子对他的背叛。因此,托尼对资产阶级婚姻的批判破坏了克里斯对美满婚姻的期待,让他陷入了婚姻危机。② 正是由于婚姻危机给他带来的痛苦和焦虑,克里斯才无法在深夜入睡,并在黑暗中开始反思他在成长过程中经历的各种焦虑。从这个意义上来说,托尼是克里斯通过"内在反省"来认识自我时无法脱离的"重要他者"(Taylor 2001:509)。

---

① 前一个担心是指克里斯担心女儿是否感到不适,第二个担心则指克里斯担心女儿是否停止呼吸而已经死亡。

② 托尼的举止如果不是背叛他和克里斯之间的友谊的话,那至少表明他妒忌克里斯婚姻生活中的快乐。虽然他指责克里斯背叛了少年时的激进艺术理性,但是他在恪守这种理想的过程中也不是非常成功,除了几个评论家外,没有普通读者购买他的书;与之相反,克里斯编撰的图书却非常畅销。因此,托尼对于克里斯的批判夹杂着他对克里斯快乐生活的嫉妒。如果考虑到下文提及的兰波与好友Verlaine之间的关系的话(Verlaine在兰波离开他后感到非常绝望,开枪射伤了兰波),我们可以看出克里斯试图通过"毫无意义的极端行为"来影射兰波和Verlaine之间的关系,进而抨击托尼对自己造成的伤害。参见:Julian Barnes, *Metroland* (London: Vintage Books, 2009):73. 另外,参见:"Arthur Rimbaud", January 16, 2015. < http://en.wikipedia.org/wiki/Arthur_Rimbaud >.

克里斯在婚姻危机中叙述自己生活故事的动机应当是为了探明叙事艺术在克服生存焦虑方面所起的中介作用。更具体地说，克里斯试图弄清如何通过"内省"式叙事应对给他带来生存焦虑的艺术理想、死亡、性、情感等生活实际问题，借此来建构自我身份并理解生活的意义。基于这种认识，《伦敦郊区》的最后一章与其说是克里斯对自己生活故事的总结，不如说预设了在他所崇尚的资产阶级日常生活的视域内来"叙事跟进"他的叙述行为（Ricoeur 1984：91）。"叙事跟进"反映了读者如何理解克里斯生活故事的"认知过程"（Ricoeur 1984：91）。根据"情节是对行为的模仿"而不是对现实的模仿这一观点，读者只要叙事跟进克里斯如何在资产阶级价值观的影响下借助叙事来模仿或"修正"自己在成长过程中的可能行为，即叙事理解克里斯是怎样通过情节配置来叙事形塑从16岁到30岁的成长经历，就能窥探他在人生各阶段的生存焦虑、艺术理想和生活实践（Moseley 1997：19）。①

《伦敦郊区》勾勒了小说主人公克里斯由以叛逆自居的少年成长为平庸的成年人这一成长轨迹。构成小说的三部分"伦敦郊区（1963）"、"巴黎（1968）"和"伦敦郊区Ⅱ（1977）"分别对应他的少年期、青年期和成年期。伦敦郊区、伦敦都市和巴黎这三个地理位置所承载的社会文化不仅构成他的成长背景，而且也是他不同阶段理想的组成部分。通过对各阶段理想与现实、艺术与生活之间关系的思考，克里斯不仅认识了他在人生各阶段中的生存焦虑，而且还实现了对自我身份、生活理想及价值主张的动态认知。

第一部分"伦敦郊区（1963）"主要探讨克里斯在16岁时的生存焦虑。这包括他对资产阶级价值观的忧惧、对性的渴望和害怕以及对死亡的恐惧。克里斯自诩为"愤怒的一代"，指出自己在学校阅读其代表人物奥斯本（John Osborne，1929 – 1994）的作品（41）。与奥斯本一样，克里斯公然反对英国的阶级制度、资产阶级的虚伪和平庸以及战后福利国家无聊乏味的生活。② 克里斯告

---

① 叙述克里斯16岁时经历的叙述者"语气"要比当时的克里斯更年长；或许，它就是30岁的克里斯的视角，此时的克里斯显然能够"讽刺性地修正年轻自我的观点或姿态"。鉴于这个原因，克里斯叙事模仿的行为不一定真实，它们有可能是克里斯为了阐明自己所想建构的自我身份而虚构出来的行为事件。

② 参见："Angry Young Men", Encyclopedia Britannica. Encyclopedia Britannica Online, Jan. 16, 2015. 2015. <http://www.britannica.com/EBchecked/topic/25251/Angry-Young-Men>.

诉读者,仅从他父母身上就能窥见资产阶级的虚伪和奸诈。比如,母亲缝制了一件内侧藏有几个大口袋的外套,以便在海外度假回来时逃税偷带香烟。虽然不能像来自伦敦市区"波兰籍犹太移民"家庭的托尼那样"更容易"地体会到愤怒,来自伦敦郊区中产阶级家庭的克里斯对二战后资产阶级生活中的无聊和虚伪感触却更为深切(23,41)。作为资产阶级"舒适的家",伦敦郊区不只是住宅集合区,它更表达了根植于资产阶级文化且被称作"乌托邦"的价值观,强调工作场所与家庭的分离、中产阶级城郊别墅与工人阶级住所的分离、绿色城郊和城市污染的分离(38)。虽与城市仍保持千丝万缕的联系,伦敦郊区却给人"田园生活"的遐想(Fishman 2002:22-23)。二战后的伦敦郊区表面上生活安定,实际却充斥着精神无所寄托的人。借用拉金(Philip Larkin,1922-1985)的诗句"他们搞砸了你,爸爸和妈妈",克里斯指出以他父母为代表的城郊居民"在被自己父母搞砸后继而搞砸我们",认为他们都是"精神上的流浪者……空虚得让人无法忍受。"(32,39)因此,资产阶级价值观让少年克里斯感到无限的忧惧和不安。

在伦敦郊区的家中,少年克里斯每天都感到"存在的不满"(existential discontent)(39)。生活从每天早上开始就让人难以置信地重复着。父亲天天看《泰晤士报》中股票交易一栏,"难道他在工作中还未受够那种东西?"(40)哥哥奈吉尔(Nigel)日复一日地关注他的科幻小说。妹妹玛丽(Mary)不是呆滞地盯着胡椒瓶和盐罐子就是阅读刀叉。母亲则一直"无聊地烦扰我们"(65)。生存中的不满让克里斯觉得自己既不像父亲,也不像母亲,因而怀疑"自己是否是私生子"(40)为了驱除生活的无聊,克里斯盼望家庭出现某种变故。然而,他每天都愤怒地发现父母兄妹仍然都在——为什么他们中没有人在夜晚逃跑,没有被在我看来几乎无法承受的资产阶级空虚生活灼伤?为什么他们仍像昨天那样端坐在餐桌旁,并且在24小时后似乎会再次心满意足地返回原地(39)?显然,少年克里斯和巴恩斯都受存在主义哲学影响,并试图以该哲学中的某些理念来审视生活并探讨生命的价值。① 面对西西弗斯（Sisyphus）般荒诞且无意义的存在（Reynolds 2006：16），克里斯试图通过"有计划的抵制、任性的反驳、无政府主义的抨击"来缓解生存的焦虑（29）。通过这种叛逆，克里斯力图消除父母的影响，以确立无意义生存中的"本真性"秩序和"独立存在"（41）。

　　生存焦虑中的克里斯对法国文化表现出一种特有的热情。其叛逆偶像来自法国语言和文化，绝非浸染其日常生活的英国文化。其座右铭则是由法语表达的口号"压垮卑鄙者（écraser l'infame）"和"突袭资产阶级（épater la bourgeoisie）"（15）。在乘火车前往伦敦市区学校的路上，克里斯挫败了那些"假装满不在乎"实际上却想抢夺自己最喜欢座位的资产阶级的"卑鄙企图"，以此开始一天的叛逆（59）。与对资产阶级抱有同样憎恨的托尼一起闲逛时，克里斯提议捉弄一下资产阶级：他们选择一家男装店，以成人口吻要求购买成人袜子和儿童袜子；当店员摸不着头脑时，托尼斥责说"这算什么狗屁男装店？"（18）。他们随即逃离，边走边讨论那店员会如何的惊讶。克里斯坦承，他在中学时做的最多的便是操练并实践法国语言文化，喜欢法语是因为它的"爆破力和精确性"，喜欢法国文学是因为它的"好斗性"，而英国文化中却没有这种"叛逆精神"——比如，塞缪尔·约翰逊"虽然很强硬但压根儿不时髦"，"笨蛋"叶芝却恰恰相反，"他虽然时髦但总瞎弄仙女之类的东西"（16）。

　　克里斯通过积极地实践具有叛逆精神的法国文化艺术来抗击资产阶级的虚伪。每当周三下午没课时，克里斯就极力模仿波德莱尔、兰波等法国文人在巴黎街头的"游荡"，与托尼一起穿梭于

---

① 虽然小说中克里斯没有直接表明自己是萨特、加缪一样的存在主义者，但他在叙述自己少年时期故事的过程中显然利用了存在主义哲学中强调的"本真性"存在这一概念；另外，他在巴黎留学期间也试图和女友 Annick 探讨存在主义哲学。就巴恩斯本人而言，深谙法国文化的他对存在主义并不陌生，他除了在《伦敦郊区》中谈及存在中的无意义和本真性存在外，他还在《凝视太阳》中借助 Kierkegaard 的箴言 "Immortality is no learned question" 探讨存在的意义和永恒。在《结局的意义》中，巴恩斯则结合萨缪的"there is only one really serious philosophical problem and that is suicide"来探讨小说主人公 Adrian 自杀背后的哲学意蕴；在《生命的层级》中，巴恩斯甚至也结合该思想来探讨自己如何在妻子死亡后的痛苦和"存在主义孤独"中试图自杀，探讨存在的意义。参见：Barnes, *Metroland*, p. 101; *Staring at the Sun*, p. 119; *The Sense of an Ending*, p. 13; *Levels of Life*, p. 111.

伦敦街头，捕捉各种情感，如车站离别时的痛苦、教堂中信仰的欺骗、哈里大街垂死者的恐惧、国家美术馆中的审美乐趣（29-30）。虽然英国文化"阻碍了克里斯自我的发展，但伦敦却为他模仿19世纪巴黎的游荡者提供了必要的都市文化"（Holmes 2009：53）。因此，与其说克里斯的叛逆受制于"愤怒的年轻一代"这一"政治隐喻"，毋宁说它受唯美主义艺术观的激发（Childs 2011：22；Holmes 2009：52）。与《一部由10 1/2章构成的世界史》中"插入语"部分的叙述者一样（Barnes 1989：200），克里斯认为艺术"是生活中最重要的东西"，它不仅使人变得"更友善和文明"，而且使人变得"更善良、更明智……拥有可观测到这种变化的能力"（29）。为了观察艺术如何有助于克服资产阶级的伪善，克里斯经常光顾国家美术馆，像"老练的偷窥者"一样，用望远镜来观察人们欣赏艺术品时的外在变化，如嘴唇微启、眉头紧蹙和身体后倾（Salman 2009：85）。在为了艺术而艺术的唯美主义原则的指导下，他坐火车去观察贫民窟，训练"艺术敏感性"，探寻兰波游览伦敦时发现的资产阶级的罪恶（61）。①

　　法国文化（特别是代表无限"性想象空间"的法国文学）极大地缓解了克里斯对性的渴求（Tauton 2011：11）。虽然身处20世纪60年代的性解放热潮中，克里斯却发现通往性知识的道路都被堵死了。和绝大多数同学一样，少年克里斯对性感到既恐惧又渴望。同学之间流传的纳粹分子用X光来阉割集中营囚犯的故事让他担心在"更衣室、公共卫生间和深夜地铁上"被阉割（21）。为了从母亲那弄清到底什么是太监，克里斯故意将太监一词"eunuch"误读成"oonuch"（22）。母亲纠正了他的发音，却说不清楚答案。正当父亲试图回答时，她用力瞪了父亲一眼然后慌忙说"可能是阿比西尼亚仆人（Abyssinian servant）"（22）。纠正发音表明她知道太监是什么样的人，但她和丈夫都不想让克里斯了解真相。因此，家长显然不是真理的"可靠来源"（22）。在学校生物课上，教师劳森（Colonel Lowson）在讲到最后一章"植物、动物和人类繁殖"中的植物时就准备复习；迫于学生的压力，他胡乱说了几句关于野兔的繁殖，闭口不谈人类如何繁殖后代（23）。因此，代表知识和真理

---

① 参见：Christina Patterson, "Verlaine and Rimbaud: Poets from Hell", *The Independent*, Wednesday, 08 February 2006.

的官方渠道也被封死了。除了女性的内衣广告、色情电影海报和同学间私下传阅的如《跨度》(*Span*)一类的裸体杂志外,能够为克里斯带来性知识的还有他喜爱的法国文学作品,如波德莱尔的《恶之花》(*Les Fleurs du Mal*)、兰波的诗歌和高迪尔(Théophile Gautier)的色情小说,当然也包括部分英国文学作品,如"*Lady C*",即劳伦斯的《查泰莱夫人的情人》(14 – 15,51)。

克里斯关注文学艺术的另一个原因就是它能部分地帮助他克服对死亡的恐惧。在回忆录《没有什么好怕的》(*Nothing to Be Frightened of*,2008)中,巴恩斯称上帝的死亡意味着"可以更欢快地手淫……这是存在主义哲学的全部主张"(Barnes 2008:25)。与巴恩斯一样,克里斯认为上帝死后就"无须把手淫当成罪恶",更不用担心"死去的亲人会观察我手淫"(53)。但是,上帝之死又同时造成了他对死亡的恐惧。当然,这是对于自身或亲人死亡的忧惧。而对其他人的死亡,比如同学卢卡斯(Lucas)的自杀,对克里斯只会加入嘲笑和谣传的行列——"有女朋友?怀孕?无法面对家人?"(53)这种嘲笑和谣传在《结局的意义》中又将被重演。由此可看出,死亡较大地影响了巴恩斯及其虚构人物的生活①。虽然克里斯不确信上帝之死是否与"城郊资产阶级的无聊、学校的反宗教狂热者、波德莱尔和兰波……不再将手淫视作罪恶"等原因有关,但他坚信"惧怕死亡的到来与上帝的离去必然存有某种因果关系"(53)。② 因此,克里斯和巴恩斯一样将"对上帝的敬畏替代成对死亡的恐惧",并且"对死亡的惧怕已成为自我最根本的组成部分"(Barnes 2008:81 – 90)。在夜深人静时,死亡的恐惧出其不意地向克里斯袭来,让他想尖叫,但父母又不允许。因此,克里斯只能在黑暗中"浑身颤抖……不是惧怕死亡的过程,而是惧怕已经死亡这个状态"(54)。在宗教信仰缺失的情况下,文学艺术成为克里斯以及巴恩斯在"青少年期间的安慰"(Barnes 2008:252)。

文学艺术是少年克里斯在上帝死亡后的内在信仰。死亡虽能

---

① 在《结局的意义》中,主人公托尼(Tony)(《伦敦郊区》中克里斯的好友托尼的再现)也和《伦敦郊区》中的克里斯一样惧怕死亡,他的中学同学罗布森(Robson)的自杀也同样引起了他和其他好友的谣传和嘲笑。参见本论文第四章。

② 巴恩斯在《没有什么好怕的》中指出,"中学时期的英语老师狂热但含蓄地反对上帝和宗教信仰";虽然《伦敦郊区》未指明有任何学校老师这么做,但学校却让学生读奥斯本的作品,因而存在某种反对宗教和社会制度的行为。参见:Barnes, *Metroland*, p.41.

"夺走我们的躯体、夺走头颅中储存我们想象力的物质",但死亡"无法夺走我们对那些物质造成的改变"(Barnes 2008:252)。鉴于这个原因,克里斯及其创造者巴恩斯均引用法国作家高迪尔的诗句"一切都会灰飞烟灭,唯有强大的艺术才会永恒",借此表明艺术能突破时空而存在(Barnes 2009:55;Barnes 2008:252)。在克里斯看来,后人对文学艺术品的欣赏会永不间断,直至星球的毁灭。因此,艺术创作如果不能"挫败死亡",至少可以让我们"与死亡抗衡"(defy death)(Barnes 2008:252)。不难理解,《伦敦郊区》借助克里斯之口表明艺术能带来心灵的震颤和腾飞,甚至"宗教般的平静"(12)。生活不仅如兰波的诗歌《元音》所暗示的那样,蕴含着更多的意义、阐释和真理,而且它和艺术之间存在波德莱尔意义上的"对应关系"(Childs 2011:23)。在上帝去世后,艺术俨然成为克里斯克服死亡恐惧的替代性信仰。

不仅如此,文学艺术也成为少年克里斯的生活理想。如果说"死亡意识"使得巴恩斯选择写作为职业,那么对死亡的恐惧则使得少年克里斯选择具有反叛精神的"驻地艺术家"作为自己的生活理想(Barnes 2008:253;Barnes 2009:70)。毕竟作家的书不仅"使死亡变得人性化",而且"用更容易被人接受的范式……展现死亡的恐怖"(Barnes 2008:253;Kermode 2000:58-59)。毫不奇怪,克里斯在回忆该阶段的生活时首先想到的总是生活偶像波德莱尔和兰波的书。小说各部分开篇的引用也均源自他视作精神食粮的作品,它们从"元交际层面"揭示出他的成长过程(Pateman 2002:4-8)。①

小说第二部分"巴黎(1968)"主要探讨青年克里斯如何在性和情感焦虑中逐渐偏离少年时的激进理想。尽管克里斯在中学时就非常渴望性,他在实际行动中却非常拘谨。他不仅担心自己在火车上被阉割,而且担心自己的"贞操"会被服装店替他量裤子的店员所"摧残"(20)。在情感和婚姻方面,他认为法国作家高乃依(Pierre Corneille,1606-1684)笔下"奔放但守本分、忠诚且贞洁

---

① 《伦敦郊区》共分三个部分,每个部分均有未加标题的引言和数量不等的章节构成。在各部分标题和引言之间,小说均插入一段引用。第一部分"伦敦郊区(1963)"引用了兰波的《元音》、第二部分"巴黎(1968)"引用兰波的同性恋情人 Verlaine 对兰波的评论,第三部分"伦敦郊区Ⅱ(1977)"则引用了 Bishop Butler 一段话语,各个部分的引言均与该部分主题相关。鉴此,Pateman 认为这些引文预设了小说解读的方法。

的女性"是他理想的人生伴侣（25）。可以看出，婚姻和情感中的背叛让克里斯在年少时就充满担忧和疑惧。在他眼里，莎士比亚和莫里哀笔下因为担心妻子通奸而"行为荒唐的丈夫"应该值得同情（25）。当好友托尼热烈地投入性生活时，克里斯却努力克制性冲动。他宣称在21岁前没有做爱是因为"相信延迟的快乐（deferment of pleasure）"（78）。他这么做不是因为拒绝、压制或放弃快乐，而是因为相信"两情相悦、美妙自然的性体验"（78）。当今社会的"竞争和游戏让人们闹哄哄地追赶性高潮"，但这却带来"满足后的失落"（82）。鉴于这个原因，克里斯在完全进入社会前一直捍卫自己的贞洁。他在性方面的保守和自满、他在情感中的专一和执着以及他对女性的尊重和关爱由此可见一斑。

性保守和情感焦虑使得克里斯不像少年时那么激进。在他看来，纯生理冲动中的快乐远远不及为了两情相悦的性爱而努力的过程中所得到的快乐（82）。因此，克里斯视拉辛（Jean Racine, 1639-1699）、马利佛（Pierre de Marivaux, 1688-1763）、拉克劳斯（Choderlos de Laclos, 1741-1803）等作家为可靠的情感向导，试图通过传统方式来追求唯美的爱情与和谐的性爱（78）。他的保守和自满并非独见于他对爱情和性爱的追求中。在进入大学前，他由于经济上无法脱离父母而认为"真正的叛逆在于自满"，结果被托尼讽刺为"墨守成规"（41）。在托尼指责他"变得自满时"，克里斯反驳说自己"绝大多数时间都这样"（76）。如果说第一部分篇首引用的《元音》是克里斯理想主义的风向标，第二部分篇首引用魏论（Paul Verlaine, 1844-1896）书信则宣示现实生活的反弹。这表明克里斯逐渐淡化他对资产阶级的激进批判，转而关注自满平庸的情感生活。

为了追求诚挚的爱情，克里斯完全忘记少年时自封的反资产阶级使命。他坚称自己1968年到巴黎留学的目的是融入法国文化。在人生中绝无仅有的天时、地利、人和的时刻出现时，他非但未加入体现法国文化好斗性的学生运动，甚至完全无视它的存在。克里斯说自己"什么也没看到"，就连"一缕青烟"也无法记起（76）。他对于人生另两阶段的嬉皮士、披头士、朋克运动等激进文化也同样置若罔闻。因此，克里斯对法国学生运动的冷漠绝非偶然。具有讽刺意味的是，他清楚地记得在1968年5月失去童贞，并在当时写信告诉托尼。对于托尼"没必要为了性而恋爱"的告诫,他嗤之以鼻;这表明他们"日渐疏远,促成他们共同理想的敌人资产阶级也不复存在"(97)。显而易见,沉浸在性快乐中的克里斯已不像少年时那样痛恨资产阶级。因此,巴黎的留学生活见证了他如何由激进转向平庸。

情感体验中获取的真理让克里斯淡忘了少年时的艺术理想。由于认为真理只存在艺术中,克里斯初到巴黎时努力实践少年时的艺术原则,如"建构性游荡"、"记忆实验"、"文体练习"等(Barnes 2009:86-87)。法国女友艾妮柯(Annick)给他的第一吻让他感到"艺术、历史和我幸运地称作生活的东西将很快融为一体,成为我的一部分"(93)。他与艾妮柯的性爱则让他觉得"不再是一个无知的人",内心似乎"卸去一个社会重负"(96)。在实践《查泰莱夫人的情人》中描述的性姿势时,克里斯发现生活实践和艺术理论完全不同。当艾妮柯追问他从何处得知这种姿势时,他的如实回答换来了艾妮柯的微笑。性爱中的坦诚让他感觉到从未体会过的轻松。另外,克里斯和艾妮柯的交谈让他觉得无须依赖"任何虚构作家的作品"或"抗击资产阶级虚伪和欺骗的斗争"就能获得真理(101)。因此,恋爱中的克里斯不再试图通过艺术实践来追求真理。

克里斯对情感背叛的忧惧让他不自觉地陷入谎言的漩涡。艾妮柯在恋爱中的坦诚让他意识到"真理不仅存在于诚实的回答中,而且存在于诚实的表达中"(102)。受艾妮柯的影响,克里斯力图追求日常交际中的诚恳,而不是艺术表达中的真实。尽管如此,克里斯总觉得自己不够诚实,即便自己所说的全是真话,却仍心怀莫名的负罪感。为了减轻内心的不安,克里斯觉得有必要将自己刚认识的英国女孩马里恩(Marion)告诉女友,以此表明自己对两人之间的情感的忠诚。当艾妮柯提议去看一场电影时,克里斯借机说"我的英国女性朋友"已看过这部电影(121),尽管他并不清楚马里恩是否看过这场电影。但是,艾妮柯却对克里斯"为了讲明真相而说的谎"无动于衷(121)。于是,克里斯又将"我的英国女性朋友"这句谎言重复了两遍。在这种情况下,艾妮柯误以为他已背叛了自己。为安慰她并表明自己的清白,克里斯想说"我爱你",但犹豫之后,说出口的却是"我很爱你"。艾妮柯立即抨击他"工于心计",指责他不诚实(123)。克里斯的犹豫表明他"怀疑语言之外的情感现实"(Holmes 2009:56)。这使得艾妮柯最终和他决裂。这种"因诚实而被指责的讽刺",不管它如何刺痛克里斯,都促成他的成长,因为"它属于我,是我的部分经历"(122)。

情感经历中的经验教训让克里斯担心艺术理想的存亡。恋爱中的真诚曾让他欣喜地发现,无须通过激进的反资产阶级艺术实践就能获取真理。在失恋后,他重拾初到巴黎时的艺术实践。从某种意义上来说,艺术再度成为克里斯慰藉心灵的替代性信仰。在这种背景下,他开始阅读福楼拜的《情感教育》(*L'éducation Sentimentale*)。在详述自己的情感挫折后,该小说中的主人公弗雷德里克指出人生最大的乐趣在于对快乐的期待,强调艺术创作应"逃避生活"(Barnes 1984:150)。尽管克里斯的成长也离不开情感挫折,但他的情感教训与弗雷德里克则截然不同。他不仅发现人生最大的乐趣在于两情相悦的性体验,而且认识到生活和艺术有可能融为一体。这种差异让克里斯不禁反思少年时的艺术理想:

> 有些人说生活最为重要,而我却喜欢阅读。那时,托尼和我可能心怀内疚,我们热爱艺术可能是由于生活的空虚。艺术和生活到底如何相互影响……生活能否成为艺术,或艺术能否成为更高形式的生活?艺术是否只是一种消遣,没有宗教信仰的人把虚假的信仰强加在它身上?(128)

"由于生活的空虚"一句表明克里斯发现自己并非真正喜爱艺术。他和托尼将艺术作为生活理想仅仅是因为艺术的"实用性",即艺术可以排除生活的无聊并填补信仰的缺失。这种发现极大地动摇了克里斯的艺术理想。鉴于这个原因,克里斯不再确信自己是否会长久地坚持少年时的激进艺术理想。

克里斯与马里恩的相遇也暗示他不再盲目地追崇法国文化。正如他所意识到的那样,"我的法语说得越好、法国人的表情动作学得越到位、与法国文化的交融变得更深入,内心也就越来越抵制整个过程。"(105)当他发现马里恩对待婚姻和情感的态度比法国女友艾妮科更加坦率后,他立即被她深深地吸引了。[①]因此,英国文

[①] 在马里恩看来,人们结婚可能是为了某种机会、为了获取生活来源、渴望生儿育女或担心衰老。马里恩的坦率让克里斯甚感惊讶,因而被她深深地吸引了。

化中也存有能够让克里斯获取生活真理的东西。他无须再依赖激进的法国文化来抵制资产阶级的虚伪。这种认识表明克里斯已经由少年时"半自愿"、"半计划"和"部分由他人选择"的自我发展成"独立的自我"(72–85)。因此,克里斯在离开巴黎时说自我"像装满的行李箱一样,必须坐在我的上面把所有东西压进去;里边装有的道德和情感如戏剧节目单一样,按年代顺序排列,并被箍上橡皮筋"(130)。显然,具有独立意识的克里斯不会像《情感教育》中的主人公那样为了艺术而逃避生活。情感生活给他的自满和道德教训让他与少年时的艺术理想渐行渐远。另外,艺术理想背后的功利性动因也让他不再坚信艺术能够成为更高形式的生活追求。相反,追求体现日常生活价值的平庸生活日益成为他的新理想。毕竟平庸的日常生活能给他带来更多的真理和更大的快乐。

小说第三部分"伦敦郊区Ⅱ(1977)"探讨了克里斯如何因生活的自满而彻底放弃艺术理想,并因此陷入新的生存焦虑。满载各种经历的自我让回到伦敦郊区后的克里斯不仅感到成熟而且变得自满:"如果盘点自我,清单中各恰当位置必然都是。我看来多完美……年龄:30。婚否:是。子女:1个。工作:1份。住房:有。抵押贷款:有……愉快躺在妻子身边。楼下冰箱默默地、令人愉悦地换挡……不再担忧,满足于我的自我。"(133)与巴恩斯其他小说中的男主人公相比,"克里斯是最后一个快乐的人"(Higdon 1991:176)。他的快乐显然来自他鄙视过的城郊资产阶级舒适的家。就如该部分引用的巴特勒(Bishop Butler,1692–1752)的话"事物和行为之所以如此是因为它们本就如此[……]为何还渴望被欺骗"暗示的那样,克里斯至此已完全摒弃了叛逆精神和艺术理想。他不再实践以法国语言文化为典范的"元交际",并注意到"它在理论上美妙,在实践上却不可靠"(140)。此外,他也不再相信艺术与生活间的直接联系,因为"这完全取决于个人的内在信仰,而我现在却没有"(165)。他没有当驻地艺术家,而是成为出版园艺和食品书籍的编辑也不足为奇。在小说结尾时,克里斯准备接受翻译出版法国文学经典的工作,并由此感到"慵懒的快乐"(177)。

克里斯的平庸在一定程度上说明了现代英国文学发展中的困境。克里斯由激进到平庸的转变与兰波的人生轨迹几乎如出一辙。少年兰波通过同性恋身体政治而激进地投入艺术;他在20岁时却放弃了艺术,转而投入平庸自满的商贸工作。克里斯坦陈自己在年少时由于缺乏其他的选择而鄙视权威、疯狂地迷恋艺术并在情感上展现出同性恋倾向(58)。因此,克里斯对资产阶级价值观态度的转变部分地说明他为何喜欢兰波。物质生活所允诺的快乐让克里斯与兰波一样放弃了少年时的激进艺术理想,并因此被托尼斥责为"变节者"(168)。不同于克里斯,托尼一直坚守少年时的艺术理想。他反对资产阶级婚姻和家庭,激进地参与街头政治,并出版具有"左倾"特征的诗歌集和评论。但是,托尼却发现"人们他妈的不买我的书",因而非常失落(147)。小说的这种结局似乎宣示了城郊文化的胜利,在一定程度上指明城郊生活是阻碍现代英国文学发展的"死胡同"(Head 2000:78)。

  托尼的指责让自满的克里斯再度陷入生存的焦虑。由于认同资产阶级的价值观,他已然成为"资产阶级权势人物(fat cat)"中的一员(146)。为了捍卫自己的选择,克里斯强调艺术并不会促发任何变化。另外,他表明自己在巴黎时曾试图将艺术和生活融合起来,而现在他却关注不同的东西,比如婚姻中的道德责任。托尼对此却倍加嘲笑,认为他"怎能忍受一辈子不和其他女人上床?"(148)在他看来,资产阶级在婚姻中不可能一直忠于配偶。正如本章开头所讨论的那样,托尼对资产阶级虚伪的斥责让克里斯陷入婚姻背叛的忧惧中。由于担心背叛妻子,克里斯在睡衣舞会上奋力抵制一名年轻女子的诱惑,并因此被指责说和她开玩笑时"意图不诚实"(156)。为了表明自己对婚姻的忠诚,同时也为了反击托尼,克里斯将该经历告诉了妻子。让他意想不到的是,妻子不仅认为他有可能意图不诚实,而且说自己曾经有过一段婚外情。正是由于托尼的挑唆,克里斯才发现自己婚姻中的危机,并在焦虑中反思自己的平庸生活和艺术理想。

  借助婚姻危机中的自我反思,克里斯将未曾讲述过的生活经历组织成一个有助于他来理解他在成长过程中所经历的各种生存焦虑的故事。由于这种自我反思是以记忆叙事的形式展现出来,克里斯在思考艺术和生存焦虑之间的关系的同时,也认识到艺术在认知和解决生活问题方面的功能。在第二节讨论中,本书将重点探讨克里斯如何借助强调日常生活价值的自我表达来实现他的艺术理想,进而确立他作为驻地艺术家的自我身份。

第二节　日常生活的自我表达

克里斯因为拥抱生活而放弃艺术,托尼因坚守艺术而躲避生活。这似乎表明生活和艺术水火不容,艺术家应效仿福楼拜"克制并逃避生活"(Barnes 1984:150)。托尼既然能做到这点,为何还如此失败?是否像他抱怨的那样,他失败是因为人们对艺术不再感兴趣,艺术只是"少数人无任何价值的爱好"(145)?或者,又如他辩解的那样,"所有作品一出版就被严重地误解"(170)?或许,他的书"太具争议性而无法被大众接受"(171)。或许,他的书无人问津是因为"它们太卑鄙"(146)。此处的"争议"和"卑鄙"无非是指托尼以"自我为中心"的激进政治观以及他对婚姻和女性的歧视(145)。也许,艺术应当像克里斯在放弃艺术理想前曾主张的那样"不只关注高点",即艺术还应关注日常生活(85)。

克里斯的编辑工作以及他即将从事的翻译工作部分地恢复了他的艺术理想。这表明生活和艺术并不完全对立。正如他感叹的那样,在享受快乐生活时,"不要以为我就不会引用马拉美",难道成长的标志不就是"尽享讽刺之乐却不自暴自弃"(175,136)?如果是这样,《伦敦郊区》并未批判城郊生活对艺术想象力的蚕食,克里斯对日常生活的拥抱也不应当简单地理解为对艺术理想的抛弃。并且,他的一生也绝非是在"艺术是一切而没有生活"的少年期、"既有生活又有艺术"的青年期和"有生活没艺术理想"的成年期这三个阶段间的简单过渡。小说的循环式结构更不像查尔兹强调的那样"无法体现由立论到反论再到综合的辩证运动"(Childs 2011:21-25)。相反,克里斯在现阶段的人生观建立在对早期理想的否定之否定的基础之上:

> 我已融入生活,这么说难道不对吗?我不会说我现在更严肃。在学校时,我可能这样认为,实际上我只是对艺术充满热情罢了。在巴黎时,我自认为严肃,确实想象过艺术和生活的美妙融合。或许,我重视的只是一种过于合乎传统的未加思索的快乐。如今,我重视不同的东西,并不担心这种严肃的瓦解。(146-147)

"未加思索的快乐"是少年克里斯抱有的艺术观,想当然地认为艺术是生活中最重要的东西且艺术能直接造就"善的人",强调艺术具有教化和提升道德的功能(141)。"不同的东西"既包括"内省"即艺术的价值在于人们对艺术的信仰,也包括日常生活的价值即城郊生活的乐趣(101)。尽管声称现在缺乏这种信仰,他在编辑工作中的乐趣、对法国文学不减的兴趣,以及已规划好的伦敦铁路史的写作计划,都表明他并未真正抛弃艺术,暗示生活和艺术仍存在融合的可能。当然,这是强调内在信仰和日常生活价值的艺术,绝非托尼坚持的激进艺术。

在强调日常生活和内在信仰的过程中,克里斯建构了体现日常生活价值的道德观。在《自我之源:现代身份的形成》中,泰勒指出现代身份包括内省意识、日常生活和自我表达三个层面(x)。内省意识就是作为具有内在深度的存在的自我意识,即自我理解。自我认知离不开我们对什么是构成生活中的"善"的理解,自我与道德密不可分。然而,当代道德哲学只关注"做什么是对的",而不关注"什么构成善的生活",即它只关注我们对他人的道德义务而忽略了构成我们有意义的生活的要素(Taylor 2001:4)。除了强调对他人的尊重和自身的尊严,泰勒还强调什么是有价值的生活,表明这是与以往时代最大的区别。不同社会的人们对什么是有价值的生活有着不同的理解。对古希腊勇士而言,有价值的生活就是做出丰功伟绩,强调公共空间中的荣誉。对宗教文化中的人们来说,响应上帝的感召是更虔诚的生活。在各种理解的背后总存在判断生活价值的范式。离开这种范式,个体就会陷入身份危机,无法对自我做出准确的判断。自我身份内含引导个体进行强评价并寻求构成有意义人生的范式,而意义的发现则取决于寻求"恰当的表达和把握理解自我的语言"(Taylor 2001:36)。理解自我就是我对"我是谁"该问题的回答,而该问题则最初源自与他者的交流,因为个体无法脱离他者而存在。

在现代身份形成的过程中,自我意识经历了由外在理念到内省意识的转变。具体地说,个体的内省意识经历了从柏拉图的"理性自主"、奥古斯汀的"激进内省"、笛卡尔的"自由理性"到洛克的"客观化自我"这样一个发展路线。奥古斯汀的内省标志着自我由柏拉图的外在"理念"到"内省意识"的转折,它进而演变成"道德推脱"和"自我探索"两种观点(Taylor 2001:177-178)。前者由笛卡尔提出并由洛克完善,它强调自我责任和自我客观化。后者强调通过内省来确立自我身份,它部分地构成了天主教和清教的戒律,并成为现代英语文学特别是自传体小说的源泉。蒙田提出的"自我发现"是现代个人主义发展中的一个转折点,它强调的不是笛卡尔提倡的脱离日常生活的"普遍性原则",而是"自然状态下舒适生活"中的"个体独特性"。(Taylor 2001:178–180)

自我的形成和探索离不开强调日常生活价值的语言交际。这主要是因为我们的内在本性是"具有表达能力的存在"(Taylor 2001:198)。这种强调语言建构功能的观点在18世纪末得到了长足发展,并促成了表达主义转折的到来。表达主义主张善的生活在于表达"日常生活中的期望、期望的实现,以及我们所处的自然秩序",即强调"个人情感"和"创造性想象"(Taylor 2001:368–390)。关注日常生活的表达主义着力探讨"个体如何走向自我发现、个体生命如何融入整个人类的故事",影响了现代历史观和生活作为叙事的艺术观(Taylor 2001:389)。对日常生活价值的肯定不仅强调平等、自由和权力,而且强调人是家庭和社会中的生产者。另外,最高的"善"在于为了生活而改造自然,而不是为了希腊勇士的荣誉或宗教生活中的神圣。很自然地,肯定日常生活价值的艺术成为上帝死后的替代性信仰。日常生活的价值成为当代道德和精神直觉背后的范式,极大地影响了我们对"什么是真正意义上的尊重生命"的理解(Taylor 2001:14)。

克里斯从激进到平庸的成长轨迹与现代身份的发展路径基本一致。少年克里斯谋求的独立自主类似于柏拉图提倡的理性自主。对柏拉图而言,成为自己的主人就是借助体现上帝意志的理性来克制个体欲望。对于克里斯而言,他的自主就是借助体现叛逆精神的法国文化来抵制对资产阶级物质生活和性的渴求。无论是柏拉图的理性还是克里斯的艺术理想,它们均是"外在先存的秩序或理念"(Taylor 2001:124)。青年克里斯在艾妮柯的熏陶下认识到,通过"内省"就能获取真理。与奥斯汀的激进反思一样,这种内省标志着克里斯对自我的认识由外在理念转向内在自我意识。当然,他的内省意识建立在笛卡尔的自由意志和洛克的经验主义基础之上。通过艺术实践和性启蒙,他不仅成为内化道德理性的自主存在,而且成为自己经验的主体。道德理性支配下的克里斯只关注自己对艾妮柯的道德义务,却完全忽视了自身善的生活和行为动机。换言之,他受情感焦虑的驱使,为了诚实而诚实,因而无法确信自己的动机。正因为如此,他在追求"表达的诚实"时被艾妮柯斥责为"工于心计"和"不诚实"(102)。成年克里斯"看穿激情和自负形成的错觉",不顾托尼的反对而追寻体现个体独特性的生活方式(Taylor 2001:181)。他不仅承担"支付各种开支"、修剪草坪和管理花园的责任,而且帮妻子分担养儿育女的责任(175)。在小说结束的"昨晚",他半夜起床安慰哭醒的女儿,随后"赞叹地毯、中央供暖系统……感觉到一种慵懒的快乐",并"期待第二个孩子的降临"——"为何要鄙视这种快乐呢?"(174-176)在叙说这种快乐和期待的过程中,克里斯阐明了自己的道德责任,表达了自己的情感认知,展现了生活中的善。他俨然已成为强调日常生活价值的现代自我。

对日常生活价值的肯定有助于建构一个有利于发展自我身份的人际关系网。在最大限度地享受生活快乐的同时,个体"若不与了解他的人、有智慧的人或与他有共鸣的人交谈,便无法认清自己的所思所想"(Taylor 2001:36)。促成克里斯心智和道德发展的正是小说各部分所总结的"客体关系",它不仅包含"早期生养我们的父母,还包括其他重要人际关系,如与托尼的友情、与艾妮柯和玛丽恩的恋情"(Childs 2011:31)。在小说中,人际关系的建构和发展主要借助蒙田强调的语言交际来实现。在和艾妮柯的交谈中,克里斯认识到诚实表达和内省的重要性。与成年托尼的交谈则使他认识到艺术的价值取决于内在信仰。在和玛丽恩的交谈中,他认识到婚姻的现实性,即人们结婚"可能为了某个机会、生活的来源、喜爱孩子……"(116)。受托尼的挑唆,克里斯试探妻子是否会在婚姻中一直忠于自己。妻子坦承"在两人关系不和时曾出轨过",但她强调"此后再未发生过,女儿出生后再也不可能"(163)。他有点懊丧,但妻子的沉着和豁达却让他自豪地发现妻子仍能带给他惊奇,或许妻子的出轨"真的没什么大不了"(163)。用泰勒的话来说,"憎恨让步与原谅和爱"(Taylor 2001:69)。克里斯面对妻子不贞时的勇气和大度来自他对日常生活中善的"内在信仰,它让我们认识到自然满足的重要性"(Taylor 2001:370)。离开这种勇气和大度,我们就无法有效地思考或准确地阐释人们的行为。因为强调日常生活价值的善的生活是"一种更高形式的生活,它让我们勇敢和清醒地面对幻灭的世界"(Taylor 2001:

93)。不难理解,持有这种价值观的克里斯最终依靠列举成年自我的"清单"和婚姻生活中的"最快乐的时刻",而非依靠替代宗教信仰的艺术来克服"黑暗中对死亡的恐惧"(133-134)。虽然不像托尼那样恪守激进的艺术观,克里斯从事的工作以及他发展内省意识所依凭的语言交流均表明他接受并实践了崇尚日常生活价值的表达主义。我们对克里斯的了解均来自克里斯"世俗的自白"(141),此即揭示个体内省意识的"自白式自传"(Taylor 2001: 184)。

克里斯即将接受的翻译出版工作是一种"折中"的艺术活动。与托尼的原创性创作相比,它并不能彻底实现克里斯少年时的艺术理想。然而,它却能在为克里斯提供谋生之道的同时满足他的文学兴趣。那么,克里斯世俗的自白与他的艺术理想又有着怎样的关系?按照泰勒说法,世俗化的自白式自传在18世纪经过笛福、理查德森等人的发展而成为小说这一新的文学样式(Taylor 2001: 184)。世俗的自白经过克里斯的叙述是否也变成了原创性的小说?毋庸置疑,克里斯的自白是作者巴恩斯原创性活动的结果。对于克里斯本人而言,他的自白到底是什么就不得而知了。如果能够考虑到克里斯自我施加的艺术训练、他为"书写自我"的梦想而累积的素材以及他未发表的诗歌集《忧郁的人》(*The Spleenters*),我们可以肯定克里斯在开始"昨晚"之后的自白时必然已具备进行原创性艺术创作的能力(96)。像《一位年轻艺术家的画像》中斯蒂芬一样,克里斯已成长为名副其实的艺术家,他的自白建构了一部关于艺术家成长的自传体小说(Moseley 1997: 18)。

克里斯的艺术才能与他的自我一样,也经历了三个发展阶段。如果说艺术敏感性的训练是艺术才能萌芽的标志,巴黎的艺术训练是他从理论走向实践的重要环节,而他回到伦敦郊区后的自白则是其艺术才能走向成熟的标志。尽管将铁路桥下的贫民窟视作"训练审美意识的磨坊"的做法与他少年时的艺术观相抵触,但这却暗示"与艺术表达潜能相关的更广的美学价值",并最终促成他制定写作伦敦铁路史的规划(Holmes 2009: 55; Head 2000: 77)。他在巴黎的艺术实践不仅包括上文提及的"记忆实验"、"文体练习"等写作技能训练,还包括理论创新、模仿性写作和原创性的练笔。在巴黎街头游荡时,克里斯提出了"偶然性原则":

> 该理论认为生活中的一切皆有趣,艺术不应只关注高点。无论到哪里,都带上写生簿,不是在公认为有趣的地方驻足,而是根据随意性因素,比如被人推挤了一下……然后停下来,脸朝着前进的方向,仔细观察目光落于其上的第一个事物。这是过去我和托尼称作为"建构性游荡"的发展……我同样也涉猎一些练笔。当然,这是充满审慎和热忱的涉猎……另外一个练习就是坐在窗口,写下任何看到的东西,并在第二天检查自己目光的选择性……这是一种非常快乐的存在。很自然,托尼反驳说这种实践在经济上不现实。我回答说快乐是建立在生活某个层面的非现实性基础之上:在某个领域如情感、经济或职业,我们必须超越现有资源。(85 – 86)

克里斯对"建构性游荡"的发展表明他并非机械性地搬用既有原则。相反,他努力"超越现有资源",积极探索并建构符合个性的艺术,进而由少年时的拿来主义走向理论自主。因此,对文学实践抱有谨慎和热忱态度的克里斯绝非"随意涉足作家职业的装腔作势者"(Holmes 2009:58)。另外,"目光落在的第一个事物"意味着目光所及之处的现实,表明个体"按自然本能来捕捉生活"或"在自然能力范围内舒适地体验生活"(Taylor 2001:179 – 180)。由此可见,偶然性原则与克里斯日后接受的日常生活的价值存在重叠之处,都强调自然状态下的快乐存在。

艾妮柯出现在克里斯视野中是他实践偶然性原则的结果。即使这不是当初的真实情况,至少在克里斯对她的回忆中是这样的。某次在图书馆看完书后,克里斯走进附近的酒吧,

> 环顾四周令人舒适的环境……目光突然落在隔壁桌子柳条椅子上的《蒙托立夫》(*Mountolive*)。袖珍版,里边插了个书签。书签的位置表明她的阅读毅力或爱好。当我开口说话时,她转向我。我突然想,"天哪!我一般不会这么做。"(87)

"目光突然落在"和"我一般不会这么做"表明克里斯顺应本能而自然地体验生活。在与艾妮柯的交谈中,他内心被"沉着与紧张以非理性的方式交替支配着";他原想爽约不再见她,最后却"听随心声"(89)。此处的"心声"无疑是日常生活的"感召",它

号召"每个个体都在日常生活价值的感召下快乐地生活"(Taylor 2001：376)。日常生活价值的感召包括"劳动、生产生活的必需品、作为性的存在的生活如婚姻和家庭"(Taylor 2001：211)。不难理解，克里斯在于艾妮柯初次见面后就"想象与她结婚将会怎样"(89)。在整个恋爱期间，他因完全沉浸在性爱的欢愉中而忽视法国学生运动也就不足为奇了。

性爱的快乐使得克里斯充满着想写下一切的冲动。从"我本想能够书写自我"的感叹，可以看出他未能尽数写下这些生活中的快乐(96)。尽管如此，克里斯在巴黎却写了大量的信件，其中"给父母的是描述我没有做过的事，给托尼的则主要描述我当时的样子"(86)。这些信件部分地实现了他"书写自我"的梦想，构成他自我故事的素材。不幸的是，除了揭示他如何变得自满的一封信外，其余信件不是丢失就是仍未被托尼公开。虽然他还写过各种故事和诗歌的草稿，但他却在离开巴黎时将这些原创的练笔之作统统扔进了垃圾桶里。另外，他在艾妮柯离开后重拾记忆训练，模仿波德莱尔的《忧郁》写了《忧郁的人》。由于记忆的对象是"从未真正细看过、直到描述时才发现错过多少细节的人"，因而也无助于重构他的巴黎经历(86)。面对各种"史料"的缺失，克里斯只能根据托尼回信中的语气来推测并回忆他当初如何遇见艾妮柯——"每次回忆起她我就面露出喜色"(86)。毫无疑问，这种回忆是对偶然性原则实践中捕捉到的日常生活的回忆。

通过探寻记忆的内在深度，克里斯发现了真正的自我。在对过去事件的能动追忆中，他发现了记忆的各种裂缝。对于少年时的政治立场，他除了"憎恨过资产阶级外什么也记不得"(146)。尽管多次回忆到艾妮柯，他却不记得"她长相如何"(89)。对于妻子认为作家理应比常人更敏感而不是无礼的说法，他只记得说过"敏感不同于礼貌"，却记不清"当时是否真的这么认为"(145)。实际上，我们对遗忘的了解只能借助对遗忘的记忆。如果没有记忆，怎知道遗忘，而遗忘本身使"被记住的时刻幸存下来"(Ricoeur 2004：30)。克里斯让读者记住的不是他"对先前遗忘的不自觉的回忆"而是"探索自我身份过程中的叙事"(Goldthorpe 1991：88)。对于初次性体验，克里斯如此回忆：

> 你肯定想知道细节。我不在乎再次听到这一过程；我在

人生这一经历中表现得并不糟糕。那时,我们才第三次夜间约会。我认为它本身值得用一个段落来描述一番。我有点自豪,一切就像预谋的那样。实际上,我并未预谋(94)。

"你肯定想知道细节"中的"你"显然指读者,表明克里斯意识到自己作为叙述者的身份。"我不在乎再次听到"和"并不糟糕"则暗示他既想满足读者的阅读兴趣又想反思自己成长过程的叙事目的。"我认为它本身值得用一个段落来描述一番"不仅凸显叙事的自反性和建构性,而且表明他在叙事中努力按照生活的善或自己的价值观来组织和安排情节。成为自我就是思考"我该成为怎样的个体,并对是什么构成善的生活做出判断"(Schweiker 1992:562)。在回答如何由过去之自我变成现在之自我时,克里斯显然把向善融入自我演变的故事。生活总是某种叙事理解,一种不可避免的"对叙事的追寻"(Taylor 2001:52)。当他把生活当作故事来谈论、把生活等同于故事的时候,他也就获得了自我身份。在构建与自己身份相一致的情节的过程中,克里斯获得了"可被称作叙事身份这一稳定特征"(Ricoeur 1991:77)。

克里斯的成长经历是成年克里斯艺术建构的产物。它体现了克里斯在生存焦虑下建构叙事身份的努力。由于"昨晚"之后开始叙事的克里斯是具有现代自省意识的主体自我,他的自述应当被理解为日常生活价值影响下的艺术表达。如果说《忧郁的人》因为模仿波德莱尔而不算是艺术原创的话,那他以自己生活为素材的自我故事在向读者叙述完毕后就成为了真正的艺术品。从这个意义上来说,城郊生活的自满并未扼杀克里斯的艺术潜能,"艺术家可以既有作品又有生活"(141)。

艺术家可以既有作品又有生活的观点也是巴恩斯的观点。借助自白式自传,克里斯实现了自己由编辑到作家的身份转变。通过《伦敦郊区》中关于克里斯身份转变的叙事,巴恩斯同样完成了自己由编辑到作家身份的转变(Guignery 2009:9)。巴恩斯本人的生活经历在其他多个层面也与克里斯相似:他们年少时都居住在伦敦郊区,并在市区同一个学校上学;他们都在16岁时对宗教失去信心,开始担心死亡;他们都对法国语言文化充满兴趣,少年时随父母多次出游法国;在青年时都到法国生活过一段时间;他们都格外地爱妻子,并对通奸文学感兴趣(Holmes 2009:24; Wilson

2004：157）。用巴恩斯的话来说，"克里斯在地理和心理上都与我青少年时非常接近"（Guppy 2000：55）。当被问及作家是否应当在艺术和生活间做出选择时，巴恩斯则说无法做到这点，并表明"艺术来自生活——如果不融入日常生活，作家又如何继续生存？"（Guppy 2000：81）在现实中，巴恩斯并不拒绝资产阶级生活方式。在访谈中，他也毫不掩饰自己"舒适的自满"（Stout 1992：29）。由上观之，克里斯对生活和艺术关系的思考在很大程度上都体现出巴恩斯本人的立场。

  自传在一定程度上属于他者的故事。克里斯的自述也不例外。他者不仅为他追求充实和有意义的人生提供了必要的人际关系网，而且为他最大限度地藏匿自我提供庇护，因为"个体只有当定义自我的内省意识最为隐秘时才具有自我"（Newton 1997：244）。在披露生活中的自满的同时，克里斯极力掩饰内心的空虚和焦虑。面对他的炫耀，托尼质问他为何一事无成，讥笑说"难道这就是一切？"（146）克里斯虽在内心用铁路史写作计划向读者表明自己即将有所作为，他仍感到"没有任何成就"，无法明白"当今的人们为何鄙视快乐"（175）。他因此有点羞愧，随即又想"何必自寻烦恼？"（175）即便如此，他"昨晚"安顿好女儿后仍无法入睡。他在厨房独脚椅上无聊地转动，漫无目的地思考，将一切东西变成褐色的街灯（176）。当海德把这种小说结尾理解成"二战后英国作家所面临的典型困境（即无法在文学梦想和城郊生活之间做出抉择）"时，他忽略了克里斯想极力掩饰的空虚，无法看到生存焦虑下个体在艺术表现日常生活方面所表达的诉求（Head 2000：218）。

  尽管克里斯未透露无法入睡的原因，细心的读者必定会联想到婚姻危机所带给他的痛苦。在妻子坦白奸情后，他"格外卖力地和她做爱"，并感到某种满足；妻子问"是否感觉好点"，他则反问"比什么好点呢？"（163）他对真实感受的回避以及"真的没什么大不了"的感叹，一方面是他为了说服自己平心静气地接受现状而做出的努力，同时也流露出他内心深深的失落和无奈。原因在于：他结婚六年来一直忠于妻子，现在却被妻子出卖；妻子的出轨印证了托尼认为"人们不可能一辈子忠于配偶"的观点，从而动摇了他对日常生活价值的信念。而对妻女的爱和对家庭的责任使他无法勇敢地报复，进而不可能成为巴恩斯小说《她遇我前》中格雷厄姆那样的"君子"（Millinton 1992：1）。相反，他成为城郊文化中常被嘲笑的戴绿帽子的丈夫。当他回忆起少年时曾说过的"不要鄙视那些可笑的丈夫",克里斯肯定意识到了自己的尴尬处境(25)。也许,正是这种失落和无奈才使得他"自寻烦恼"并开始自白。在"再次听到这一过程"的叙事中,他发现日常生活中的不平凡,重新认识到什么是有价值的善的生活。同时,他通过具有自反意识的叙事,不仅构建了自我身份,而且赋予了混乱无序的现代生活某种秩序。

当克里斯在黑暗中结束的自我反思时,他聚焦了厨房窗外的街灯,并指出,

> 我转过身,面对着窗外,内心感到出奇的放松。在橘黄色的街灯下,我睡衣上的条纹变成了棕色。我甚至无法记起睡衣原来的颜色:我有好几套颜色不同的睡衣,都有着相同宽度的条纹,它们的颜色在街灯下都变成了棕色。我想了一会儿……但是,我并不十分用心,因为根本没有必要赋予事物一些虚假的意义。我盯着厨房窗外看了好几分钟……灯熄灭了,留下了菱形的蓝绿色的余像。我继续凝视着街灯,直到最后,那余像也以一种非常安静的方式消失了。

"内心感到出奇的放松"说明克里斯对于妻子的出轨不再感到痛苦。这表明体现日常生活价值的自我表达不仅发展了他作为驻地作家的自我身份,而且还克服了他在婚姻危机中所经历的焦虑和痛苦。"我并不用心"和"根本没必要赋予事物一些虚假的意义"说明克里斯不是暂时忘却内心的痛苦,而是最终谅解了妻子,并"安静"地去迎接新的生活。通过设置这种结尾,巴恩斯表达了他对叙事艺术的信仰,强调了叙事在发展自我身份、认知生活和解决生活问题方面的中介作用。

《伦敦郊区》不仅叙事形塑了巴恩斯已有的生活经历,而且预测了巴恩斯的可能生活。正如本章所论述的那样,小说《伦敦郊区》体现出较强的自传特征。小说主人公克里斯在成长过程中所经历的事件基本都反映了作者巴恩斯自己的成长经历。另外,克里斯在自白式叙事中所探讨的对死亡和衰老的恐惧、对艺术在替代宗教信仰方面的功能的关切以及对情感和婚姻中的背叛的担忧,这些内在情感体验也恰是巴恩斯在成长过程中所经历的。除

了反映巴恩斯已有的生活,《伦敦郊区》还建构了巴恩斯在现实和文学想象中的可能生活。既然克里斯在"地理上和心理上"都与巴恩斯年轻时的自我非常接近,克里斯成年时的生活也有可能与巴恩斯成年时的生活非常相近。在该小说发表后不久,成年克里斯的职业发展轨迹以及他在婚姻生活中所经历的曲折都变成了巴恩斯的生活现实。与克里斯一样,巴恩斯在创作该小说后其职业身份也经历了从教师到编辑、翻译和作家的转变。另外,巴恩斯在该小说发表后不久也经历了与克里斯一样的婚姻危机。在得知妻子背叛他之后,巴恩斯和克里斯一样,不仅原谅了妻子,而且更加疼爱妻子。因此,巴恩斯的处女作《伦敦郊区》在建构巴恩斯的作家身份的同时,也预示了巴恩斯在现实生活中可能经历的身份变化或身份危机。小说创作成为巴恩斯探讨或思考他在今后人生中可能生活的重要中介。通过想象"不同于自我的他者"(Ricoeur 1992:3),巴恩斯不仅发展了自己的作家身份,而且理解了自己的已有生活经历,甚至想象建构了自己的可能生活。

在 2013 年发表的回忆录《生命的层级》中,巴恩斯更是直接表明,文学创作是他为了解决生活中可能遇见的问题而进行的思想实验。在该部作品中,巴恩斯通过生产性想象,重构因爱妻的去世忧郁而终的航拍发明者杜那琼(Gaspard-Félix Tournachon,1820 – 1910)、因婚姻的不幸而四处游历且于战乱中被刺死的热气球爱好者博纳比(Fred Burnaby,1842 – 1885)、在婚前与博纳比可能有过私情的女演员贝纳尔(Sarah Bernhardt,1844 – 1923)等 19 世纪历史人物的传记。通过这些传记的创作,巴恩斯试图缓解妻子去世后的悲痛,重树自我在"道德空间中的存在范式"(Barnes 2013:68)。在该回忆录结尾,巴恩斯回忆起在威尼斯遇见的一位老者:黑外套,黑围巾,黑鞋子,或许一顶黑帽子……拿出白手帕以熟悉的方式出神地拭泪(Barnes 2013:111)。巴恩斯曾多次尝试书写该老者的故事,现在却发现"不再有必要,因为我已将他的故事融入我的故事,他的故事适合我的范式"(Barnes 2013:111)。糅合他者故事与自我故事、聚合虚构与现实、以爱为主题的写作显然诠释了巴恩斯丧妻后的自我身份,构成了他在道德空间中的存在范式。通过情节化老者的故事亦即自我故事,巴恩斯不仅叙事理解遇见老者时未料到的结果,而且还叙事理解了多年前创作某小说时未预见的结果。在妻子的葬礼上,巴恩斯朗读了该小说中的几个段落:

她去世时,你起初并不惊讶。部分的爱让你准备接受死亡。当她去世后,你感觉自己的爱得到了证实。你理解得没错。这是爱的部分。

随后是疯癫,然后是孤独:不是所期待的那种特别的孤独,不是鳏夫引人注目的殉身……悲痛像工作一样……如浮油中飞出的海燕,为逃命,被扯掉羽毛,沾上了柏油(115)。

熟悉巴恩斯的读者立刻能指出上述段落源自《福楼拜的鹦鹉》。虽然不同于该小说中虚构的鳏夫布瑞斯维特,巴恩斯却意识到"该小说与其说精确地虚构了小说人物在亡妻后的悲痛,不如说它准确预测了自己在妻子去世后的可能情感"(Barnes 2013:115)。这表明巴恩斯的自我故事适合布瑞斯维特的范式,巴恩斯在亡妻后所经历的无法言传的孤独、无法想象的悲痛、对存在范式和艺术形式的追寻都可通过《福楼拜的鹦鹉》中的情节结构来理解(Barnes 2013:113)。既然老者的故事由于适合巴恩斯自己的故事范式而"不再有必要"书写,适合虚构鳏夫故事范式的巴恩斯故事是否也无须赘述?答案显然是否定的。原因在于《福楼拜的鹦鹉》虽然预示了巴恩斯的自我故事,即他的故事"已经被叙述",但范式上的适合唯有当他借助杜那琼、博纳比等他者故事来叙述自我故事时,才得以"被发现而不是被建构"(White 1984:2)。通过对"已经被叙述"的故事的"重述",巴恩斯发现了"叙事理解"自我故事所需要的"文化中所熟知的情节结构"(Ricoeur 1991:22-23)。"重述"是"发现"的前提,巴恩斯只有在"重述"的过程中才能学会如何承受妻子的死亡所带来的悲痛,重树"被悲痛所摧毁的生存范式"以及"对任何范式的信念"(Barnes 2013:84-85)。显然,写作除了能预测巴恩斯的可能生活外,还成为了巴恩斯克服生活问题的有效中介。和《伦敦郊区》中的克里斯一样,巴恩斯在借助写作来确立其作家身份的同时,也理解并展望了自己的生活。

不仅如此,《伦敦郊区》还预测了巴恩斯其他小说中主要人物的生活。巴恩斯在该小说中所表达的对死亡的恐惧、对情感背叛和婚姻出轨的忧惧、对资产阶级价值观的抨击、对信仰危机的担忧以及对个体道德责任的关注,都或多或少地成为巴恩斯其他小说中的主人公所关切的焦点。在《她遇我前》和《福楼拜的鹦鹉》中,对情感背叛的忧惧使得这两部作品中的主人公都试图通过追寻艺术来寻求慰藉或探寻妻子背叛他们的理由。对于前部小说中的主人公格雷厄姆来说,电影和小说是他理解妻子在遇见他之前如何"背叛他"并与多个男性发生性关系的极佳途径。正是在阅读好友所写的小说的过程中,人到中年的格雷厄姆发现妻子不仅在认识他之前就与该好友有着情人的关系,而且在和他结婚后仍然保持着这种关系。像《伦敦郊区》中的克里斯一样,格雷厄姆对婚姻背叛的担忧变成了现实。从这个意义上来说,《伦敦郊区》预示了中年格雷厄姆的生存危机,而《她遇我前》则在一定程度上说明了克里斯在中年时将拥有的生活。

《福楼拜的鹦鹉》中的主人公布瑞斯维特展现出《伦敦郊区》中的克里斯在年老时可能具有的形象。布瑞斯维特恰好处于克里斯声称的人生"最完美的年龄阶段",即"充满活力的 65 岁"(115)。通过追寻法国作家福楼拜的传记,布瑞斯维特试图弄清亡妻为何在有生之年像《包法利夫人夫人》中的女主人公艾玛一样,多次背叛了他且在最后也以自杀终结她的生命。就如"太阳太刺眼须借助烟熏的玻璃才能直视"(Barnes 1984:94),"人类愚蠢"让福楼拜如此心痛以致须借用创作这一间接手段才能认清(Fowlie 1983:xxiv)。因此,《包法利夫人》是福楼拜审视人类蠢行和自我的"有色镜片"(Barnes 1984:92),包法利夫人是福楼拜的翻版(Kraus 2005:xiii-xxix)。借助《包法利夫人》,布瑞斯维特"捕获了福楼拜'隐藏的自我',通过不同的途径实现了福楼拜的传记之寻"(Bell 1993:171)。与此同时,福楼拜、福楼拜笔下的包法利夫人艾玛以及福楼拜的情人柯莱特都成为布瑞斯维特审视自我的"有色镜片"。和《伦敦郊区》中的克里斯一样,布瑞斯维特通过发挥叙事的中介作用,发展了自我身份,理解了他所处的生存困境。在巴恩斯的其他小说《凝视太阳》、《一部由 10 1/2 章构成的世界史》、《英格兰,英格兰》、《亚瑟和乔治》和《结局的意义》中,各主人公的生活故事都在不同的层面上延续并讨论了巴恩斯在《伦敦郊区》中所探讨的生存焦虑。巴恩斯的小说叙事不仅是他预测和探讨他的可能生活的中介,而且是他探讨虚构人物的可能生活的中介。借助这些虚构的他者,巴恩斯能够更清晰地审视自我。在追寻日常生活的自我表达的过程中,巴恩斯展现了叙事在建构自我身份、克服生存危机和理解生活的意义方面所具有的中介作用。

第二章 《亚瑟与乔治》中的信仰危机

他者的故事是认知和发展自我身份的中介。在《福楼拜的鹦鹉》中,通过宣称"包法利夫人,这就是我"(Barnes 1984:157),福楼拜"将不是自我的任何他者命名为自我",通过将自我想象成福楼拜的情人柯莱特,布瑞斯维特在"他者自我中认识了自我的意义"(Ricoeur 1992:335)。在叙事理解造成福楼拜和情人柯莱特之间情感危机的可能原因的过程中,布瑞斯维特认识到妻子背叛他的可能原因:福楼拜由于担心自己彻底地爱上柯莱特而有意地疏远她,布瑞斯维特则由于战争创伤以及他对外国作家的喜爱而冷落了妻子。因此,历史人物的传记叙事构成了布瑞斯维特在情感危机中审视自我的"有色镜片"(Barnes 1984:92)。自我只能借助对他者故事的叙述来理解。在将自我视作他者的过程中,自我"将他者的声音内化入个体的同一性身份中",进而获取了个体审视自我所需要的"客观距离"(Ricoeur 1992:339)。

在2005年发表的《亚瑟和乔治》中,巴恩斯同样通过对历史人物的传记故事的追寻,来探讨危机叙事在建构人物身份方面所起的中介作用。不同的是,《亚瑟和乔治》中追寻他者故事的主体不再是故事中的"我",而是第三人称全知全能的叙述者。该叙述者代表了小说结尾"作者按语"部分的署名者J.B,即小说作者朱利安·巴恩斯。① 各章节中的聚焦点在小说主要人物亚瑟·柯南道

---

① 在《福楼拜的鹦鹉》的目次页前的"按语"中,署名者J.B(朱利安·巴恩斯)有意将自己(小说作者)与小说故事内的第一人称叙述者布瑞斯维特区分开来,强调小说第115页中所摘录的来自"A German Requiem"的译文为布瑞斯维特所为,绝非他本人的功劳。这种情况与《亚瑟乔治》结尾的"作者按语"所暗示的情况截然相反。在《伦敦郊区》中,各部分开头引文的摘录者则暗示了小说第一人称叙事者克里斯和小说作者之间更为复杂的关系。在马修·帕特曼看来,"如果克里斯放弃了元交际,那各部分开头的格言又从何而来……这是作者从元文本层面对小说叙事的干预"。Matthew Pateman, *Julian Barnes: Writers and Their Work* (Devon: Northcote House, 2002):8.

尔（Arthur Conan Doyle 1859 – 1930）和乔治·艾德吉（George Edalji 1876 – 1953）之间轮流切换，尽管某些章节会同时聚焦这两个历史人物。构成小说主体的叙事，也由日常生活中的婚姻危机，转向了小说主要人物所经历的信仰危机。虽然该小说也涉及人物在情感、道德和身份方面所经历的困惑，但他们在宗教信仰方面所遭受的危机，却构成了影响小说故事情节和人物自我身份发展的主要因素。因此，本章着重探讨关于信仰危机的叙事，分析它在发展自我身份的过程中所起的中介作用。

在《亚瑟和乔治》中，故事的叙述主体是故事外的第三人称叙述者。尽管如此，叙述者在聚焦乔治和亚瑟这两个不同的主人公的过程中，却站在被聚焦对象的立场上，审视被聚焦对象的自我以及其他非被聚焦对象。相对于被聚焦对象而言，未被聚焦的对象是被聚焦对象眼中的他者。在同时聚焦亚瑟和乔治这两个主要人物的过程中，叙事意识在相对于他者的自我和相对于自我的他者之间流动。本章将探讨信仰危机如何将这两个互不关联的历史人物联系起来，分析信仰危机促成的危机叙事在化解生存困境和建构人物自我身份方面所起的作用。如果不是由于顾忌他者眼中自我荣誉的丧失，亚瑟就不可能在前妻去世后，通过洗刷艾德吉所蒙受的冤屈，从信仰危机所造成的道德困境中走出来，并进入另一段快乐的生活。如果没有亚瑟在《每日电讯》上所发表的以他的冤案为对象的侦探故事，乔治就不可能重新获得因错判入狱而被剥夺的正常人的生活及声誉。① 亚瑟在《每日电讯》上发表的侦探故事、亚瑟的自传《回忆与冒险》（Memories and Adventures，1924）以及乔治在阅读这两个作品过程中做的自我反思，都是他们在建构自我身份的过程中所做的自我表达。对于亚瑟而言，他在表达自我的过程中所关注的是个人荣誉。而对于乔治而言，他的自我表达则关注如何恢复对他来说有价值的日常生活。本章接下来将讨论这两个人物如何借助自我在他者眼中的形象来叙事理解各自的生活危机并重构自我身份。

第一节 科学理性与信仰危机

在读者眼中，亚瑟·柯南道尔与代表非理性的唯灵论或唯心

---

① 本章讨论中，凡是单独引用《亚瑟与乔治》原文的地方均直接括号标注页码。

论无关。因此,鲜有读者关注亚瑟的唯灵论著述。在讨论他的侦探小说时,读者都倾向于把他笔下的福尔摩斯理解为精于"科学分析"的侦探,很少有人把他的调查与过于主观性的"预感和直觉"联系起来(Lycett 2011:133)。事实上,无论在现实生活中,还是在文学想象中,抑或在扮演福尔摩斯来解决现实生活中的谜案或代表司法流产的冤假错案时,亚瑟对借助灵媒来实现与死者灵魂进行交际的唯灵论始终表现出极大的兴趣。亚瑟强调灵魂不但存在,而且还可以借助科学实验和法医科学来进行实证调查。一个典型的例子就是:在1926年阿加莎·克里斯蒂(Agatha Christie)暂时失踪后,亚瑟试图借助招魂术而不是科学推理来破解这一谜案。① 纳森·阿什(Nathan Ashe)指出,科学实验和法医技术是亚瑟·柯南道尔的唯灵论著述和福尔摩斯侦探小说"共同依赖的科学方法",体现了"共有的哲理思想",表明"现实背后的客观真理都会在物质世界中留下某种印记"(Ashe 2013:2 – 4)。

《亚瑟和乔治》是一部基于真实历史的小说。在该部作品中,巴恩斯暂时偏离《福楼拜的鹦鹉》、《一部由10 1/2章构成的世界史》等小说中所惯用的后现代元历史编纂技巧,回归传统历史小说所使用的书写策略。通过将客观真理在物质世界中所留下的"印记"与"想象性调查"结合起来,《亚瑟与乔治》强调对历史背景的重塑,而不是延续"后现代幻象性的虚构"(Berberich 2011:119 – 120;Cavalié 2009:89)。该小说所重塑的历史背景是19世纪末、20世纪初给亚瑟和乔治这两个历史人物造成信仰危机的时代背景。更具体地说,该历史背景反映了这两个"非正统的英国人"如何在实证科学理性、伪科学理性所造成的司法流产、种族主义偏见等因素的影响下②,摒弃了各自的宗教信仰,进而分别转向强调科

---

① 1926年11月3日,阿加莎与向她提出离婚请求的丈夫发生了激烈的争吵。当晚,她就从家中消失,留给秘书一封信件,声称自己去了约克郡。随后,她的汽车在一个叫Guildford的湖边被发现。她的失踪引起了公众的恐慌和抗议,内政大臣William Joynson-Hicks迫于压力发动了1000多名警察搜寻阿加莎。另外,也有1500多名志愿者和多架飞机参与了这场搜寻工作。在约克郡警察的求助下,亚瑟·柯南道尔让灵媒将阿加莎的手套放在自己的额头上,试图确定阿加莎所在的方位。参见:"Agatha Christie", http://en.wikipedia.org/wiki/Agatha_Christie;另参见:Julian Barnes, *Arthur & George* (New York:Alfred A. Knopf, 2005):358 – 359.

② 亚瑟是出生在苏格兰具有爱尔兰血统并信奉天主教的家庭;乔治则是出生在伯明翰地区斯塔福德郡(Staffordshire)地区,身上同时流淌着源自印度拜火教的父亲和来自苏格兰的母亲的血液。

学理性的唯灵论和强调技术理性的现代司法正义。① 就如"作者按语"部分所表明的那样，巴恩斯在复现这个历史背景的过程中严格遵守历史文献，从不借用自由想象来表明乔治所蒙受的司法冤案要比文献实际记载受到更多或更少的种族偏见的影响。相反，巴恩斯依据"现实和传说之间的冲突"，创造了一部小说，历史人物如亚瑟·柯南道尔所创造的福尔摩斯一样，走进了虚构的世界；巴恩斯对于史实和正义的尊重，则赋予真实人物"更具有说服力的意义"（Bradford 2007：95 – 96）。②

《亚瑟与乔治》追述了亚瑟生活中的几则重要事件。通过将它们统筹成一个有机整体，该小说讲述了亚瑟如何由最初的怀疑到最终完全拒斥他所接受的宗教信仰这一故事。抓住这些事件之间的逻辑关联，读者就能理解其中的必然性。在叙述者看来，亚瑟之所以一生孜孜不倦地探索人的灵魂，原因在于他人生的最初记忆。亚瑟的外祖母在他三岁时就去世了，外祖母像"白蜡一样的尸体"让他惊骇万分，终生难忘（Doyle 1924：3）。亚瑟对死亡的恐惧让他获取了人生最初的记忆，发展了主体自我意识，因而不再是一个客体。与此同时，外祖母由于"丧失了主体意识"，回到了"原初的客体状态"（3 – 4）。这种依靠观察而获取的"第一记忆"使得亚瑟

---

① 虽然乔治对亚瑟所推崇的科学唯心论充满怀疑，但他在亚瑟去世后前赴皇家阿尔伯特礼堂（Albert Hall）参加由降神会领袖主持的告别会时，他突然感悟到每个人都必然会死亡，但生命却会以某种形式延续下去，表明自己尊重亚瑟认为"灵魂将在肉体死亡后继续存在，或许，死者的灵魂在特殊情景下会与活着的人进行沟通"的观点。另外，乔治在礼堂外等候时，由于内心烦躁而打开随身携带的亚瑟的自传《回忆与冒险》。让他非常吃惊的是，在他随意翻开之处，跃入他眼帘的恰是小写字母印刷的"Albert Hall"这两个单词。这种巧合使得乔治觉得，"亚瑟在自传中所描述的心灵感应实验或许有可能存在"。另外，尽管乔治没有公开支持过科学理性，但他却向往现代科学技术所带来的有序生活，认为"铁路表明了生活应该怎样"。下文将对科学理性如何造成亚瑟和乔治的信仰危机以及如何寻找替代性信仰进行详细论述。参见：Julian Barnes, *Arthur & George* (New York：Alfred A. Knopf, 2005)：69, 368 – 374.

② 在小说结尾的"按语"中，巴恩斯指出，小说中除了亚瑟第二任妻子吉恩（Jean）的信件为虚构外，其他所有书信，不管是匿名信还是有署名的信件，都是真实的。同样，所有摘引的新闻报纸、政府报告、法庭审判记录、亚瑟作品中的话语也是真实的。这充分表明巴恩斯在创作中严格恪守历史文献原貌，真实地还原了当时的历史语境。正如亚瑟·柯南道尔的传记作家莱塞特感叹的那样，巴恩斯的小说是"多么贴近柯南道尔的生活"。参见：Andrew Lycett, "Seeing and Knowing with the Eyes of Faith". Sebastian Groes and Peter Childs (eds.) *Julian Barnes* (London and New York：Continuum International Publish Group, 2011)：130.

在日后的人生道路上不断地探索能够安置灵魂的归宿处。根据亚瑟家族所信奉的天主教教义,外祖母去世后,其灵魂便进入了天堂。这一事件似乎暗示,借助"观察"这个媒介,年幼的亚瑟与外祖母的灵魂进行了某种交流,表明"死亡没有什么可怕的"(3)。从某种意义上来说,这种性质的第一记忆标志了亚瑟唯灵论兴趣的萌芽,强调借助某种中介与亡灵进行交流。

通过观察获取主体自我意识的方法,表明自我的存在并非以先存的上帝为基础。同时这也表明,主体在感性认识客观世界之后所做的理性思考是一切知识的来源。就如亚瑟所强调的科学唯灵论一样,通过感性认识获取的经验,应当通过科学实验加以验证,并经历"内心不断地重述",最终借助以记忆为媒介的语言表达来叙事理解(3)。就上述提及的第一记忆而言,亚瑟最初获取它的时间为1862年。经过前后60多年的内在反思,亚瑟最终于1924年将它表达在自传《回忆与冒险》中。亚瑟自我意识的萌芽不仅预示了他对构成自己成长环境的天主教信仰的质疑,而且也预示了他对笛卡尔的"我思故我在"的本体论神话的质疑,自我不再是一切知识之源(Knežević 2009:150)。

亚瑟对宗教信仰的怀疑最初源于他对笃信天主教的父亲的不满。① 如《回忆与冒险》所示,父亲"自生至死都是炽热的天主教信徒",沉溺在饮酒作乐和以具有宗教色彩的"精灵"和"恐怖主题"为题材的"间歇性绘画中",从来"无法理解现实生活",每年的收入"远远无法满足一大家子的需求"(Doyle 1924:4-5)。由于父亲的无用、软弱和怯弱,亚瑟早早地认识到"男性能够做什么或者应当成为怎样的人"(6)。在亚瑟看来,母亲在给他讲述的故事中所传递的诸如"不畏惧权贵、帮助病弱者"和"保护女性"等体现14世纪英国骑士精神的品质,"不仅要比教堂所学的戒律更重要",而且"必须在实践中来加以贯彻"(67)。因此,亚瑟自幼年起,就将成为具有骑士精神的"英国绅士"作为自己的人生目标,向母亲承诺说:"妈妈,你年老时必定会拥有天鹅绒衣服、黄金制作的杯子

---

① Kucala 认为,亚瑟讨厌父亲的部分原因是父亲抛弃了维多利亚社会男性家长这一权威。参见:Bozena Kucala, "The Erosion of Victorian Discourses in Julian Barnes's Arthur and George", *American, British and Canadian Studies* 2009 (2):69.

并舒适地坐在炉火边。"(6)①

骑士精神俨然成为亚瑟为实现自己人生价值而追寻的"传统范式"或"精神源泉"(Taylor 2001：17)。在亚瑟眼里，14 世纪是英国历史上最伟大的时期，毕竟"那些早已发生、长久被记住且早就被创造出来的骑士世界是英国民族性的根源"(25)。正如《英格兰，英格兰》中的女主人公玛莎所认识到的那样，亚瑟意识到英国性充其量只是一种"文化建构"或"叙事建构的产物"(Vera 2007：58 - 76；Cavalié 2009：88)。尽管如此，"英国历史不断鼓舞着他，英国式的自由使他倍感自豪，英国的板球运动使他充满了爱国情怀"(25)。体现英国民族性的骑士故事，为亚瑟克服父亲身上所展现出的柔弱品质，进而成为一个有责任心、勇敢强大的男性，提供了可供模仿的典范。再次，中世纪的骑士叙事，除了使人类经验"变得好理解"外，还使人类经验"变得更具包容性"(Schneider 2009：50)。因此，它们既为亚瑟在日后叙事理解自己的生活提供了范式，也为他通过写作来成为英国绅士提供了方法论上的借鉴。在亚瑟所处的"小时代(lesser age)"，能使他"履行父亲对母亲本应承担的、但却未曾实现的骑士职责"，其方法就是虚构性写作——"他将通过描述拯救他者的虚构来拯救母亲。这些虚构性描述将会为他带来钱财，而钱财则能带来一切。"(26 - 27)

亚瑟从幼时起就反对宗教权威。他热爱并追求中世纪骑士精神所代表的自由和高贵品质，这使得他勇敢地反抗耶稣会士学校里惨无人道的体罚和简朴严格的生活方式。②在兰卡斯特的耶稣会士学校：

> 如果我比其他人受到更多的鞭打，这不是因为我比任何其他人更邪恶，而是因为我的天性让我更容易对那些仁爱做

---

① Peter Costello 认为中世纪的骑士精神影响了亚瑟·柯南道尔的一生。参见：Peter Costello, *Conan Doyle Detective: True Crimes Investigated by the Creator of Sherlock Holmes* (London: Robinson, 2006): 377/5617.

② 由于父亲的无能，亚瑟在 10 岁时接受亲友的捐助只身一人离开爱丁堡前往位于兰卡斯特郡的天主教耶稣会士学校求学。在1876 进入爱丁堡医科大学前的 10 年间(1867 -1876)，除了 1875 年到奥地利耶稣会士学校进修一年外，亚瑟一直待在兰卡斯特的耶稣会士学校接受严格教育。参见：Andrzej Diniejko. "A Sir Arthur Conan Doyle Chronology". <http://www.victorianweb.org/authors/doyle/chronology.html>.

出回应,而实际上我从来没有得到过这种仁爱。我的天性让我反抗那些体罚和恐吓,并以一种不同寻常的勇气表明自己不会被暴力吓到。我想方设法去做一些真让人无法忍受的恶作剧,来表明我的自由意志是无法被驯服的……我所做的一切都受到了应有的惩罚。但是,我这么做是因为我遭受到了粗鲁的对待。(Doyle 1924:11)

不难看出,骑士精神赋予了亚瑟直面耶稣会士学校的体罚和追求正义的勇气。在日后的人生道路上,亚瑟不畏惧权贵,甘愿为了帮助那些受到不公正对待的弱势群体,正面抗击本书即将探讨的警察和司法体系。在亚瑟看来,耶稣会士的偏执造就了他们过于狭隘的信条,他们所推崇的"完美"(Immaculate Conception)使得他们的教规更加严厉,而这却让"任何追求科学真理的人或追求理性自尊的人绝不可能留在教会里"(Doyle 1924:14;Barnes 2005:16)。通过与同学帕特吉(Partridge)的私下讨论,年少的亚瑟认识到耶稣会士在19世纪50年代强化自己的戒律并加强了对会众的管束,主要原因是因为天主教及其他宗教都受到了来自科学的威胁(16)。

科学理性为亚瑟反对宗教提供了强有力的精神支柱。尽管他在当时"并未清楚地意识到自己的宗教信仰开始变得脆弱",亚瑟在日后回忆中却指出,"在这个时期,进化论观点已家喻户晓,即便是大街上的路人也都知道当时主要的哲学家有赫胥黎(Thomas Henry Huxley)、廷德尔(John Tyndall)、达尔文(Charles Darwin)、斯宾塞(Herbert Spencer)等人。"(Barnes 2005:16)科学的进步和怀疑学说的传播使得亚瑟"在年少时就开始质疑狭隘的耶稣会士以及其他重要宗教流派的教义"(Doyle 1924:25-26)。"也许存在上帝、耶稣、《圣经》和耶稣会士",但亚瑟最坚信的权威却是"发号施令的瘦小的母亲",而母亲并非是"虔诚的天主教信徒",她告诫亚瑟"绝不要相信所谓的永恒的惩罚"(12)。当耶稣会士学校的墨菲神父(Father Murphy)宣称"不管是由于邪恶、任性或单纯的无知,其结果都一样,所有人必将遭受上帝永久的惩罚"时,亚瑟感到既恐惧又格外疑虑(17)。根据课堂学习和课外阅读所了解到的科学知识,亚瑟发现不仅是罗马天主教,整个基督教的教义如此脆弱以至于他无法相信它们,因为他"不接受任何无法被证实的观点,而宗教的罪恶则在于它接受了任何无法被证实的观点"(Doyle 1924:26-27)。

崇尚科学理性的亚瑟逐渐摒弃传统宗教习俗。他不再参加墨菲神父的布道,并从那刻起,明确地认识到自己与宗教之间开始出现了"裂缝"(Doyle 1924:15)。"不接受任何无法证实的观点",表明亚瑟不相信未通过经验实证的宗教信仰。这种认识与促使他自我意识萌芽的"第一记忆"一样,都强调逻辑理性和经验实证,强调可观察到的科学证据——观察不仅是日后他成为医生的"必要技能",而且也是"人类的道德责任"(41)。不难看出,亚瑟力图用他所处时代的科学思想来阐释自己"在学生时期正经历的宗教信仰危机"(Frank 2003:18-19)。由于追求科学理性,再加上坚信母亲话语的权威,亚瑟接受了母亲的建议,拒绝耶稣会士学校"免费送他进入神学院继续深造以便毕业后当牧师的提议"(15)。最后,亚瑟也听从了母亲的安排,报考了爱丁堡医科大学。

医学专业的学习为亚瑟日后的侦探小说创作打下了坚实的基础。医学专业所代表的科学理性坚定了他反对宗教的决心。经过大学阶段"医学唯物主义"的熏陶,亚瑟"摒弃了任何正统宗教的残余……尽管他相信可能存在一个处于中心地位的智慧(即上帝)"(41)。另外,医学专业的学习也为亚瑟遇见福尔摩斯的原型人物创造了机会。在医生见习期,亚瑟师从约瑟夫·贝尔(Joseph Bell)医生。正是从贝尔身上,亚瑟学会了通过观察和逻辑推理来认知现实的方法,而这种方法恰是侦探福尔摩斯成功地破解各种疑难案件的关键所在。

医生这一职业也使得亚瑟有机会来实践他所崇尚的骑士精神。一方面,亚瑟在普利茅斯从医期间将没有任何宾馆愿意收留的病人约翰·霍金斯(Jack Hawkins)接到家里治疗。在约翰去世之后,他"满怀骑士气概",主动陪伴约翰遗落在异乡的妹妹杜奕(Touie,原名 Louise Hawkins),最终与她结婚生子(30)。① 另一方面,由于生意冷清,亚瑟"便有足够的时间来进行文学创作",充分

---

① Touie 是亚瑟给妻子起的昵称。除了日后成为他第二任妻子的吉恩,亚瑟喜欢给任何与自己调过情的女性起绰号或昵称。这似乎表明亚瑟和杜奕的婚姻或爱情并不完美,他必然会在遇见吉恩后背叛妻子,并因此陷入道德困境。另外,亚瑟和杜奕的结合也是他所实践的骑士精神的结果。参见:Peter Costello, *Conan Doyle Detective: True Crimes Investigated by the Creator of Sherlock Holmes* (London: Robinson, 2006): 288/5617, 262/5617.

发挥从母亲那边学到、且在求学期间已获得长足发展的叙事技能，写作具有骑士色彩的历史小说和侦探小说，以实现"拯救母亲"的愿望（299）。①实际上，亚瑟也正是依靠自己在文学创作上的成就实现了自己的理想，既帮助家人摆脱了贫困，也为自己和家人赢得了荣誉。②可以这么说，侦探小说是亚瑟"为了表达或理解生活的意义而寻找到的可靠范式"（Taylor 2001：17）。

  实践骑士精神的文学想象是亚瑟吸纳科学新理念并剔除宗教旧思想的工具。亚瑟认为，爱伦坡侦探小说中的"科学方法只能给人某种错觉"，因而认为他笔下的侦探杜宾（Dupin）充其量只是个"低能的家伙"（Snyder 2004：104；Hunter-Tilney 2005：34）。③为了发展一种真正的"科学侦探小说"，亚瑟使用演绎和分析科学，根据现有线索或结果来追溯事件的起因——"如果无法理解事件之结果，又如何能理解事件之起因呢？"（Doyle 2008：122；Barnes 2005：59）。根据法国古生物学家居维叶（Cuvier）"从一颗牙齿或一片碎骨来推想整个动物形构"的主张，亚瑟提出了"由一滴水来追溯其大西洋或尼亚加拉河源头"的方法；亚瑟另外还认为，完美的推理应当是"根据一个行为就能推出引发它的所有事件以及该行为所导致的后续事件"，这种观点实际上借用了赫胥黎所描述的

---

  ① 在耶稣会士学校求学时，亚瑟常给同学讲述从母亲那边听来的骑士故事，"记得母亲讲述故事的技巧，他知道什么时候放低音调，如何拖延故事，如何在危险关头停下来……接受同学的饼，把它当作交换故事的条件。有些时候，他会在危机时刻戛然而止，直到有同学拿出一个苹果，他才继续讲述故事。从很小的时候起，他就知道叙述故事和酬劳之间的关系。"显然，亚瑟的叙事技能受到了母亲口头讲述故事能力的影响。在爱丁堡求学期间，亚瑟的叙事技能得到了进一步发展，他发表了"The Mystery of the Sasassa Valley"故事。参见：Julian Barnes, *Arthur & George* (New York: Alfred A. Knopf, 2005): 12. 另参见：Andrzej Diniejko, "A Sir Arthur Conan Doyle Chronology". < http://www.victorianweb.org/authors/doyle/chronology.html >.

  ② 由于父亲的无能，姐姐 Annette 和妹妹 Connie 在很小时就相继去葡萄牙做家庭女教师；另外，母亲为了维持家庭的日常开销而接受房客。所有这些经济上的困难让亚瑟很小就下定决心，一定要帮助母亲度过经济难关，并尽自己的所能给母亲一个安逸的晚年。亚瑟在文学创作上的成功，特别是由于他的福尔摩斯系列侦探小说所带来的轰动，亚瑟在经济上变得富足，购买了自己的庄园，修建了自己的别墅。参见：Julian Barnes, *Arthur & George* (New York: Alfred A. Knopf, 2005): 58 - 60.

  ③ 虽然杜宾也使用推理，但他却强调"数学科学的精确性和哲学与诗歌之推测性潜能，即他所谓'calculating upon the unforseen'"。这与福尔摩斯所强调的依据科学理性和物质实证基础而做出的理性推测完全不一样。参见：Willard Huntington Wright, "'Introduction' to the Great Detective Stories". Howard Haycraft (ed.), *The Art of the Mystery: A Collection of Critical Essays* (New York: Carroll and Graf, 1983): 35.

历史科学的方法论(Snyder 2004：104)。受古生物学的影响，亚瑟采用了被后人称作为代表现代法医学萌芽的血液分析、提取毛发、指纹、脚印、字迹鉴定、测谎仪等能够带来物质证据的科学实验，解读通往真相的系列线索，进而把"侦探小说推至一个最新的发展点"(Thomas 1999：2 – 3；Snyder 2004：106 – 108；Barnes 2005：58)。亚瑟对19世纪中期的地质科学、古生物学、进化论等方面观点的借鉴，表明他在一定程度上参与了当时科学与宗教之间的争论，探讨"宇宙的起源、地球的年龄、物种的变化以及史前人类的存在"，从而进一步扩大自己和传统宗教信仰之间的裂缝(Frank 2003：7)。

在接受进步思想的同时，亚瑟也接受了部分科学家关于灵魂的阐释。一般认为，进化论将我们带入了一个没有神明的机械论世界。然而达尔文与华莱士(Alfred Russell Wallace)却都认为，当灵魂进入演变中的动物时，进化这一过程就会遭受到神的力量的干预(78 – 79)。据此，亚瑟指出，"科学不是灵魂的敌人"(280)。在他看来，由于"知识在不断地变化着，知识分子对于自然界的观察必须从不间断"，而传统宗教却"陷入了仪式和专制的泥淖"(280)。毫不奇怪，亚瑟极力推崇强调科学实验的唯灵论，加入"灵魂研究会"，与许多其他知名科学家一起参与心灵感应实验和各种降神会，并在梅厄斯(W. H. Meyers)教授家的一场降神会中找到了"生命在个体死后继续存在的切实证据"(Homer 1990：100 – 104)。①

亚瑟所推崇的唯灵论强调通过科学观察来进行实证研究，这与通过科学分析而实现司法正义的侦探小说并不相悖。② 事实上，亚瑟的第一部侦探小说《血字的研究》(*A Study in Scarlet*)就谈及"灵魂的不断显现"和回归"原始基督教义"(Homer 1990：101 –

---

① 这些科学家有：心理学家 Frederic W. H. Meyers、天文学家 Alfred W. Drayson、电磁物理学家 Sir Oliver Lodge 等人。1880 年在 Meyers 教授参加降神会时，灵媒告诫他不要阅读 Leigh Hunt 的书。这使得亚瑟非常惊奇，因为当时他正为此事烦扰，但未告诉过任何人，哪怕是妻子杜奕。这种经历使得亚瑟开始相信灵魂的存在，逐渐接受科学唯心论。参见：Julian Barnes, *Arthur & George* (New York: Alfred A. Knopf, 2005)：76 – 77, 201, 210.

② 在 1916 年发表的最后一部福尔摩斯侦探小说中，福尔摩斯已经由原来知名的理性主义侦探变成了唯灵论信奉者。这更加表明亚瑟的科学侦探小说与科学唯心论并不对立。参见：M. W. Homer, "Sir Arthur Conan Doyle: Spiritualism and 'New Religions'", *Dialogue: A Journal of Mormon Thought*, 1990 (4)：115.

102；Barnes 2005：211）。虽然不再相信宗教，亚瑟仍相信上帝的存在，肯定"在灵魂和理性方面都未堕落"的早期原始宗教（209 - 210）。亚瑟坚信，"任何科学都无法辩驳"的唯灵论乃是克服宗教和科学之间矛盾的"新宗教"，信奉者"在道德上也更高尚，因为他们更接近灵魂的真知……更能抵制野蛮和自私的诱惑"（Homer 1990：105）。这种宗教科学是"人类精神在传统宗教信仰的根基被摧毁之后的庇护所"，是疗治亚瑟"信仰创伤"的一剂良药（Barnes 2005：281）。①

亚瑟追求的"宗教科学"也体现了他崇高的骑士理想。其妹妹柯妮（Connie）将之比作"对骑士精神的爱"（211）。亚瑟认为，"接近精确科学"的侦探小说由于太关注"侦探本人的逻辑推理能力"，无法"保护道德或维护法律秩序"（Doyle 1924：21；Pyrbonen 2010：51 - 52）。因此，亚瑟相信自己的人生价值"注定存在于其他别的东西（made for something else）"之上（78）。在 1893 年妻子患绝症后，亚瑟便开始大量阅读唯灵论著作，并在该年发表的《最后的问题》（The Adventure of the Final Problem）中"杀死了"福尔摩斯，"以便有更多的精力投入到科学唯灵论中去"（Barnes 2005：69；Homer 1990：108）。②

但是，科学唯灵论却给亚瑟造成了更深重的信仰危机。科学唯灵论无法帮助亚瑟彻底摆脱宗教与科学之间冲突所带给他的困境。尽管唯灵论在亚瑟及许多知名科学家的努力下变成"一个真实的体验和事实"，但它不仅遭到主流科学界的全盘否定和鄙视，而且也受到来自传统宗教和报纸媒体的抨击（Homer 1990：109 - 110；Pascal 2000：53）。③ 更有甚者，亚瑟遭到了妹妹柯妮以及在妻子生病期间就开始和他交往的吉恩·莱姬（Jean Leckie）的怀

---

① 亚瑟在写于 1895 年的具有传记色彩的书信中表明，"当我走出自小所接受的宗教信仰后，我在很长一段时间内确实感觉到我的救生带似乎已经断裂"。参见：Arthur Conan Doyle, *The Stark Munro Letters*（London：Longmans, 1895）：45。

② 除两卷唯灵论历史外，亚瑟还写了 13 部关于唯灵论的作品。唯灵论活动占据了他后半生的绝大多数时间：他奔走于澳大利亚、新西兰、美国、加拿大、南非等世界各地，宣传唯灵论；他担当英国多个唯灵论团体的会长，写过几百篇关于唯灵论的报到或期刊文章。参见：M. W. Homer, "Sir Arthur Conan Doyle：Spiritualism and 'New Religions'", *Dialogue: A Journal of Mormon Thought*, 1990 (4)：109 - 110。

③ 比如，E. Ray Lankester 在 1876 年、1880 年、1922 年多次抨击亚瑟所参与的唯灵论活动。参见：Bernard Lightman and Gowan Dawson, *Victorian Scientific Naturalism: Community, Identity, Continuity*（Chicago：University of Chicago Press, 2014）：318, 319。

疑：对于前者而言，唯灵论纯粹是"骗局"，除了天主教外，不存在其他任何可替代的信仰；对于吉恩而言，"唯灵论与宗教没有任何关系，无任何道德可言"，因而对亚瑟所参与的唯灵论活动"倍加怀疑——她害怕任何涉及灵魂的东西"（206，211，286）。尽管母亲对他在妻子患病期间就与吉恩保持"柏拉图式恋情"的做法持有容忍的态度，但亚瑟从不敢将"自己对唯灵论日益浓厚的兴趣"告诉母亲，因为她"本能地反对代表混乱无序和巫术的唯灵论"（205）。如果说唯灵论确如亚瑟说的那样，代表了"更高的道德追求"，他为保护妻子不受到"柏拉图式婚外情"的伤害而不断编造"善意的谎言"，这种做法必然与他的唯灵论追求相抵触，更不用说婚外情本身已经违背了道德伦常（Holmes 2009：66；Barnes 2005：184）。

面对传统宗教所规定的道德责任以及骑士精神所蕴含的对女性的尊重，亚瑟无法做出任何抉择。道德良知让他无法盼望妻子早日病亡，但道德责任又阻止他把吉恩变成秘密情人。骑士对爱人的忠诚让他竭尽所能保护妻子，但骑士对"不可能对象的爱慕"却让他祈求婚外情的"守护神"（Guardian Spirit）。① 道德和情感上的绝境使得亚瑟挣扎在"既道德又不道德"、"既受人尊重又蒙羞"的四重生活中（Cavalie 2009：93）。它们分别是：如陷僵局且体现"兽性"的"亚瑟的生活"、被授予骑士称号的"亚瑟爵士的生活"、获得爱丁堡大学荣誉博士学位且使福尔摩斯"复活"的"作家柯南道尔的生活"以及受到媒体讥讽的"既非亚瑟、亦非亚瑟爵士、更不是柯南道尔博士"的"唯灵论世界的生活"（Barnes 2005：202 - 213）。从本质上来说，亚瑟的道德困境是由能够引导或监视其道德行为的宗教信仰的缺失所造成的。② 或者用泰勒的话来说，亚瑟丧失了"支撑仁爱和正义的道德责任的源泉"（Taylor 2001：515）。

妻子的去世并未消除亚瑟在信仰危机中所做的道德自责。相

---

① 在中世纪历史传说中，骑士所爱慕的对象往往是"无法实现的对象，比如说他们统治者的夫人"。参见：Julian Barnes, *Arthur & George* (New York：Alfred A. Knopf, 2005)：180.

② 亚瑟显然认为传统宗教具有引导或监视道德的功能。比如，在兰卡斯特耶稣会士学校时，为了阻止男孩子们可能产生的性堕落，学校从不让他们独处，并派神职人员不断地监视。在第二次幽会吉恩时，亚瑟当场遗精。他随即回想到耶稣会士学校的神职人员巡视的目的：阻止儿童的动物性一面（beastliness）。参见：Julian Barnes, *Arthur & George* (New York：Alfred A. Knopf, 2005)：15, 179.

反,这使得他陷入"极度的疲乏和焦虑之中"(Higham 1976:199)。借助女儿之口,杜奕告诉亚瑟说他会再婚,因为"这正是她所希望的"(215)。妻子的这种想法让亚瑟立刻陷入"自私"和"欺骗"这一道德漩涡:"9年来,他一直小心翼翼地保护杜奕,这到头来却变成保护自己和吉恩私情的计谋"——或许,"她从一开始就知道,从病床上注视他道德败坏地重组真相,在内心讥笑他的每一个谎言,想象他在楼下忙碌在通奸的电话旁……"(215 – 216)①。如果灵魂真的存在且可以和活着的人交流,那么亚瑟就可以直接请求妻子的原谅。由于灵魂只向道德高尚的人显现,处于道德低谷的亚瑟只能求助灵媒来替他向妻子忏悔。如果这么做,他与吉恩的私情必然会昭告天下,而这只会损坏多年来他一直苦心经营的声名和荣誉。亚瑟每天只能借助想象来得到妻子的原谅和安慰,但"要求一个已去世的女人这么做,无疑显得太过愚蠢和自私"(218)。

随着妻子的死亡,亚瑟丧失了补救他给妻子造成的伤害的任何机会。正如《结局的意义》中的主人公托尼认识到的那样,"当我们走向人生终点时,走向结局的不是生命本身,而是改变人生的任何机会"(Barnes 2011:106)。亚瑟能做的一切,就是"坚守对生者的道德责任"(219)。倘若他马上和吉恩结婚,他不但要"不断地说新的谎言",向子女表明这是因为"吉恩能给伤心的鳏夫带来意想不到的安慰",而且还要面对"整个社区的道德非议"(220)。因此,亚瑟只能等待机会,依靠"学会的一切来规划自己的道路……道路位于荣誉所指向的地方"(221)。对于自觉罪孽深重的亚瑟来说,体现高尚道德情操的科学唯灵论不是解决他信仰危机的出路。剩下只有曾给他带来荣誉和金钱、实践骑士精神的侦探小说的创作了。

信仰危机中对个体荣誉的追求或修复,使人生道路从未交叉过的两个历史人物相遇了。由于坚信"没有荣誉就没有快乐",亚瑟回到了实践骑士精神的办公室,并从一堆来自侦探小说迷的读者来信中随意抽出了一封署名为"乔治·艾德吉"求助信(221)。

---

① 在《福楼拜的鹦鹉》中,巴恩斯认为19世纪的火车、20世纪的电话都极大地方便了通奸。比如,火车使得福楼拜与情人柯莱特在约会路上消耗的时间由原来的两天变成几个小时。亚瑟从不在家中使用电话,"无法想象自己在家和吉恩打电话,因为那是偷情的证据。电话是通奸者所青睐的工具。"参见:Julian Barnes, *Arthur & George* (New York: Alfred A. Knopf, 2005):183。

夹在信中的粉色报纸《仲裁者》(The Umpire),使得亚瑟立刻敏锐地意识到报纸内容"必然是某种丑闻";信封上在他看来"完全陌生的名字乔治·艾德吉",则激发了亚瑟扮演他所建构的福尔摩斯侦探的"兴趣",通过追寻报纸中的丑闻,来鉴别求助者的身份和造成该丑闻的罪魁祸首(Barnes 2005:221;Strout 2007:xii)。不难看出,乔治的求助信件为亚瑟重构信仰危机中的自我身份和存在范式提供了契机,即为他"扮演侦探、纠正冤假错案……恢复最佳的自我、甚至恢复他一直以来所坚信的信念——生活是一种体现骑士精神的追寻——提供了途径"(Rafferty 2006:2)。刊登在《仲裁者》中的丑闻是关于乔治如何蒙冤入狱的丑闻。乔治刊文讲述自我故事的主要原因在于司法正义的缺失。在利科看来,人们对"人际关系中正义缺失的认识往往要比如何正确组织人际关系的认识更加尖刻";促使人们思考的往往是非正义或正义的缺失(Ricoeur 1992:198)。在司法正义流产后,乔治通过在《仲裁者》中发表文章,试图将整个社会当作他蒙受的司法不公正的见证人,借此向司法机构施加压力或提出某种抗诉。由于民众自发的抗议未能帮助他成功地洗刷罪名,乔治被迫转向借助文学虚构来追求司法正义的亚瑟,希望依靠他的社会声誉和骑士精神来帮助他伸张正义,拯救自己因正义的流产而被剥夺的荣誉和律师工作,进而期待"回归正常的生活轨道"(Rafferty 2006:2)。① 因此,亚瑟和乔治"这两个人物故事的交叉重叠"或他们的相遇是历史的必然,它不只是小说叙述者或小说作者臆造或情节配置的结果(Knežević 2009:152)。

对乔治而言,以文学想象来主张司法正义的亚瑟是他的"救世主"(Knežević 2009:152)。他没有转向代表并维护正义的司法机构求助,其根本原因在于他所经历的信仰危机。虽然出生在牧师家庭,其父亲是斯塔福德郡(Staffordshire)大沃利区(Great Wyrley)的主持牧师,其母亲是主日学校的教师,乔治仍"无法理解"日常生活中耳濡目染的基督教教义和文化(70)。首先,他无法苟同父亲关于农民和矿工的儿子都是"卑微的上帝子民"的说法——"内

---

① 亚瑟在侦探小说中自始至终关注"victims of injustice";在帮助乔治之前,亚瑟也多次参与解决现实生活中的谜案,帮助弱者伸张正义。参见:Peter Costello, *Conan Doyle Detective: True Crimes Investigated by the Creator of Sherlock Holmes* (London: Robinson, 2006):288/5617.

心某种东西使他抵制这种结论"(14-15)。其次,对于母亲所讲的"小麦和杂草"的圣经寓言故事,他"根本无法确定……无法深入理解"(17-18)。虽然怀疑宗教信仰,但乔治从来不敢质疑父亲的权威,毕竟父母的神职工作给他提供了一个安静舒适的家。由于牧师一家从不参与当地社区的生活,乔治从小就生活在一个自我封闭的世界里,没有任何朋友,无力应对"外界意想不到的噪音和出其不意的事件",因而逐渐被排除在"世道、真理和生活"之外(7-10)。不同于将自己视作"非正统英国人"的亚瑟,乔治受到父亲帝国臣民思想的影响,完全忘记了自身印度拜火教后裔的种族身份,认为自己身上流淌着帝国的"血液"(46)。① 毫无疑问,乔治把自己当作"我们中的一个",即土生土长的英国人,甚至鄙视农民子女,认为自己更接近宗教真理(Cavalie 2009:95)。

宗教优越感和"民族身份认同中的天真"使得乔治自始至终都无法意识到种族歧视的存在(Head 2006:23-24)。对于同学"你不是我们一类人"的讥讽,乔治认为它是农民子女缺乏教养的表现(13)。当听说他想当律师时,警官厄普顿(Upton)便挖苦说:"说什么大话,你这个杂种。"(33)乔治仅把它当作城郊警察的傲慢和无礼(13,33)。即便在匿名恐吓信、各种假借牧师之名而订购的货物、各种出售房屋或提供征婚服务的虚假广告等第一次铺地盖地向牧师一家袭来时,乔治也从不怀疑这与种族歧视有关。② 他的父亲甚至把这种针对全家的暴行看成上帝对他们的考验,根本不把它与当初他刚接管大沃利区的教堂时当地居民的抗议——他们并不需要一个"有色人种的牧师"——这一历史联系起来(37-40,287)。③ 与《伦敦郊区》中宁静而美丽的城郊截然不同,大沃利区到处充斥着混乱和野蛮,这使得乔治坚信"社会的有序性和条

---

① 乔治父亲不断让乔治认识到他们居住在"英格兰的中央地区",认为英格兰是"帝国的中心",英国国教是连接帝国中心和帝国组成部分哪怕是最边缘的殖民地的"arteries and veins"。参见:Julian Barnes, *Arthur & George* (New York: Alfred A. Knopf, 2005):18-19.

② 乔治一家所受的暴行总共有两次:第一阶段为1892—1895间,第二阶段为1903年2月动物虐杀案开始直到1903年8月20日乔治被捕入狱。

③ 在乔治父亲看来,种族歧视在英国早就结束了:首先,他通过列举印度人Maoroji当选议员说明印度人在英国得到社会认可;其次,他通过说明Lord Salisbury由于主张黑人不应该当选议员而遭受维多利亚女王的公开指责而表明官方已经不允许种族歧视的存在。参见:Julian Barnes, *Arthur & George* (New York: Alfred A. Knopf, 2005):46.

规的重要性"(Knežević 2009:156)。于是,他向往铁路和城市所代表的"理性"、"文明"、"多重权利和责任",选择了体现公正和秩序的律师职业,每天乘火车往返于大沃利区的家和伯明翰的律师事务所,计划挣足钱后就搬离代表乡野愚昧和宗教偏执的大沃利区(54-55)。在乔治看来,宗教原则是"一种遥远的假设",理解它就得"做出某种思维跳跃",而他缺乏这种想象力;相反,法律却使他认识到"人与人之间、事物与事物之间、思想与原则之间隐秘的联系",世界也因此"开始显得有意义",他也变得"自信和快乐"(70)。因而法律不仅是一种职业,而且是"失落信仰的理性替代物",它为乔治审视现实和追求善的生活提供了一种范式(Kucala 2009:66)。

让乔治始料不及的是,他"当作宗教来信奉的司法制度"竟辜负了他的期待(Kucala 2009:66)。纵使乔治白日能暂时逃离充斥乡野的各种噪音,他在傍晚时仍须回到他终生都不愿背叛的父母身边,因而终究无法逃脱大沃利区所潜伏的种族歧视和宗教狂热。① 在第一次收到匿名信后,乔治父亲曾写信给警察局长安森(Anson),结果被告知一切皆是乔治所为,如果"玩过火",等待他的将是"酷刑";在这种恐吓下,乔治及父亲只能无奈地放弃申诉(49-50)。此前,乔治曾在家门口捡到一把后来被证明是当地文法学校的钥匙,满以为将它交给警局后就会得到奖赏,结果却等来了厄普顿的恶言。当父亲写信向安森投诉后,他回信说钥匙可能是乔治所盗,说如果得不到任何解释,定将对"当事人"采取法律措施(34)。可以看出,安森是一个带有强烈种族偏见的警察,他"讨厌有色人种",认为乔治"血液中天生流淌着邪恶"(297)。非常自然,当1903年2月至7月间大沃利区发生大量虐杀马、牛、羊的案件后,安森让警察坎贝尔(Campbell)直接锁定乔治,以维护大沃利区警局的名声。于是,在1903年8月18日虐杀动物案再度发生后,乔治就直接被捕入狱。监狱让乔治起初感觉似乎"回到英国法律这个他的第二个家……一个安全的家",因为他无须担心再度爆发的匿名信会源源不断地流向监狱(116)。然而出于对法律的"盲目信任",乔治根本没有预料到"最可信的目击证人只是法

---

① 在这两个阶段收到的恐吓信(也包括日后亚瑟帮乔治洗刷冤屈期间收到的恐吓信)中,有许多落款为 God, Beelzebub, the Devil 等。参见:Julian Barnes, *Arthur & George* (New York: Alfred A. Knopf, 2005):49, 263.

官相信的证人",因而也就不可能发觉意识形态和政治利益会左右法官对案件的判决,更不可能认识到曾带给他秩序和公平幻象的科学可以为警察提供任何他们所想要的物质证据(Hadley 2011:2)。

乔治所蒙受的司法正义的流产同时也是宗教真理的流产。面对即将证明他有罪的"科学"证据,乔治将全部希望寄托在代表上帝"规则、真理和生活"的父亲身上(5)。然而,安森指出,"英国陪审团认为出庭作证是件严肃的事情,他们会分析证人的品质,绝不会坐在那儿……等待上帝显灵";因此,安森根本不相信宗教的权威,认为乔治的父亲会为了"拯救肤色"而作伪证(288-289)。对于抱有同样种族偏见的陪审团来说,乔治父亲的证词"不是那么无可辩驳",他不再是"真理的主人"(148-151)。在种族偏见的面前,无论是司法正义,还是科学理性,甚至是宗教真理都丧失了权威。鉴于警察从一开始就认定乔治有罪,他被判7年劳役就不足为奇了。

司法正义的流产使得乔治最终从心底里放弃了上帝。虽然他在监狱中非常乐意参加教堂的祷告,但与牧师的想象截然相反的是,宗教信仰绝不是他在狱中最大的安慰。因为他祷告时的心情和叠被子时的心情一样,毕竟祷告、叠被子、苦役等活动不仅"有助于他消磨每天的时光",而且这些事件使得监狱生活具有"严格的秩序",使得监狱生活中的"孤独"更容易被承受(162-163)。在每天沉重的劳作之后,乔治最渴望的不是阅读《圣经》,而是阅读诸如司各特的小说、刊有福尔摩斯侦探小说的《斯特兰德》(*Strand*)等书籍杂志。显然,宗教不再是慰藉乔治孤独心灵的良药。也正如日后乔治告诉亚瑟的那样,几年的"禁闭生活摧毁了我的宗教信仰,而不是强化了它"(230)。尽管律师职业训诫中所造就的秩序感让乔治很快就适应监狱中严格的作息方式,他甚至能从中得到某种"满足"。然而,赋予乔治生存信念的却是妹妹在法庭作证时给他的"一瞥,一种时间和怨恨都无法侵蚀的目光,代表了爱、信任和肯定……是希望的源泉"(158)。几名律师所组织的联名抗议、舅舅在报纸上证明他人格的文章使得乔治热泪盈眶。但是,乔治的职业直觉却让他怀疑一切:"即便他们能成功说服内政部来重新调查案件,这又能在多大程度上影响内政部的决定?"(166)因此,乔治"既乐观又完全听天由命——他部分地希望留在监狱,编织马粮袋,阅读司各特的小说,他这么希望是因为这可能是他的命……他又部分地希望明天就能释放,拥抱母亲和妹妹,希望政府公开道歉并承认他所遭受的冤屈,然而他却无法驾驭这部分希望,到头来它只会使他感到更痛苦"(166)。虽然联名抗议最终使得乔治获释,但内政部根本未给出任何解释,更没有公开承认司法正义的流产。由此可以看出,替代宗教信仰的司法正义无法再为狱中的乔治提供生活理想,它充其量只能在他反思以往的生活时,为其提供只会造成现时生活灾难的认知范式。在这种信仰危机中,除了能给他带来心灵慰藉的文学虚构外,乔治没有任何途径来实现妹妹目光所给予他的希望。或出于这个原因,乔治在获释后便转向崇尚通过文学虚构来伸张司法正义的亚瑟,希望借助其帮助来恢复自己的荣誉。

　　出于信仰危机中共同的追求,亚瑟和乔治这两个历史人物最终走到了一起。就亚瑟而言,他的追求在于通过扮演自己所创造的福尔摩斯侦探来恢复自身的荣誉,并与相恋多年的吉恩开始一段幸福美满的婚姻生活。至于乔治,他的追求则在于依靠历来只是虚构世界中的正义主宰者亚瑟的帮助,来挽救自身的荣誉,并重返"安静、有用、正常的生活"(229)。按照乔治的认识,"《圣经》是引导人们如何过一个真实且受人尊敬的生活的指南,法律是引导整个社会如何共同过一个真实且受人尊敬的生活的指南"(229)。因此,重构信仰危机和司法危机中"真实且受人尊敬的生活",其关键在于重构一个具有《圣经》叙事一样功能的向导和恢复司法的尊严。基于这个原因,亚瑟和乔治都走出一度封闭的自我家园,将目光转向可以观察到的经验事实,并通过对这些经验事实的叙事理解,来认识自我并实现各自的生活追求。就如纽顿(Adam Zachary Newton)所指出的那样,"叙事理解自我就必须经受语言离家的痛苦,并向他人开启'内心的密室'"(Newton 1997:272)。在接下来的第二节中,本书将探讨亚瑟和乔治如何借助他者关于自我的叙事,即借助他者眼中的自我来引导自己发展自我身份并重构存在范式。

第二节 他者眼中的自我

在从自我意识的获取到自我身份的认同这一过程中,亚瑟对于外在他者的观察和思考都扮演着不可或缺的作用。通过观察外婆的尸体,亚瑟获取了自我意识的萌芽,这表明自我主体离不开外在的他者。但是,亚瑟的自我意识并非始终停留在已知的外在客体身上。强调生产性想象的侦探小说的创作和强调尸骸内灵魂的科学唯心主义实践,均表明他已转入认知活动的本身。转向这种活动便是采纳"自我反思"的姿态,表明"我所认知的外在世界被我体验或思考",我"力图体验我对外在客体的经验认知",自我以及自我的道德处境成为被关切的对象(Taylor 2001:130)。现代自我是具有内在深度的自我,自我反思通过将我的经验认知作为观察或思考的客体,而带给自我"一种显性的存在"(Taylor 2001:130)。在妻子去世后,亚瑟对自己生存困境的认知便是他对自我的道德处境进行深度反思的结果。更确切地说,亚瑟对自我道德处境的关切源自他对外在他者眼中自我形象的忧虑。当他得知妻子希望他再婚的临终托言后,亚瑟立刻怀疑自己在妻子的眼中是否早就不是一个道德的丈夫。同时,他担心妻子是否已经将此告诉了女儿。于是,他开始想象女儿可能会问:"她是谁?我说的是吉恩·莱姬小姐……过去他一直告诉子女说真话有多么的重要,而他现在却完全是一个道貌岸然的人。"(217)由于担心婚外情被披露后,他者会对他进行妄加指责,亚瑟便开始反思自己在婚外恋中的不道德行为。

通过反思信仰危机中的道德,亚瑟不仅认识到自己对他者的道德责任,而且认识到给他带来希望的善——"道德解救来自恢复与其自身真实的道德接触"(Taylor 2003:34)。亚瑟的道德关切不只强调"正义、对他人生命、福祉和人格的尊重",它更关注"什么构成了我们的自尊、有意义或有成就的生活"(Taylor 2001:4)。除了认识到自己因为婚外恋而未能对妻子担负起应尽的道德责任外,亚瑟还意识到这也危及了自己多年来一直所追求的有价值的生活。对于亚瑟而言,他所崇尚的善或价值是体现中世纪骑士精神的荣誉。这种荣誉在过去告诉他如何做人,现在则告诉他该走向何方。荣誉在过去将他和妻子杜奕联结在一起,现在又将他和吉恩联结在一起。他无法确信自己是否会再次真正地幸福,但他却清楚地知道没有荣誉就没有幸福(221)。通过这种自我反思,亚瑟不仅增加了"道德理解",而且认识到荣誉构成了自我身份中"不可或缺的范式"——"我的身份是由为我提供范式或视域的道德义务和道德认同所确立,在这种范式或视域内,我就可以判断什么是善,什么有价值,或我必须做什么,赞成或反对什么。"(Taylor 2001:139,38)。如泰勒所指出的那样,"自我身份和道德不可分割地交织在一起"(Taylor 2001:3)。

亚瑟所追求的骑士荣誉体现了现代自我身份演变过程中的荣誉伦理。在泰勒看来,荣誉伦理是由荷马史诗中强调为了国家和平而奉献自己生命的"勇士伦理"(warrior ethic)发展而来,并在中世纪的传奇小说中发展为"强调个人荣耀高于一切"的"慷慨/崇高伦理"(ethics of generosity),认为勇士的生活高于一般人的生活,体现了"传统社会的等级制度,关注社会阶级之间的差异,特别是贵族和平民百姓之间的差异"(Taylor 2001:212-14)。尽管亚瑟为了捍卫英帝国在非洲的权益而参加过布尔战争,并因此被封为骑士,他一生中的其他"勇士行为"或"骑士精神实践",主要是通过虚构福尔摩斯来"缓解受害者的痛苦并纠正不公正的司法现象"(Taylor 2001:333)。即便在仅有的几次侦探实践中,亚瑟也深受侦探福尔摩斯的影响。乔治在阅读亚瑟就他的案件所写的侦探故事即调查报告之后,他的第一感觉就是"亚瑟爵士受自己创作的影响太深了……这完全是福尔摩斯的过失"(328)。其实,这并不是福尔摩斯的过失——福尔摩斯就是亚瑟本人,他是福尔摩斯实现自己理想的代理者,因而是亚瑟的"他我"(alter ego)(Hall 1998:221)。换言之,福尔摩斯侦探小说表达了亚瑟所坚信的"什么是善的生活"。在社会相对稳定的维多利亚时期,文学虚构"什么是善的生活"应该是亚瑟在"小时代"实现人生价值或"生活中的善"的最有效的方式了。借助关于"他我"的虚构,即借助虚构叙事的中介功能,亚瑟不仅确立了他的作家身份,而且也实现了强调对外在他者施展"慷慨"的生活理想(Ricoeur 1991:188)。

亚瑟与乔治的相遇是亚瑟对他者眼中的自我进行关切的结果。读者毫不费力地就认定亚瑟所创造的福尔摩斯为真实存在的人物。根据秘书伍德(Alfred Wood)的说法,亚瑟对这一结果感到非常自豪。同时,他又对读者从他的小说中所得到逻辑结论——

"有足够智慧和计略来设置如此复杂的虚构性犯罪的人,必然也有能力来解决真实的案例"——感到非常生气(225)。在读者眼里,亚瑟必然像福尔摩斯一样,具有敏锐的观察力和超强的逻辑推理能力,能够解决各种疑难案件,进而捍卫司法正义,将犯罪分子绳之以法,让无辜者获得清白、受害者得到应有的司法补偿或精神上的慰藉。基于这种认识,许多自认为蒙受过司法不公正待遇的读者就会给亚瑟写信,希望获得他的帮助。与其他读者一样,乔治也认为亚瑟必然具有福尔摩斯一样的侦探能力和维护司法正义的热切心肠。因此,乔治在出狱后不久便写信向亚瑟求助。若在往常,读者来信如"足够感人或给人留下深刻的印象",亚瑟偶尔会回复,但回复的内容却都是"无一例外的否定",即亚瑟回绝读者的求助,并非常遗憾地表明自己"根本不是顾问侦探,就如他不是英国中世纪的弓箭手或拿破仑统帅下的殷勤骑兵一样"(225)。令伍德非常吃惊的是,亚瑟在阅读乔治的求助信后,不但变得异常愤怒,而且要给他回信,甚至宣称"我不只是回信,我还要掀起风浪,让一些人明白,终有一天,他们会为让这样一个无辜的人蒙受冤屈而感到后悔"(226)。此处的"一些人"当然是指令乔治蒙羞入狱的警察和律师。"无辜"表明亚瑟具有福尔摩斯一样的推理能力,仅凭信中的细节和所附杂志上的报道,就能断定乔治无罪。"让他们明白……而后悔"表明亚瑟像中世纪的骑士一样,甘愿为了帮助弱者而挑战权贵。亚瑟这种不同寻常的反应表明他认可了自己在乔治眼中的形象,即他是具有福尔摩斯侦探一样能力的人。他在阅读乔治信件时的愤怒和激动,也表达了他的骑士精神和正义感。在对他者眼中的自我形象的关切中,亚瑟一反妻子去世后,多日的"无精打采和沮丧",以英雄的姿态积极地回应乔治对福尔摩斯一样侦探的召唤,全身心地介入"一个完全未预料到的司法漩涡"(Barnes 2005:226;Doyle 1924:209)。①

在扮演福尔摩斯的过程中,亚瑟展现了荣誉伦理所强调的慷慨、阶级归属感和勇士气质。在第一次会见乔治时,亚瑟便提出由

---

① 亚瑟对他者眼中自我形象的关切应该包含两个方面的意义。首先,妻子去世后,亚瑟担心婚外情如果被揭露,他人眼中的自我想象可能会因此遭到破坏。其次,亚瑟非常关注读者眼中自己和福尔摩斯形象之间的关系,这就涉及了他对小说人物福尔摩斯形象的认同问题。第二种意义上的关切对于亚瑟自我身份的建构更为重要。他正是通过扮演侦探福尔摩斯来帮助乔治伸张正义,进而赢得社会赞誉,以消减婚外恋可能带来的负面影响。

其提供费用,让他去检测一下视力,以证明他的视力非常弱,不可能在夜间出门去残害动物。当乔治觉得让亚瑟出钱有点不妥时,亚瑟则说:"艾德吉先生,你没有雇用我来当私人侦探。我是主动为你提供——主动提供我的服务。等到我们为你赢取的不仅是无罪释放,而且还有大笔赔偿金后,到时把检查账单给你也不迟。不过那时,我也可能不会那么做。"(228)亚瑟答应帮忙已让乔治惊喜不已,因为写信求助时,他根本不敢抱有太多的奢望。现在,亚瑟居然主动表明要帮助自己,并且还完全免费。这让乔治更加感动。通过强调主动帮助乔治,亚瑟在凸显自己高贵的骑士气质的同时,也展现了乔治作为社会中下阶层的弱者形象。通过强调免费,亚瑟展现了中世纪骑士的侠骨义气,甘愿牺牲自己的利益,来"追求正义,或则,说得更高尚一点的话,为了国家的荣誉,同样也是为了自己深爱的女人吉恩。这将是献给她的战利品。"(259)不难看出,亚瑟试图通过帮助乔治,来重构自己作为骑士的自我身份,借此来拯救自己在他人眼中因为婚外恋而遭到破坏的自我形象。①

在调查乔治案件的过程中,亚瑟极力扮演读者眼中的福尔摩斯,把现实生活中的案件当成侦探小说中的案件来叙事理解。在亚瑟看来,"如果不知道事件的结局,又怎么来理解事件的开始?"因此,亚瑟在写作侦探小说时,"总是先构思故事的结局,然后回构或补写[其余部分]",而"回构"(backward construction)却能让人始终留意故事的结局(Barnes 2005:59;Priestman 2003:3)。鉴于侦探小说的"双重叙事结构",即侦探小说由调查并还原犯罪行为的故事和犯罪故事两部分构成,小说作者、叙述者和侦探对犯罪事件结局的理解较大地影响了他们对犯罪事件本身的解读(Pyrbonen 2010:49-50)。故事作者和侦探对于犯罪故事结局所持有的坚

---

① 虽然亚瑟的婚外恋在当时并没有被曝光,但亚瑟担心妻子已经知道自己的不轨,也担心女儿可能知道他作为父亲的不道德的形象,更担心自己在妻子去世后如果立即和吉恩结婚,公众必然会猜疑。为了转移公众的注意力,避免自己在他人眼中形象的受损,亚瑟决定通过披露乔治一案中社会司法机构的无能和种族歧视,来掀起司法界的风浪,进而巩固自己作为骑士的荣誉。另外,如亚瑟·柯南道尔的传记作家 Andrew Lycett 所示,亚瑟在妻子在世时尽一切可能保护自己的荣誉,比如在 1899 年他取消了社会小说 *A Duet with Occasional Chorus* 的连载计划,因为担心里边的主人公 Frank 的通奸可能会引起公众对亚瑟自己私人生活的猜疑。参见:Andrew Lycett, "Adultery, My Dear Watson", *The Guardian* (Sept 15 2007):36.

定"信念"会促使他们"创造一个……旨在阐释一切且体现严密的逻辑关系的因果叙事"（Frank 2003：158）。这表明小说作者和侦探可能会受到对犯罪故事"信念"的诱导，虚构任何可以解释犯罪行为本身的证据，忽略那些在他们看来作用可能不大的证据，进而使得他们对犯罪故事的阐释符合他们自身的期待。就如小说《亚瑟和乔治》中大沃利区的警察一样，他们为了保护警察局的名誉，从一开始就认定乔治有罪，然后按照这种信念寻找或编造任何能证明乔治有罪的证据。比如，直接证明乔治杀戮动物的物证"马毛"存在许多疑点：案发现场被采样的皮毛连同乔治的衣物，在12个小时后才被送到法医的手上；在此期间内，却无任何人能证明，证据采集的过程中没有人蓄意将马身上割取的皮毛与乔治的衣服混放在一起。① 至于案发现场的鞋印，它的举证则由一名年轻警察完成。他将乔治的鞋压入现场留有的脚印中，说明它们刚好吻合。这根本不是通过石膏取样获取的可靠证据。②

为了获取相关物证，亚瑟采用了福尔摩斯所用的非常规手段。当亚瑟指责警察从一开就认定乔治有罪并有可能虚构对他不利的物证时，他根本没有意识到，自己对事件结果的理解同样有可能促使他构建自己想要的证据。既然亚瑟在阅读乔治求助信的过程中就坚信他无罪，他在会见乔治本人时，必然会借助福尔摩斯一样的观察力，来发现足可以证明自己信念的物证或事实。根据乔治在阅读时眼睛几乎贴着报纸这一特征，亚瑟推测乔治的眼睛必然高度近视或者甚至有可能散光；根据乔治眼球有点外凸这一特征，亚瑟推测这种病理现象可能会使乔治给人"眼神茫然"且"目不转睛地凝视他人"的假象，进而推想这种神情可能会使公众做出"虚假的道德判断"（228）。根据这些观察，亚瑟不仅更加坚信乔治无罪

---

① 从案发现场的取证到最终送到法医 Butter 手上，原本只要 30 多分钟的路程却花了将近 12 个小时。无人能解释在这么长的时间段内到底发生了什么。法医 Butter 却坚持警察都很称职、勤奋，不可能污染物证。乔治父亲告诉亚瑟他们是当地百姓中最相信警察的人，言下之意表明许多人不相信警察。毕竟，有 20 多个便衣警察轮流徘徊在乔治家的窗外且没有人能"看住"乔治。因此，当乔治父亲说他们信任警察时，这简直是个巨大的讽刺。参见：Julian Barnes, *Arthur & George* (New York: Alfred A. Knopf, 2005): 274 - 275.

② 这表明现在的"乔治的脚印"可能原本根本不存在，只是警察在把乔治的鞋压入现场脚印的过程中，使得原有脚印改变了，留下的只是后来压上去的脚印，毕竟案发现场是松软的泥地。参见：Julian Barnes, *Arthur & George* (New York: Alfred A. Knopf, 2005): 132 - 134.

(即乔治的视力不可能使他在夜晚溜出房间去残害动物),而且部分地阐释了为什么警察局长安森会认为乔治有罪。在会见安森时,亚瑟有意引导安森,让他得出自己想要的结论:乔治的血液中流淌着印度拜火教的"邪恶"和"野蛮",它们最终"在种族通婚的诱导下爆发了";另外,乔治眼球外凸是好色、性欲旺盛的表现,乔治杀戮动物是为了发泄没有得到满足的"变态的性欲"(297-299)。在调查中,亚瑟还模仿福尔摩斯采用的非常规手段,来获取证明自己观点的物证。① 比如,当亚瑟通过推理发现夏普(Sharp)可能是匿名信的作者和伤害动物的凶手时,他暗示秘书伍德非法侵入夏普的房间,获取了他所认定的凶器。

对于为何选择这种非常规的手段,亚瑟解释道:

> 如果可以的话,我建议你偶尔不要用律师的眼光来思考问题。无法举出现象存在的证据,并不意味着这种现象就不存在……到现在为止,那些一直帮助你的伊尔傅顿律师和其他所有人,他们的工作质量都很高,他们也都非常努力和正确。如果英国是一个理性的社会,你现在说不定已回到你在纽豪大街的办公桌前了。实际并非如此。因此,我的计划就是不去重复伊尔傅顿所做的一切,表达同样理性的质疑,提出同样理性的要求。我将做一些截然不同的事。我将制造一些巨大的噪音。英国人——正统的英国人——并不喜欢噪音。他们认为噪音太粗俗,噪音使他们不安。但是,如果心平气和的理性不奏效的话,我就给他们一些嘈杂的理性。我不会从背后使诡秘的手段,我要从正面来质疑他们。我将敲起响鼓。我打算摇晃更多的树,看看会掉下何种腐烂的果子。(236)

按照亚瑟的理解,整个体制的非理性促使他采用了"以牙还牙"的非常规手段。"噪音"表明亚瑟有可能使用侦探小说中制造"轰动效应的虚构故事",借此来披露英国司法制度的弊病以及维护司法正义的过程中相关人员的无能(Cook 2008: vi)。"嘈杂的

---

① 福尔摩斯的侦探手段主要是依靠非常规的科学方法来寻找证据和推理。此外,他甚至还通过非法手段:比如,吸毒和非法侵入他人房产以获取想要的信息或证据。参考: Rock Dilisio, *Sherlock Holmes: Mysteries of the Victorian Era* (Lincoln, NE: iUniverse, 2002): 7.

理性"表明不管他如何虚构,都将恪守福尔摩斯在他者眼中的理性形象,努力使自己的司法实践能够像福尔摩斯那样成功。不难理解,当亚瑟在书房里坐下来,开始思考该采取何种策略来制造一些噪音时,他感觉"回到了熟悉的领域。就好像开始写作一本书:有了故事,但不是全部;有绝大多数人物,但不是全部;有一些但不是全部的因果关系。有了开始,也有了结局……就如写作一本小说一样,他把主要问题列成一张表,并做了简单评注。"(256)此处所提的"书"显然是亚瑟最为擅长的侦探小说。毫无疑问,亚瑟把自己看成福尔摩斯,把乔治当成亟待被拯救的弱者,将实证调查、逻辑推理和虚构想象融合在一起,借此还原乔治一案的始末。因此,亚瑟的调查报告从本质上来说就是一个侦探小说故事。

亚瑟采取了侦探小说的策略来还原整个案情。在由结局走向开始的过程中,亚瑟如福尔摩斯一样,"先想象发生了什么,然后验证假设,最后假设得到证实"(Doyle 1997:14)。首先,对于为何匿名信在1895年后突然消失,又在1903年突然来袭,亚瑟推测可能是匿名信作者在此间离开了大沃利区,比如去坐牢,去了伯明翰,或出海。其次,对于为何乔治衣服上会有马的毛发,亚瑟则推测有可能是案发后被有意或无意地放上去的。然后,对于法官关于匿名信的指控,亚瑟认为有必要重新鉴定笔迹,毕竟字迹鉴定专家葛瑞(Gurrin)曾两度误判。对于警察为何栽赃乔治,亚瑟认为这完全是种族歧视的表现。在确立这些假设后,亚瑟开始调查取证。通过研读匿名信中的指控,亚瑟发现假设成立,因为匿名信中几处提到:必须送他出海;海浪向你袭来;我认为他们不会绞死我,但有可能送我出海(263)。亚瑟根据匿名信的内容,并在乔治的同学哈瑞(Harry Charlesworth)的帮助下,最终确定匿名信和虐杀动物的嫌疑人是夏普。通过访谈巴特医生(Dr. Butter),亚瑟也证实了自己关于乔治衣服上为何会出现被害的马的毛发的猜想。欧洲顶级字迹鉴定专家约翰逊博士(Lindsay Johnson)的报告则洗刷了乔治是匿名信作者的嫌疑。依据自己的切实体验,亚瑟发现警察局长安森不仅仇视异族人,而且强烈地谴责不同种族间的通婚,进而证明"种族主义左右了官方对乔治一案的解读"(Head 2006:223)。借助这种科学调查和理性分析,亚瑟俨然已成为福尔摩斯一样的侦探了。

在扮演福尔摩斯的同时,亚瑟不仅迎合了他者对自我的期待,而且重构了因为信仰危机而迷失的道德身份。通过调查乔治案件，亚瑟从丧妻后的"绝望和消沉"中走了出来（226）。然而，家中的冷清让亚瑟不禁再次陷入对他者眼中自我形象的忧惧：

  假如妻子知道他偷情，那么他完蛋了。假如妻子和女儿都知道，那么他双倍完蛋了。假如妻子知道，那么妹夫霍侬（Hornung）的猜想没错。假如妻子知道了，那么母亲错了。假如妻子知道，那么他必然是妹妹柯妮眼中最卑鄙的伪君子，他肯定无耻地利用了岳母。假如妻子知道，那么他对于荣誉行为的理解完全是自欺欺人……不，不能再这样想下去……生活必须继续。妻子知道这点，她对此也未曾反对过。生活必须继续。（267-268）

  亚瑟的忧惧无疑关系到个体对于他者的道德责任。"生活必须继续"，表明亚瑟认识到道德责任首先是对自己生活负责。纵使自己给妻子造成了不可饶恕的伤害，道德上的自责无益于任何人。对他人生命和尊严的敬重，必须以自尊为前提。然而，传统道德仅仅强调自我对他者的责任，强调道德准则，忽视了自我责任以及什么是善的生活（Taylor 2001：84）。在利科看来，道德责任包含"依靠"（counting on）和"负责"（being accountable for）两层含义，它不仅仅是对有求于我的人的问题"你在那儿的"的回应，更应该是对"自我不变性（self-constancy）的肯定"，所以"自尊或自我责任构成了善的生活中最基本的自我反思时刻"（Ricoeur 1992：165，188）。或鉴于这个原因，亚瑟将关注的焦点，由"对妻子的道德责任"转向如何恢复自己的荣誉，即如何恢复自己"善的生活"，从而准确认识了道德的内涵，并因此走出了道德困境。由于认为"善的生活"存在于实践骑士精神的写作中，亚瑟再次坐到办公桌前，开始撰写关于乔治案件的调查报告。这时，亚瑟体验到妻子去世以来事物第一次展现出的"正当性/适当性"（properness）：

  经过一段时间的绝望、内疚和萎靡不振，他在别人的质疑和召唤下，终于恢复了活力，回到了他所属的地方：他手拿着笔，坐在书桌前，急着想讲述一个故事，让人们用不同的眼光来看待问题。从现在起，有个女人正在伦敦等候着他。虽然这不会太久,但她将是阅读他作品的第一人、见证他的生活的第一人。他感到自己精神振奋,文思泉涌、目标明确。然后,他用在火车上、旅馆里和马车里一直思索的、一段既能触动人心又能说明事理的话开头:见到艾德吉的第一眼,就足以让我相信他被指控的罪名根本不可能成立;同时,这也表明了一些他为何被人怀疑的基本原因。(276–277)

在这种体现内在深度的反思中,亚瑟认识到是什么构成了自己的善的生活。"回到他所属的地方"表明亚瑟不再将自己对他人的责任视作道德的第一要义。相反,追求善的生活或"他所属"的生活构成了亚瑟自我身份的道德基础。"他的生活的第一见证人"表明亚瑟认识到自我不能脱离他者而存在,必须借助"故事"叙述并寻求"适当"的读者或听众,即建构一种"能赋予我们身份以意义、能够通过定义我在哪里、我和谁说话来回答我是谁这个问题"的"对话网络"(Taylor 2001:36)。"不同的眼光"表明亚瑟不仅认识到叙事能够发展自我身份,而且有助于他者来认知自我。必须注意的是,亚瑟此处"急着想讲述"的故事是关于乔治的故事,亚瑟是他者故事的讲述者。既然关于他者的故事可以成为自己生活的"见证",那么自我必须通过建构"对话网络"来追寻他者的故事。从这个意义上来说,乔治是亚瑟观察自我的"有色镜片",正如福楼拜是布瑞斯维特观察自我的"有色镜片"一样。鉴于自我和他者、叙事和身份之间的这种辩证关系,亚瑟选择帮助乔治并讲述他的故事是一个必然——"无论在行为实践中,还是在虚构故事中,人从本质上来说都是讲述故事的动物"(Macintyre 2007:216),或者用巴恩斯自己的话来说,"我们最深层的自我是讲述故事的动物"(Barnes 2012:8)。亚瑟没有料到,内在的叙事冲动使得他"在收到乔治的来信后决定帮助他",使得他"急着想讲述一个故事"(228)。通过讲述故事,他不仅证实了自己作为作家的自我身份,而且迎合了他者眼中对具有骑士精神的自我的期待。换言之,通过叙述乔治的故事,亚瑟不仅向他者阐明了自身像福尔摩斯一样的骑士身份,而且也表达了自己所主张的荣誉伦理。其根本原因在于,"文学是一个巨大的实验室,我们可以就赞成或谴责来进行估计、评价和判断的试验,借助这种试验,叙事变成了通往伦理道德的预备学科。"(Ricoeur 1992:115)

捍卫乔治的清白意即捍卫自己调查报告的合理性。这同时也意味着捍卫自己在他者眼中的自我形象。在安森看来,亚瑟的报告是"故事"虚构,根本不是基于客观事实和所能观察到的证据而做出的"理性分析",亚瑟所讲述的家庭史则更不用说了,它"只是虚构小说中才有的情节——贵族血脉、苦难和恢复家产,在现实中遇见时会让人觉得不可信和过于感伤"(284-286)。正如批判荣誉伦理的现代资产阶级一样,安森认为亚瑟不仅有点"虚荣",甚至有点"粗俗"(Taylor 2001:214;Barnes 2005:286)。安森强调自己看待问题"更加专业",表明亚瑟的调查充其量只是"业余的猜测",认为他的报告中"警察无能只是出于虚构的需要,如果科学侦探身边的警察都不是蠢蛋,那他如何才能显得出众呢?"(286-287)安森的这种逻辑让亚瑟突然感到一阵文学意义上的痛风。于是,他伺机反击,捍卫自己的立场。安森指出,亚瑟所实践的"由结局到开始"的科学侦探,无疑是"先认定乔治无罪,然后其他一切均绕此展开";亚瑟对此立即加以反驳,指出安森"从一开始就把乔治当嫌犯,甚至写信恐吓他"(288)。安森回击说,他这么做目的是为了预防犯罪。对于亚瑟的反击,安森每次都能找到借口。他一方面指责亚瑟想象力过于丰富,另一方面却要求他发挥想象力,表明假如乔治的父亲把家庭看得高于一切,他必然会作伪证。正如初次见到乔治时发现的那样,亚瑟认为乔治的种族身份和他外凸的眼球均成为安森怀疑他的理由:邪恶的异族血液和未得到满足的变态性欲必然会驱使他走向犯罪。与安森交锋中的失败使得亚瑟感到了"从未有过的羞辱"(302)。这使他更加坚定地采取非正规的途径,来维护司法的公正,捍卫个人的尊严。

亚瑟所强调的非常规途径就是借助媒体力量来给政府施加压力。既然英国内政部可能如安森设想的那样对他的诉求置之不理,亚瑟决定把自己的调查发现发表在《每日电讯》上,并同意其他报纸免费转载它。在详细回顾整个案情之后,亚瑟总结到:

> 对于乔治·艾德吉而言,除了迟到的正义,他还需要什么呢?我就此提出几点建议。首先,彻底重组斯塔福德郡的警察队伍;其次,调查地方法庭在审判过程中不规范的地方;第三点也是最重要的一点,调查内政部到底谁该对此负责?就如贝克案一样,数年来正义一直在门口徘徊,却没有人来打开

大门。对于这种过失,应该采取怎样的处罚?除非这些问题都得到解答,否则这个污点将永远留在我们国家的行政史册上。

……

由于生活的复杂性和信息的有限性,任何人都可能犯错误,但又何至于不断地重复同一个错误?同样的暴行继续发生,匿名信继续泛滥,笔迹鉴定专家格瑞名声扫地,有人招供了同样的罪行,以及最后证明艾德吉的眼睛几乎失明。如果这些新的证据不能改变陪审团的判决的话,那么怎么样的证据才能改变陪审团的结论?但是,正义的大门被关闭了。现在,我们希望最后审判,当所有事实都清楚地摆在面前,试问英国公众,这种司法冤案还要持续多久?①

在这个联结案件始末的"书的结局"中,亚瑟表达了自己的诉求(316)。通过比较乔治一案与贝克一案,亚瑟向人们表明,他将采取他当初帮助贝克时所用的策略,来帮助乔治伸张正义。② 在他看来,所有证据皆表明乔治完全无罪。但是,没有任何人愿意站出来承认错误,获取正义的常规"大门"都被堵死了。鉴于此因,亚瑟希望借助自己在英国公众和广大读者眼中的形象和影响力,通过在报纸上披露该冤案给国家造成的"污点"和给个人造成的伤

---

① 参见:Arthur Conan Doyle, "The Case of Mr. George Edalji", *Daily Telegraph*, January 12, 1907. < http://gutenberg.net.au/ebooks12/1202671h.html >.

② 贝克一案中,贝克(Adolf Beck)被多个证人错误地指认为曾因敲诈勒索入狱过的"John Smith"。加上格瑞字迹专家的错误,贝克两次被错判入狱。经过律师的多年努力,以及真正凶手被捕入狱,贝克最后被无罪释放。在两次判决中,警方和司法部门都阻止律师调阅"John Smith"审判的资料,仅根据受害者的描述,认为"John Smith"和贝克为"one and the same person",即利科在《自我作为他者》(*Oneself as Another*)所讲的同一性身份中的"相似性"。利科认为,由于时间的跨度问题,"相似性"原则必须辅以"uninterrupted continuity"和"permanence"原则。但是,尽管曾审判过贝克的警察发现指证 John Smith 的描述与现在指证贝克的描述存在差异,并且他也发现先前的 John Smith 的讲话风格和发音与贝克也有所不同,但法官拒绝采用这些证据,因而使得错判成为必然。在洗刷贝克罪名的过程中,记者 G. R. Sims 和亚瑟·柯南道尔等人在报纸上发表声讨司法机构的文章,激发了民众的抗议,最后迫使司法机构重审贝克一案,不仅洗刷了贝克的罪名,而且对他做出了赔偿。在帮助乔治伸张正义的过程中,亚瑟多次参考贝克一案,指出字迹专家格瑞的不可靠之处,希望最后既能洗刷乔治的罪名,又能为他赢得赔偿。参见:http://en.wikipedia.org/wiki/Adolf_Beck_case;另外参见:Julian Barnes, *Arthur & George* (New York: Alfred A. Knopf, 2005): 261.

害,激发人们的爱国主义情怀和正义感,进而拷问整个社会的良知,借此给政府权力部门施加压力,最终为乔治洗涮罪名。"几点建议"表明亚瑟不仅希望能够为乔治伸张正义,捍卫司法的庄严,同时希望政府能够进行司法改革,惩戒以安森为代表的司法职能部门的负责人,捍卫自己的尊严。① "试问英国公众"表明亚瑟力图唤起公众对自己权益的保护,避免司法正义的流产最终降临到自己身上。确如亚瑟所期望的那样,报纸媒体"具有任何法官都没有的巨大潜能",他的故事更掀起了广大范围内的"圣战"。在此背景下,内政部被迫成立调查委员会,重新审查乔治一案,最终宣告他"清白但有罪",认为乔治虐杀动物罪名不成立,但他有可能是"一些匿名信的作者……必须对他自己的处境负责",因而拒绝给他做出任何补偿(Risinger 2006:83-84)。②

亚瑟断然无法接受这种让人"惊骇"的结果(Childs 2011:152)。为了捍卫自我在他者眼中代表的司法正义的骑士形象,亚瑟继续战斗:他在《每日电讯》上发表了3篇报告,证明乔治不是匿名信的作者;抗议调查委员会轻视他,没有采纳他的证据;要求内政大臣接见他……③ 然而,不再有"新的事件、争论、诽谤罪起诉、政府行动、议会提议、公众调查、道歉或补偿",媒体"也没有什么可以报到的了"(339)。为了抚慰亚瑟,同时也安慰乔治,吉恩提议邀请乔治参加她和亚瑟的婚姻,并在婚宴上告诉乔治:"你无法猜到我对你有多么的感激"(346)。虽然当时无法理解为什么,乔

---

① 关于安森和亚瑟会面的场景并不存在相关文献。《亚瑟与乔治》中所描述的两人见面的场景是巴恩斯虚构的产物。Risinger认为,巴恩斯的描述并没有反映历史真相。尽管如此,安森仇视乔治却是事实,安森仇视亚瑟也是史实。在安森眼里,亚瑟是"最无耻的畜生",认为亚瑟在报纸上指责他"怀疑乔治及其父亲是同性恋"。根据这一情节,小说中的安森明确鄙视王尔德,认为乔治性变态,这种描述应该没有偏离史实。即便巴恩斯有意偏离的话,他的目的无非是想强调亚瑟的所有举措,是为了捍卫自己的立场和自己在他人眼中的形象,重构自己在信仰危机中的道德身份。参见:Michael Risinger, "Boxes in Boxes: Julian Barnes, Conan Doyle, Sherlock Holmes and the Edalji Case", *International Commentary on Evidence*, 2006(2):81.

② 关于亚瑟报道带来的影响,参见:Brian Thornton, "Journalists and Miscarriages of Justice", December 7, 2014. <http://www.crimeandjusticecentre.com/2014/10/09/journalists-and-miscarriages-of-justice/>.

③ 在内政部所成立的司法调查委员会发布调查结果后,亚瑟为了替乔治争取国家赔偿而继续四处奔波。在乔治一案后,亚瑟参与过其他司法冤案的调查,其中最著名的就是Oscar Slate一案。参见:Peter Costello, *Conan Doyle Detective: True Crimes Investigated by the Creator of Sherlock Holmes* (London: Robinson, 2006):Z495/5617-2603/5617.

治后来在阅读亚瑟的回忆录《回忆与冒险》时发现他只是亚瑟走出亡妻后"黑暗的日子"、"走出绝望的泥淖"的跳板（Doyle 1924：209；Barnes 2005：362）。亚瑟在《回忆与冒险》中写道：当他无意中读到《仲裁者》中乔治的报到后，他似乎亲历了一场令人震惊的悲剧，感觉"真理号召他尽一切可能来拨乱反正"；虽然没有大获全胜，他却感到自己"部分地纠正了一个重大的司法错误"（Doyle 1924：209-210）。另外，乔治发现亚瑟在回忆录中把自己、父母和妹妹描述为彻底的"孤立无援"，完全忽略他在帮助自己之前乔治的父亲已在报纸上发表了案件分析的文章以及其他人给予乔治的帮助。因此，乔治发现亚瑟"虽然值得感激，但他太过于想把所有的功劳都归在自己的头上"（363）。自始至终，亚瑟都将自己看成捍卫正义的英雄，乔治的冤案只是他重构或巩固自己在他者眼中英雄形象的工具。毫不奇怪，他在回忆录中将乔治称为自己与吉恩婚宴中最"令我自豪的客人"，毕竟乔治已成为彰显他骑士精神的"战利品"，是他献给新婚妻子的"战利品"（Doyle 1924：213；Barnes 2005：259）。

起初，乔治对于亚瑟的"工具论"感到难以接受。亚瑟绝不是碰巧拿起《仲裁者》，毕竟乔治曾将这些文章连同求助信一起邮寄给他——"这么想或许对亚瑟有点不公平。是不是他把简单的句子看得过于细致了？实际上，他每天都这么做，他的律师工作就是如此。亚瑟爵士的东西一般来说都是写给极为谨慎的读者来看的。"（362-363）如果不是在狱中曾经阅读过亚瑟崇尚科学理性和骑士精神的侦探小说，乔治就不可能向他求助。如果不是因为亚瑟模仿福尔摩斯侦探，进行调查并撰写体现严密逻辑的"侦探小说"，乔治就不可能最终获得部分的正义，更不可能恢复他所想追求的简单生活和工作。他能够坐回办公桌前的唯一原因，就是由于"亚瑟的崇高原则，以及亚瑟乐于将这些原则付诸行动"（359）。乔治觉得不应当忘恩负义，不应该对亚瑟回忆录中不符合实际的地方太过苛刻，更何况亚瑟对于"令我自豪的客人"的回忆让他感到了些许宽慰。乔治的认识似乎表明，"人类事务应当容许折中的立场"，就如内政部为了满足乔治对司法正义的主张，但同时又维护自身作为政府机构的权威，而对乔治做出了"清白但有罪"的折中判决（Childs 2011：154；Barnes 2005：334）。

律师的职业训练使得乔治以一种超然的态度，审视他者眼中的自我。在审视亚瑟眼中"孤立无援"的自我时,乔治所表现出来的折中源自他对亚瑟双重身份的认识。乔治发现亚瑟既是急于表现英雄主义的恩人,又是著名的侦探小说家。由于主张正义的常规大门被关闭了,乔治只能转向借助文学想象来建构司法正义和表达骑士精神的亚瑟。他的双重身份决定了他在撰写调查报告时必然会采用虚构的手段,夸大自己的英雄主义。丝毫不感到奇怪的是,乔治发现他的自我首先以"寻求救助的受害者"的形象出现在亚瑟的调查报告中,然后是"面临最高审判的律师"和"小说中的人物"(320)。无论是"寻求救助的受害者",还是"面临最高审判的律师",抑或是"小说中的人物",乔治在他者眼中的这三种自我形象,均凸显了"救世主"亚瑟在身处信仰危机和道德困境时的最大关切,即如何通过帮助"孤立无援"的乔治,来建构真实的福尔摩斯形象,借此转移公众的注意力,避免自己的通奸丑闻成为公众议论的焦点,进而保护自己在公众眼中的形象。"小说中的人物"则表明了亚瑟作为作家的直接诉求:通过建构乔治这一人物形象,来巩固自己作为侦探小说家的地位。乔治的三重自我分别应对了亚瑟在重构自我身份过程中的三重需求,即表达骑士精神、实践科学侦探和发挥生产性想象力。如果说亚瑟的三重需求共同指向他的作家身份,强调他叙事建构人物身份的能力,那么乔治的三重身份都指向他作为受害者的自我身份,被剥夺了自由表达自我的权力。

　　无论是作为司法冤假错案的受害者,还是作为虐杀动物的嫌疑犯,乔治都丧失了通过自我叙事来建构清白的自我身份的能力。在入狱之前的审判中,乔治认识到"自己的故事被别人夺走了",先是警察和目击证人"恶意的扭曲",然后是辩护律师的"包装"(wrap it up),即便是自己的辩护,它也是在律师"引导"下的"不连贯的"故事(138-142)。通过"发展和阐释自己的生活故事",个体便获得了自我;若无法叙说一个完整连贯的故事,个体则面临着"丧失身份"或"迷失生活方向"的危险(Hyden 2010:33-34; Williams 1984:178)。在丧失表达自我的权利后,乔治只能任凭主审大法官和陪审团律师根据"碎片、巧合和假设"来恣意地"建构某种真相",虽然他清楚自己无罪,但是"经过代表权威的法官的反复重述,这个故事就体现了额外的可信之处"(130)。在那些从一开始就认定他有罪的警察、维护地方声誉的法官和陪审团律师

等他者的眼里,乔治只能成为杀戮动物的凶手和散播污秽言语的匿名信作者。法庭的判决也最终剥夺了他主张自我身份的权力:

> 他的人生变成了头条新闻,他的故事已成为铁一般的法律事实,不容任何质疑。他的身份不再是他自己的作品,相反它却任由他人来描述。
> <u>七年劳役拘禁</u>
> <u>大沃利区的牲畜杀手已判刑</u>
> 罪犯异常冷漠(159)

重构自我身份便意味着重获叙述自我故事的能力。自然,乔治一出狱便在《仲裁者》上发表文章,试图叙事建构一个清白的自我。刑期未满而获释的他仍须定期到警局汇报,因而依然是戴罪之身,无法依靠自我叙事来辩白自己的无辜。借助他者的叙事来洗刷罪名成为乔治的不二选择。既然选择以虚构福尔摩斯侦探而著称的亚瑟为自己的代言人,乔治就必须承受自己的生活故事被虚构或被扭曲的风险。

如何面对自己在伟大作家眼中的形象?当亚瑟宣称要制造"理性的噪音"来震落"腐烂的果子"后,乔治非常关心自己在他的眼中是否是一个无辜者(236)。亚瑟回复说:"乔治,我已阅读了你在报纸上发表的文章,现在又见了你本人。我的答案就是'不',我不认为你无辜。不,我不相信你无辜。我知道你无辜。"(236)在亚瑟看来,乔治的无辜是客观存在的事实,它不受个人意志或信仰而独立存在,这是他科学观察的结果。熟悉亚瑟侦探小说的乔治,必然知道亚瑟会根据这种结果来调用所有可用的证据来还原真相。即便如此,乔治对自己成为当时英国最伟大作家所描述的对象还是感到"惶恐不安",

> 下面就是亚瑟描述乔治不可能卷入大沃利区流氓团伙的原因:"首先,他是一个非常有节制的人,这本身使得他不可能与这种团伙有任何关联。他不抽烟,非常害羞和紧张,是一名非常出色的学生。"这都是真的,但又不是真的;过分夸奖他,但又不是夸奖他;可信,但又不可信……
> 他不抽烟,这倒是真的。他认为这是一种毫无意义、毫无乐趣、浪费钱财的习惯。但是,这个习惯与犯罪行为却无任何

第二章 《亚瑟与乔治》中的信仰危机

关联。福尔摩斯是出了名的喜欢抽烟——而且他知道亚瑟也是如此,但这并没有使他们成为犯罪团伙的人选。不错,他确实是一个非常有节制的人,这是家教的结果,不是出于某种高尚的道德而对乐趣的抵制。但是,他清楚任何陪审团成员都会有不同的理解。自我克制可证明他温良敦厚,但也可表明他好走极端。这可能表明他能抑制生理上的冲动,也能暗示抵制恶习而关注更重要的东西——这种人可能缺乏人性,甚至可能疯狂。(320-321)

强调乔治的道德品质,以撇清他与虐杀动物凶手之间的关系,这种做法完全不是科学侦探的所作所为。乔治对他者眼中"自我克制"品质的分析与安森分析他的犯罪动机所提出的"理据"不谋而合:长期压制的"生理上的冲动"必然驱使他寻求"疯狂"的发泄途径。另外,乔治发现,亚瑟对夏普提出的指控完全是推测,甚至是道听途说,这跟法官当初判决他有罪的做法几乎如出一辙。亚瑟这种"真的,但又不是真的"、"可信,但又不可信"的调查报告让乔治感到非常为难。乔治觉得不应当"贬低亚瑟的工作",毕竟它在制造"噪音"方面非常成功,迫使内政部成立了调查委员会(321)。另外,它里边的一些表述甚至让乔治感到"非常自豪和感激",比如"除非这些问题都得到解答,否则这个污点将永远留在我们国家的行政史册上"(321)。在矛盾中,乔治无法回答自己如何看待亚瑟对夏普的调查,因为他不想为了自己的声誉和自由而让别人遭受和自己一样的痛苦。

通过反思自己在亚瑟眼中的形象,乔治叙事回顾了自我形象所经历的变迁。"害羞和紧张"的性格描述让乔治推想:如果他人也成为伟大小说家观察的对象,他们该会如何反应(122)?乔治继而回想入狱之前他在媒体眼中展现出的各种自我形象:"没有任何表情"、"轻快活泼地与律师交谈"、"沉着冷静"和"异常冷漠"(122-125,159,321)。乔治在媒体眼中自我形象的变迁从侧面反映了他的自我身份如何由无辜者到嫌疑犯到真正的罪犯这一变迁过程。乔治对"自我克制"性格的分析以及他对夏普如何成为亚瑟眼中嫌疑犯的分析,使得他在内心再次经历了他一步一步地沦落为他者眼中的罪犯的过程。当然,这也是亚瑟把乔治的生活当成书来写作的目的,即披露警察、目击证人和司法机关如何落井下石,使得乔治成为种族歧视和司法无能的牺牲品,进而激发公众的正义感。正是由于把乔治的生活当成他最擅长的书来写作,亚瑟才急欲想证明夏普是真正的凶手,表明自己和福尔摩斯一样,能够快速有效地解决疑难案件,从而替"孤立无援"的乔治伸张正义,给读者一个完美的故事结局。实际上,亚瑟在撰写调查报告时也感觉到自己的写作"快接近书的结局"(316)。可以说,这种结局是亚瑟"对骑士精神过于热衷"的结果。乔治由此感叹说:"亚瑟受自己创作的影响太深了……这完全是福尔摩斯的错误。"(329)

通过阅读亚瑟眼里的自我,乔治不仅反思了自我身份由无辜者到罪犯的变迁过程,而且踏上了由"暴徒"到"默默无闻的小人物"的转变征途(359)。在向亚瑟求助时,乔治最想要的是"恢复荣誉和重操律师旧业……过一个简单、有用的正常生活"(229)。用他母亲和妹妹的话来说,他渴望"回归工作"、"回归普通生活"、"甚至结婚"(249)。对"普通生活"中"有用"之处的肯定就是肯定"日常生活的价值",此即泰勒强调的日常生活伦理(Taylor 2001:215)。不同于强调个体对社会安宁和他人福祉做出贡献的荣誉伦理,日常生活伦理强调平庸生活中对"本真性道德理想的追求",其所关注的焦点不是"遵从外在的需求",而是"忠实于依靠个体自己才能表达和发现的独立性。在表达这种独立的过程中,我表达了自我,实现了完全属于我自己的潜能"(Taylor 2003:29)。正是出于对"本真性"自我的追求,乔治才急切地希望恢复体现自我价值的律师工作,而不是来寻找所谓的真凶或起诉夏普。同时,这也部分地解释了为什么乔治在阅读亚瑟调查报告的过程中始终用律师的职业目光来看待所有问题。毕竟,这体现了他的本真性道德理想。从这个意义上来说,亚瑟的调查报告具有双重意义。一方面,它引发的民众抗议直接迫使内务部决定重新调查乔治一案。这使得乔治最终有可能回归有价值的日常生活,并成为一个默默无闻的律师。另一方面,它使得乔治有机会来训练因为牢狱之灾而放弃的律师职业技能。这为他回归体现自我价值的律师工作做好了准备。

如果说亚瑟的调查报告建构了一个无辜的受害者的形象,那么内政部的调查报告则建构了一个由种族主义和司法无能所造成的牺牲品的形象。在由"暴徒到牺牲品"的转变的过程中,乔治依然无法表达自我,因为"他的生活再一次地由别人来总结"(329)。

因此,他只能通过阅读自己在官方话语中的形象来认识自我。在内政部的报告中,乔治阅读到:"鉴于当时大沃利区居民极其恐慌的情绪,警察在好长一段时间都感到非常为难,自然,他们非常急切地想逮捕某个人,然而警察从一开始就寻找证明乔治有罪的证据"(330)。"从一开始"表明警察自始至终对乔治抱有偏见;"急切地想逮捕某个人"则表明警察为了安抚群众和维护自己的声誉,急切地想找到一个替罪羊。"非常为难"和"自然"这两个词表明,政府既承认警察的无能,同时又认可他们的难处。鉴于这个原因,乔治不可避免地成为了种族偏见和司法无能的牺牲品。让乔治几乎"晕厥"的是,内政部调查委员完全无视亚瑟所提交的、关于字迹专家格瑞多次失职的证据以及欧洲顶级字迹专家的结论,宣布"通过仔细研究匿名信,并与乔治的笔迹进行比对,我们的发现与陪审团的发现并不相悖……是固执、恶毒的人,喜欢恶作剧,假装知道并不了解的事实,目的是为了迷惑警察,增加调查的困难。"(331)内政部调查委员这么做无非有两个目的。首先,通过认定乔治作为"增加调查困难"的匿名信作者,他们旨在帮助司法机构开脱罪责,表明乔治是"自找麻烦"(333)。其次,他们不想在缺乏足够证据的情况下宣告乔治彻底无罪,即宣布乔治不是杀戮动物的凶手。如果这么做,政府必然陷入完全失职的风口浪尖。出于这种需求,内政部宣称:"我们认为没有正当理由,让内务部从一开始就干预这个案件"(332)。可以想象,内政部必然会宣布乔治"清白但有罪"。从这个层面上来说,政府从头到尾都是通过合理化乔治作为牺牲品的身份,来规避自己的责任或保护警察(Costello 2006:2124/5617)。对此,乔治只能微弱地抗议,说"我不会就此罢休,我想得到赔偿",而不是"我绝不会就此罢休,我强烈地要求得到赔偿"(335)。

乔治对体现本真性理想的日常生活的追求使他最终变成了一个默默无闻的律师。虽然他对"清白但有罪"的判决极为不满,他的"不真实身份"决定了他无法完全代表自我(Takapouie 2013:17)。加上他向亚瑟求助的初衷是恢复自己的声誉和律师工作,他拒绝亚瑟在最终判决后所提出的资助他起诉安森并继续制造噪音的建议,毕竟"热能并不是总能带来光明,噪音并不是总能促生动力"(337)。律师工作是乔治"区别与他人并定义自我身份的最重要的东西"(Taylor 2003:37)。恢复律师工作亦即意味着恢复自己原先自由清白的身份。因此,乔治非常心满意足地接受律师协会恢复他从业资格的决议,甚至快乐地接受他作为"法律进步的牺牲品"的身份——"如果这种悲惨的生活经历能为自己的职业带来一些根本性的好处,这岂不是一些安慰吗?"①(340-341)于是,乔治想象100年后的法律教科书这样写道:"上诉法院的成立源于多起引起公愤的司法流产案,其中最重要的一起就是艾德吉案件"——"成为法律的脚注要比其他命运强多了。"(341)许多支持者认为,乔治的案件和法国同时期的"德莱弗斯案件"一样重要。②然而多年后,乔治却发现德莱弗斯的名声日益高涨,而他却不为大多数人所知。乔治清楚地认识到,"这部分地是由他自己的不作为造成的",即他谢绝所有的邀请,拒绝在报纸、会议和访谈中谈论自己的案件(360)。他这么做的主要原因在于,他不想重新经历自己的痛苦,打破自己和妹妹两人"非常愉快"且"像夫妻一样的和谐生活"(366)。平庸而自满的日常生活使得乔治最终消失在民族历史的记忆中,而乔治的创造者亚瑟却被人们永远地记住了。③

乔治为大多数人所不知,是因为他缺乏来自"重要的他者"的认可(Taylor 2001:509)。自我身份的发现不是在孤立中进行的,而在"我与他者之间直接的或内化了的对话中完成"(Taylor 2003:47)。对乔治而言,与他进行"内化了的对话"的他者,是从第一眼就认可他清白身份的亚瑟。在利科看来,"被认可"是"理解个人身份的前提条件"(Blanchard 2007:373)。通过阅读亚瑟调查报告中被认可的自我形象,乔治逐渐回归"自身原先所是的东西,为了对方而彼此存在是这种承认的开始"(Ricoeur 2005:182)。在最终判决后,乔治不愿利用报纸、访谈或会议这种"公众讲台"来言说自我,或与同事共进午餐并在期间高谈阔论。由于公众场合

---

① 乔治案件后,英国内政部最终成立刑事上诉法庭,这是代表英国司法进步的一个革命性标志。参见:Julian Barnes, *Arthur & George* (New York: Alfred A. Knopf, 2005):359.

② 德雷福斯·艾尔弗雷德:(1859-1935)犹太裔法国军官。他曾以叛国罪而被判终身监禁,但最后却无罪释放。因为人们发现,证明他有罪的证据乃是反犹太分子杜撰出来的东西。

③ 另外,乔治认为自己被遗忘部分原因是英国本身的特点:法国人易走向极端,发表偏激观点,坚守偏激的原则和长久的记忆;英国人则更安静,有一定的原则……情感暴力和不公正也时时爆发,但很快被遗忘。由于相信自己是英国人,那么关于他的一切也很快被遗忘。参见:Julian Barnes, *Arthur & George* (New York: Alfred A. Knopf, 2005):360.

中通过与他者的直接对话来发现自我的道路被封闭了,乔治剩下的只有与妹妹的交流或与他者内化了的对话(359－360)。有鉴于此,乔治一直关注依靠公众的认可来确立自我荣誉身份的亚瑟:阅读亚瑟如何继续扮演福尔摩斯,阅读亚瑟的侦探小说,阅读亚瑟的把自己视作其最自豪的客人的回忆录,阅读亚瑟如何因投入科学唯灵论而受到媒体、宗教团体和科学界的抨击。虽然怀疑亚瑟的唯灵论,但乔治拒绝"站在批评亚瑟的人的一边",认为"从律师的立场来看,如果亚瑟说他相信某个事物,举证的责任应该落在他人身上",因而没有任何东西能"削弱乔治对亚瑟全心全意的尊重"。(362)通过这种内化了的对话,乔治不断地感受到"不再与意志对立的被承认",发挥了"完全属于我自己的潜能"(Ricoeur 2005:182;Taylor 2003:29)。不仅如此,亚瑟的书甚至还成为乔治身份的证明。他曾是亚瑟婚姻的见证人。亚瑟去世后,乔治决定成为亚瑟死亡的见证者,准备前往设在阿尔伯特礼堂的降神会,随身携带亚瑟的《回忆与冒险》,借此作为自己的"通行证"——"你看,在第215页,这就是我,我是来向他告别的,我非常自豪地再次成为他的客人。"(364)可以看出,亚瑟成为乔治建构自我身份过程中的"重要的他者",即"促使我们获取定义我们身份的语言的重要交流者"(Taylor 2003:33)。

丧失了内在的交流对象,个体便经历某种身份上的困惑。在亚瑟去世后,乔治经历了"失去第三位家长一样的悲伤",但令乔治困惑的是,亚瑟家人不仅发讣告说"不要哀悼",而且在报纸上刊文说"亚瑟继续活在他们当中"(352)。乔治非常纳闷:既然如此,丧失的亲人又是谁? 或许,科学唯灵论已使得亚瑟及其家人"能坦然地接受他的死亡"(353)。在降神会期间,当有人惊呼看到亚瑟的灵魂现身时,乔治拿出随身携带的望远镜。旁边的女士则告诫乔治,强调"只能用信仰之眼才能看见他"(384)。此前,该女士曾在乔治点头打招呼时报以微笑,"既不是那种极端的,也不是那种传教士的,更不是那种自满,她的微笑仅表明:是的,非常确定。这是准确的,这是快乐的。"(372)这种微笑让乔治感到震惊,让他意识到亚瑟的唯灵论信念能给战争中被夺去亲人的人们带来某种慰藉(Barnes 2005:373)。该女士的告诫让乔治回想起亚瑟初次见他时的那种"信仰之眼":我不认为你无辜,我不相信你无辜,我知道你是无辜的(384)。亚瑟不仅主张用眼观察,而且强调个体的内在确定性。如果离开这种内在确定性的引导,亚瑟就不可能成功地帮助乔治洗刷罪名。这种内在确定性是"维护个体自主性"的"本能性确定",它不是对"他者权威"的迷信,而是"个体特有的威信/权威"(Taylor 2001:290,347;Barnes 2005:384)。乔治历来相信他者的权威,因而也就没有"亚瑟那种令人艳羡的、给人安慰的确定性"(384)。正是由于缺乏这种内在确定性,乔治在再次拿起望远镜时无法确定"他看到了什么,他过去看见了什么,他将会看见什么"(386)。

除了能够维护个体的自主性,内在确定性显然还是个体在追寻生命的意义的过程中不可规避的范式。乔治的自我反思说明他为何无法看见亚瑟所能看见的东西,比如造成他牢狱之灾的种族主义。尽管"他思考了很多,相信了一些事物,他仍然无法确信自己知道什么"(384)。虽然他的律师职业成为宗教信仰的替代物,但具有讽刺意义的是,法律无法保护他的自由。这部分地是由于警察的无能,或者是由于警察和法官的种族偏见。但是,这更多的是由于他没有意识到法律只代表了法律诠释者的利益。在缺乏足信证据的条件下,法官的意志或权力机构的利益能够决定谁是最可信的目击证人。在这种条件下,乔治唯一应该做的就是主动地保护自己的利益,而不是被动地感受"律师事务所的办公桌和他的法律知识所能带给他的保护"、被动等待"政府来彻底更正他的声名"(354-356)。在审视他者眼中的自我形象,特别是自己在亚瑟眼中的形象时,乔治发展了一定的内省意识,并实现了由暴徒和罪犯到"清白但有罪"的身份的变化。由于无法全面地接受亚瑟所坚持的"信仰之眼",加之缺乏表达自我的能力,乔治终生无法为自己彻底澄清罪名。即便在1934年有人承认自己是匿名信的作者后,乔治随后在《每日快报》上所发表的声明除了简单地陈述了自己案件背后的各种推测外,根本未提出为自己彻底洗刷罪名的诉求。或许,他太满足于自己平庸的日常生活。

骑士精神驱使亚瑟不断地追求他所坚信的"信仰之眼"。这种信仰显然不是曾经令他蒙羞或遭受体罚的传统宗教。从本质上来说,无论是侦探小说的创作,还是日后受人诟病的科学唯灵论,亚瑟终生所追求的仍是一种能给人带来安慰、赋予人生意义的"可信的范式"(Taylor 2001:17)。他的写作不仅如他自己认识到的那样,为读者理解生活"提供了不同的视角",而且为乔治认识自我、建构自我身份提供了必要且有益的"交流对象"。另外,就如乔治认识到的那样,亚瑟的唯灵论慰藉了一战中众多失去亲人的战争受害者。亚瑟最终转向科学唯灵论,也是由于他在一战中失去了他与前妻所生的儿子、后妻的弟弟、他的外甥和妹妹洛蒂(Lottie)的丈夫。唯灵论认为"亲人的灵魂尚存,并在彼处等待着我们",它为亚瑟克服丧亲之后的悲痛提供了一种有效的方法(361)。如果说亚瑟的侦探小说创作和侦探实践是关于司法正义和骑士精神的虚构,那么亚瑟在唯灵论方面的实践和论述是关于如何应对死亡给人带来的痛苦或恐惧的虚构。基于这种认识,"信仰之眼"中的"信仰"应该是对虚构范式的信仰,强调想象性的虚构在发展自我身份、应对生存危机并重构存在范式方面所起的中介作用。

《亚瑟与乔治》所探讨的叙事中介,是融合了历史与虚构的叙事。当巴恩斯在后记中指出,小说所引用的书信除了吉恩写给亚瑟的外,其余的都是真实的,他同时也表明,小说中的其他部分应该是生产性想象的结果。虽然巴恩斯紧扣关于亚瑟·柯南道尔的历史记载,但他对已有史实的安排方式、他对尚无史料证明的故事情节的文学想象(比如,亚瑟如何与吉恩秘密幽会、乔治被捕入狱前的生活以及残害动物的情景)都反映了他作为作家是如何来认知可能的历史事件。通过展现这两个历史人物如何关注自己在他者眼中的形象,巴恩斯无非想表明自我身份的建构不能离开他者而独立存在,强调自我意识的发展需要寻找能够与我们进行内在对话的重要他者。或出于这种考虑,《亚瑟与乔治》在各部分的章节之间和章节内部都聚焦人物之间直接或间接的对话,"强调语言在建构不同的社会身份"方面的作用(Rossen-Knill 2011:44)。通过强调自我在他者眼中的形象如何影响到自我身份的建构,特别是通过强调亚瑟在侦探小说式的调查报告中以及在《回忆与冒险》中关于乔治的叙事如何影响了乔治的自我身份,巴恩斯也想说明虚构叙事会对读者的身份建构产生同样的影响。另外,通过探讨乔治对同时期的德莱弗斯案件的关注和解读,巴恩斯强调了历史文化中为人所熟知的故事情节将会如何影响到个体对自己生活的叙事理解。

除了重构或修复小说主人公遭到破坏的自我身份外,《亚瑟与乔治》中融合历史与虚构的叙事也拓展了巴恩斯的作家身份。哈德利认为,当他把柯南道尔这个著名的侦探小说家当作小说主人公时,巴恩斯表明了"他这部小说与侦探小说在文体上的密切关系。事实上,巴恩斯在这部小说中将读者明确地定位成侦探小说的读者,要求他们来破解小说主人公的身份……认知过去的可能性以及现在对于过去的责任。"(Hadley 2010:68;Hadley 2011:1)《亚瑟和乔治》所揭示的认知历史可能性的方式以及它所揭示的历史事件的细节都是巴恩斯在经过文献考证、实地调查、缜密的逻辑推理和合理的文学想象之后才得到的结果。凡是有案可稽的细节,巴恩斯都将它们转换成小说中"贴近柯南道尔生活的细节"(Lycett 2011:130)。至于没有任何有据可依的历史细节,比如亚瑟和吉恩交往时的情景和信件,巴恩斯则充分发挥他作为小说家的想象力。从本质上来说,巴恩斯收集素材并创作该小说的方式,与亚瑟调查乔治一案并撰写调查报告的方式非常相似,都体现了侦探小说的特征。然而,学界一般认为侦探小说是一种通俗文化,不同于小说这一严肃的艺术形式(Sandulescu 2010:15)。从这个意义上来说,《亚瑟和乔治》打破了"朱利安·巴恩斯"这个名字原有的意义范畴,使得它不再仅仅意味着严肃的小说艺术,因而拓展了巴恩斯的作家身份。

巴恩斯对侦探小说的关注也绝非偶然。在处女作《伦敦郊区》出版之前,巴恩斯曾发表过一部侦探小说,并在此后又相继发表了另外三部侦探小说。但是,在发表这些侦探小说时,巴恩斯却都使用了"丹·卡瓦纳"这个别名,其中"卡瓦纳"来自他妻子的姓"卡瓦纳"。对于为何选用别名,巴恩斯则解释说:"我不想将自己作为小说《伦敦郊区》的作者身份与侦探小说的作者身份归入同一个名字之下",因为"侦探小说是一种亚文类,属于通俗文学"(Smith 1998:73;Guignery 2006:30)。鉴于此,巴恩斯在创作之初并没有赋予侦探小说与传统小说同等重要的文学地位,他在侦探小说中所投入的时间和精力远不及他在传统小说中所投入的时间和精力。比如,创作第一部侦探小说《达菲》(*Duffy*,1980)时,巴恩斯仅花了9天的时间,而创作《伦敦郊区》时,他则整整花了8年的时间。巴恩斯转向侦探小说的原因有二:其一是侦探小说是他"两三年的小说创作后的某种消遣"(Marchand 1989:E1),其二是传统小说这一文类已经枯竭,创造力可能只存在于"迄今为止一直遭到鄙视的通俗文学中,比如民谣、民间诗歌和惊悚类的侦探小说"(Guignery 2006:30)。因此,侦探小说只是巴恩斯为了发展其在情节构造、人物塑造、故事叙述等方面的技巧而进行的文学实验。

  侦探小说的创作也是巴恩斯建构自我身份和探讨他所关心的重要生活问题的途径。在先前发表的小说《福楼拜的鹦鹉》中，巴恩斯就将历史叙事与虚构叙事融合起来，借此来认知可能的历史事件。在还原真实的历史细节时，巴恩斯采用了侦探小说的叙事策略，并借助虚构人物所进行的文献考证、实地考察和逻辑推理，探讨福楼拜真实可靠的一生。在处理福楼拜与英国情人赫伯特（Juliet Herbert）之间无任何历史记载的恋情时，巴恩斯则采用了《亚瑟与乔治》中讨论柯南道尔与情人吉恩之间的关系时所使用的想象性策略。显然，《福楼拜的鹦鹉》融合了侦探小说与传统小说这两种文类，并因此被一些学者称为侦探小说（Leggett 2009：26；Martin 2001：10）。该小说中虚构人物所进行的文献考证、实地调查和逻辑推理都是巴恩斯本人在调查福楼拜的生平历史及其创作生涯时所做的考证、调查和推理。因此，该小说所表达的对婚姻背叛的忧惧、对死亡的恐惧、对个体道德责任的关注等都反映了巴恩斯在生活和创作中所关切的焦点。在建构虚构人物的身份时，巴恩斯也建构了自己的作家身份。通过替虚构人物做出某种抉择或价值判断，巴恩斯也表达了崇尚日常生活价值的生活主张。① 在《她遇我前》、《一部由10 1/2章构成的世界史》和《箭猪》等小说中，巴恩斯同样采用了侦探小说的叙事策略，探讨给个体或群体造成困惑的生活问题或历史谜案。

  《亚瑟与乔治》不但建构了巴恩斯的自我身份，而且也预示了他的可能生活。通过将该作品纳入他的名字"朱利安·巴恩斯"，而不是别名"丹·卡瓦纳"之下，巴恩斯表明他不再把侦探小说视作通俗文学，进而将他的身份确立为"既是一个'严肃'的小说家，同时又是通俗的侦探小说的作家"，即把他作家身份的内涵由原先

---

① 在《福楼拜的鹦鹉》中，巴恩斯让小说主人公布瑞斯维特选择不嫉恨曾背叛过他的妻子，并在一定程度上认为造成妻子出轨和自杀的原因在于他在感情上的"冷漠和孤僻"、"对生活的躲避和克制"和"个人生活中的创伤"。这种选择同样体现在小说《伦敦郊区》中。在自己的生活中，巴恩斯也做出了同样的选择。当他发现妻子卡瓦纳背叛自己后，巴恩斯和小说人物一样，非但没有憎恨妻子，反而更爱妻子。通过为小说人物做出某种道德选择，巴恩斯表达了自己的生活主张，宣扬了自己所坚信的价值观。参见：Julian Barnes, *Flaubert's Parrot*, pp. 150 - 151, p. 169. 另参见：Charles Cullum, "Rebels, Conspirators, and Parrots, Oh My！: Lacanian Paranoia and Obsession in Three Postmodern Novels", *Critique* 52.1. 16 (2011): 10.

传统小说的创作者拓展成包含侦探小说在内的作家或小说家（Guignery 2006：29）。通过文学想象历史谜案，巴恩斯不仅表达了他对已故作家的敬意，而且也阐明了作家的责任，即通过艺术创作来审视并认知生活，因为"生活亟须叙事"（Ricoeur 1991：29）。该小说所探讨的对死亡的恐惧、信仰危机、情感和婚姻生活中的背叛、个体的道德责任等问题都是巴恩斯在创作中一直探索的问题。在随后发表的《结局的意义》中，巴恩斯同样探讨了这些重要的生活问题。不仅如此，该小说也采用了侦探小说的结构，因而被一些学者称为"心理侦探小说"。①通过运用侦探小说的叙事策略，《结局的意义》思考了造成虚构人物死亡的可能原因。正如下一章所将表明的那样，《结局的意义》中对虚构人物死亡原因的思考也反映了巴恩斯在妻子去世之后的真实生活。在 2013 年发表的回忆录《生命的层级》中，巴恩斯不仅延续了《亚瑟和乔治》中对死亡问题的思考，而且也探讨了艺术创作和宗教信仰的关系，指出文学艺术能够重构被科学技术所摧毁的"关于上帝存在的美好范式"，借助这种"范式"，我们就可以"进入死者生存的地下世界"，克服亲人去世之后的悲痛（Barnes 2013：85，95）。从这个意义上来说，《亚瑟和乔治》不仅预示了巴恩斯在现实中的可能生活，而且也预示了他在文学创作中的可能生活。在巴恩斯看来，杂糅侦探小说与传统小说的文学创作是探讨他所关注的生活问题的有效中介。

---

① 参见：Michiko Kautani,"Life in Smoke and Mirrors", *The New York Times*, Oct. 16, 2011. 另参见：Max Cairnduff,"Some Approximate Memories Which Time Has Deformed into Certainty", 25 April, 2012. < http://pechorinsjournal. wordpress. com/2012/04/25/the-sense-of-an-ending-by-julian-barnes/ > .

第三章 《结局的意义》中的道德危机

在《亚瑟与乔治》中,如果不是因为不愿打破平庸生活中的自满,乔治也许会接受亚瑟继续制造理性噪音的建议,最终为自己彻底洗刷罪名;如果不是因为过度关注自己的骑士荣誉,亚瑟也许会承认自己的道德错误,最终得到女儿玛丽和公众的谅解。① 但是,资产阶级民主理想使得乔治幼稚地认为司法机构会主动地替他昭雪沉冤,而铁路科技所允诺的自由平等和舒适的生活却使得他在生命中不再有任何抱负。② 虽然亚瑟在"小时代"终生坚守骑士理性,其最终目的不外乎是为母亲提供一个安逸舒适的晚年,为自己赢得一个幸福的婚姻和家庭,因而体现了强调"自我实现的个人主义"这一走向平庸的资产阶级生活主张(Taylor 2003:14)。鉴于乔治寻求他帮助时所表达的"回归普通生活"的愿望,亚瑟在捍卫乔治的自由和权利的同时,也就捍卫了乔治所追求的平庸生活。即便是亚瑟晚年所实践的科学唯灵论,它也反映了他"对死亡后灵魂世界中的普通快乐"的追求,因而也体现了"中产阶级的平庸"(Doyle 1996:38; Beaumont 2010:219)。诚如泰勒在《本真性伦理》中所指出的那样,从传统宗教道德视野中走出的现代个体丧失了"英雄的维度",生活被"平庸化"和"狭隘化"(Taylor 2003:4-5)。尽管如此,《亚瑟和乔治》却表明平庸的日常生活可以成为生存危机中个体的理想追求,强调了虚构叙事在发展自我身份和认

---

① 母亲去世时告诉玛丽亚瑟再婚的对象是吉恩,所以玛丽知道父亲背叛了母亲。但亚瑟一直认为玛丽不知道,且再婚后疏远玛丽以及他与前妻所生的儿子。为此,玛丽一直憎恨父亲,无法原谅他所犯下的道德错误。参见:Julian Barnes, *Arthur & George* (New York: Alfred A. Knopf, 2005):388. 另参见:Andrew Lycett, "Adultery, My Dear Watson", *The Guardian* (September 15 2007):22.

② 在乔治看来,两条铁轨之间平行相等的距离、列车运行的固定时刻表以及列车旅途的平坦代表了自由、城市文明的舒适。参见:Julian Barnes, *Arthur & George* (New York: Alfred A. Knopf, 2005):55.

知生活的过程中所起的中介作用。

在2011年发表的小说《结局的意义》中,巴恩斯聚焦了个体在平庸生活中所经历的道德危机。通过分析小说主人公的道德危机背后的种种原因,巴恩斯探讨了虚构叙事在化解个体的生存危机、发展个体的自我意识、应对向死而生的存在中所起的中介作用。如《亚瑟和乔治》一样,《结局的意义》也始于死亡的记忆,并结束于死亡意义的思考,中间则是对死亡原因的探讨,因而也呈现出侦探小说的结构。[①] 不同的是,《结局的意义》中的主人公托尼(Tony,全名 Anthony Webster)却自认为是受害者,他对死亡事件原因的调查非但没有能够使他与其脱离干系,反而让他陷入更深重的道德危机。在探讨好友艾德里安(Adrian)自杀原因的过程中,托尼不仅发现自己的道德立场严重扭曲了前恋人维罗妮卡(Veronica)在自我眼中的形象,而且自己的道德判断可能间接导致了好友艾德里安的自杀悲剧,使得原以为不带任何神秘色彩的艾德里安事件显得扑朔迷离。通过叙事理解艾德里安的自杀,托尼认识到走向生命结局的不是生命本身而是任何改变生命的可能性,于是,他决定在自己生命结束前就承担起应有的道德责任。因此,《结局的意义》中的回顾性叙事不仅促成了叙事者的道德觉悟,而且有助于化解道德危机所造成的生存困境,并为他理解生活的意义和重构自我身份提供了一种可能。在下面的讨论中,本书将重点关注虚构叙事与平庸生活中的道德困境之间的关系,首先通过探究小说主人公托尼的叙事动因,挖掘造成其道德危机的根源,然后通过分析道德因素如何影响自我眼中的他者,探讨托尼如何借助关于他者的叙事来发展一个具有向善性质的自我身份。

第一节 平庸生活中的道德危机

小说《结局的意义》在开篇就表明了自我认知中的困境。小说主人公托尼指出,"我们生活在时间中,时间控制并塑造了我们。我从来没感觉到自己很好地理解过时间。当然,我指的不是那些关于如何弯曲和折回的时间理论,而是那种平凡的日常时间,那些

---

① Max Cairnduff, "Some Approximate Memories Which Time Has Deformed into Certainty", 25 April, 2012. < http://pechorinsjournal.wordpress.com/2012/04/25/the-sense-of-an-ending-by-julian-barnes/ >.

在钟表滴答、滴答声中有规则地流逝的时间。"(4)①通过阐明个体的存在与时间的关系,托尼认识到无法直接认知自我,强调个体的存在只能借助时间这个中介来认知。然而,托尼却发现他从未"很好地理解过时间"。那么,托尼不能很好地理解的时间到底是一种怎样的时间?是什么原因导致他无法很好地理解这种时间?记载公共空间中时间流逝的官方历史从来不可信,因为它充其量只是"胜利者的谎言"和"失败者的幻觉"(122)。因此,托尼关注的是"平凡的日常时间",是日常生活中"可以通过记忆来衡量的真实的个人时间"(122)。尽管如此,我们在日常生活中的存在并不能确切可靠地认知:一方面,随着时间的推移,"记忆会变得不可靠和虚假"②;另一方面,即便我们"勤勉地做记录",我们会发现它可能"记载了无关紧要的东西";再者,随着时间的推移,"见证我们生命的目击者"越来越少,因而无法"证实我们是什么样的人或曾经是什么样的人"(59)。因此,无法通过时间这一中介来认知自我身份。既然如此,又该怎样认知我们在时间中的存在呢?

《结局的意义》可能受到《结局的意义:虚构叙事理论研究》的影响。③ 在这部理论专著中,克默德指出《圣经》为我们认知世界提供了一个家喻户晓的历史模型,它始于《创世纪》,止于《启示录》,首与尾、中间与首尾关系和谐。《启示录》是关于世界末日的启示,由于关于世界末日的预言不断被推翻和更新,历史变成"永远也翻不完的人类焦虑的日历"(Kermode 2000:11)。文学中的启示和神学启示一样,要求不断地否定对结局的假设,指出"不能突破读者期待的小说就不是优秀的小说"(Kermode 2000:22)。克默德还认为,时间始于作为起源的"滴",结束于作为启示的"答"。就虚构作品而言,所有情节都要有结局,并且结局能赋予情节以时间和意义,把"对现在的感知、对过去的记忆和对未来的期待"纳入一个"共同结构"中,在这一结构中,"时序(Chronos)变成时机(Kairos)"(Kermode 2000:46)。这就是小说时间,它"使过去按

---

① 本章讨论中,凡是单独引用《结局的意义》地方,均直接用括号标注页码。
② Nicholas Lezard, "*The Sense of an Ending* by Julian Barnes: Review", *London Evening Standard*, 21 July 2011.
③ 参见:Boyd Tonkin, "*The Sense of an Ending* by Julian Barnes", *The Independent*, August 5 2011. < http://www.independent.co.uk/arts-entertainment/books/reviews/the-sense-of-an-ending-by-julian-barnes-2331767.html >.

照我们的愿望安排,并与未来密切相关"(Kermode 2000:47-48)。文学的虚构性就是在"滴"与"答"之间"寻找圆满并产生符合人类意愿的意义"(Kermode,2000:16)。显然,虚构叙事是人类在时间中"认识自我和遇见自我"的场域,而记忆则是叙事认知自我过程中的主要手段(Kermode 2000:39)。

《结局的意义》探讨了记忆叙事在认知自我的过程中所起的中介作用。记忆将叙事者对现在的感知、对过去的回忆以及对未来的期待纳入一个始于"滴"、结束于"答"的小说家的时间结构"时机"中,即托尼所说的"真实的个人时间"内。尽管"人类生存在时间中,时间控制并铸造了人类",但叙述者托尼却努力抵制时间的作用,并在"滴"和"答"之间,将时间在过去的痛苦、现在的自满和对未来的焦虑之间"延展开来"(3)。作为开始的"滴"虽然象征着生命的开始,但"人在出生后就迅速进入中间过程",作为结束的"答"则代表了结局或者死亡(Kermode 2000:6)。就如某些"喜欢从中间开始叙事并追忆过去的诗人"一样(Kermode 2000:172),《结局的意义》中的历史追忆则始于"滴"和"答"之间的中间时段"艾德里安的死亡"。在小说的开篇,退休后的托尼以提纲挈领的形式回忆道:

我以不确定的秩序记得:
——闪亮的手腕内侧;
——滚烫的煎锅被可笑地扔进水池滋滋地冒烟;
——团团精子绕着水池出水孔从高楼下水道飞流而下;
——一条河流中的水莫名地逆流而上,在五六束手电光的追逐下波光粼粼;
——另一宽广黝黑的河流被劲风掩盖了水流的方向;
——上锁的门后浴缸中的水早已凉透。(3)

上述提纲中的最后一条概述了艾德里安的生命走向结束时的场景。在该小说中,结局既指托尼与初恋情人维罗妮卡之间的爱情的结局,又指托尼的中学好友艾德里安生命的结局。维罗妮卡在结束与托尼的爱情后,迅速投入与艾德里安的热恋之中。不久后,艾德里安以自杀结束了生命。托尼与另两个中学好友约定每年纪念艾德里安,然而艾德里安很快"消失在时间和历史的狭缝里",而时间"似乎偶尔消失了——直至最后它完全消失了,永不回归"(54)。由此可见,一个结局(维罗妮卡和托尼爱情的终结)促成另一个开始(维罗妮卡和艾德里安爱情的开始),而这个开始又促成了新的结局(艾德里安的死亡)。在这个时间结构中,艾德里安的死亡明显处于时间的中段。

在时间中段中被记住的事物是个体在时间中存在的物证。在小说中,这些被记忆的事物如"手腕"、"煎锅"、"团团精子"、"逆流而上的河流"、"黝黑的河流"、"浴缸"等都是"过去事实所留下的印象",它们在时间的作用下"变形成"托尼眼中"确实的事件"(4)在泰勒看来,"记忆所储存的外在事物的印象"构成了我们"内在的灵魂",借助"内在反思",并"挖掘记忆的内在深度",便可理解我们"真实的存在"(true being)(Taylor 2001:129,141)。虽然托尼的"最大能耐"便是搜寻"忠实于事物印象"的记忆,但是发掘记忆却可能带来痛苦或羞辱,这与托尼在退休生活中寻求"安宁"的希望完全相悖,更何况他还宣称自己并不怎么"怀旧"(59,4)。因此,弄清促成托尼叙事追忆"已从自己的历史中被剔除"的初恋、与之相关的艾德里安的自杀以及他如何由过去的自我变成现在的自我的原因,就显得格外重要了(64)。①

"诱发"小说主人公的叙述行为的事件是他意外获得一笔遗产。该事件发生在小说第二部分的开头,它距离核心事件之一"初恋"的结束已将近40年。此时,第一人称叙述者托尼也早已退休。他自称离婚后与妻女关系融洽,在"较为空虚的生活中"忙碌着在女儿苏珊(Susan)看来"永远不可能取得任何成就"的"神秘事业"(mysterious "projects"),一个人独自过着平静的生活,喜欢花大量的时间整理东西,使得一切井然有序,并认为这能带来"适度的满足"(55,61,68)。在回收废纸的时候,他突然发现一个已经被遗忘的白色长信封,自己的名字和地址塞在信封透明的窗口内。此前,这种邮件意味着"离婚过程中让人痛苦的另一个阶段"(62)。研读信中内容后,托尼发现它是一封律师公函,被告知某位名叫做"萨拉·福特"的女士给他留下了一笔遗产。这让托尼甚感困惑,然后闪电式地回忆了40年前在前女友家度过的那个"令人耻辱的

---

① David Chau, "Julian Barnes Delves into Regret and Memory in *The Sense of an Ending*", Sep. 7, 2011. <http://www.straight.com/life/julian-barnes-delves-regret-and-memory-sense-ending>.

周末"(63)。但是,他想不起值得前女友的母亲萨拉赠予500英镑遗产的任何理由。托尼坦言,"自我保护的机制"早已将维罗妮卡抛出脑海,自己从未幻想过与现在截然不同的生活方式——"这不叫自满;更多的是缺乏想象,没有抱负或其他什么。"(64)在回复上述信函之后,他收到由律师转交给他的来自萨拉的亲笔信,里边的附言——"这听起来有些古怪,但我想艾德里安在人生最后几个月内却非常快乐"——让他感到非常不解(65)。根据信中的提示,托尼发现附在信封外面的艾德里安的日记本也给维罗妮卡截留了。为什么维罗妮卡的母亲会说艾德里安非常快乐?为什么她会有艾德里安的日记本?为什么她要给他一笔不多也不算少的遗产?为什么维罗妮卡要截留从法律上来说属于自己的东西?所有这些困惑打破了托尼在退休后平静满足的生活,让他踏上了"扮演业余侦探"这一人生最具"冒险精神"的探索之旅(Greaney 2014:236)。带着疑问,托尼记忆重构了引发上述意外事件的"前故事",即小说第一部所记述的、从中学遇见艾德里安到意外得到遗产之间共40多年的"没有任何冒险"的生活故事(93)。

生活在托尼眼中是一个可以用叙事来理解的故事。用利科的话来说,"我用生活故事来阐释自我"(Ricoeur 1992:160)。虽然整部小说都未提及他的"秘密事业",根据他在退休前的"文化官员"这一职业、他在大学所学的历史专业以及他在叙述自我生活中所表现出的历史意识,可以推测出他正从事的是编撰不为前妻、女儿和其他所有读者真正了解的"自传"(Greaney 2014:234)。他不但将自己正在叙说的故事称作为"书",而且非常关注故事情节的配置方式(104)。首先,他选择了比较重要的人物和情节。比如艾德里安,因为他是托尼所认识的几个同学中唯一"值得用小说来虚构的主人公"(16)。其次,他鄙弃了不重要的人物故事,比如他在大学毕业后的美国情人、前妻的母亲、离婚后与其保持柏拉图式关系的几个女性,因为她们"都不是这个故事的一部分"(43,46,55)。在情节配置的过程中,托尼剪辑、粘贴和编辑自己的生活故事,其目的就是为了"选择能促进自己身份讨论的人物故事",即选择能促进"叙事理解"自我的情节结构(Ricoeur 1992:143)。毫不奇怪,托尼力图将"没用的故事"阻挡在读者的视线之外,将它们"引入最终可能引起读者的好奇但却未讲述的故事的边界"(Greaney 2014:233-234)。也正如托恩金(Boyd Tonkin)所

第三章 《结局的意义》中的道德危机 ‖ 123

指出的那样,托尼的这种叙事策略无非是为了建构一个"自我辩解的叙事"(self-excusing narrative),让读者聚焦对他有利的故事情节。①

在自白式回忆中,托尼力图将自己塑造成一个"有德行"的人物、一个值得萨拉来馈赠遗产的人物。② 在他看来,"真正的文学关注心理、情感、社会等方面的现实,它主要由主人公的行为和反思表现出来;另外,小说关注人物性格的发展。"(15)在展现现实生活中的细节时,托尼毫不隐瞒自己在青少年时的拙劣品行,披露自己在那时如何将任何政治和社会制度斥责为"堕落"、羡慕艾德里安"破裂的家庭"以及把造成同学罗布森(Robson)自杀的罪魁祸首,也就是他的女友,恶毒地推测成"放荡的店员、性经验丰富的老女人或性病缠身的妓女"(11-15)。托尼自曝家丑,其原因在于他认为这是"青少年在叛逆期的自然产物",更何况每个人"既有成功的一面又有令人失望的一面"(11,56)。既然是青少年的共性,托尼没有必要为此进行过多地辩白。但是,他在叙述中却反思道:"我们对罗布森或许不应该这么苛刻。"(14)因此,托尼更关注自己如何在成人后变成一个如果说不是道德高尚的人,但至少是一个"道德中庸"的人(100)。

托尼在追忆布里斯托大学时期的自我时极力证明自己在道德上是多么墨守成规。托尼说:"那时我并不认为自己属于那个性解放的年代,即便现在也不会改变这种观点"(21)。③ 在托尼看来,现今的年轻人生活糜烂且毫无廉耻感。比如说,朋友女儿的男友在与她交往的同时也与其他几个女性保持着性关系。不但如此,他还通过"试镜的手法来选择约会的对象"(21)。由于未被选上,

---

① Boyd Tonkin, "*The Sense of an Ending* by Julian Barnes", *The Independent*, August 5 2011. < http://www.independent.co.uk/arts-entertainment/books/reviews/the-sense-of-an-ending-by-julian-barnes-2331767.html >.

② 在小说叙述行为发生前,业已退休的托尼"渴望得到一点安宁",认为"自己理应得到",尽管"生命的目的不是来奖赏个人的德行"。显然,他认为自己是一个有德行的人,应该受到回报。参见:Julian Barnes, *The Sense of an Ending* (London: Vintage Books, 2012): 59.

③ 这边显然是指20世纪60年代的性解放。托尼上中学和大学的时间是20世纪60年代,他在小说中有所指涉。他告诉读者,在哪个时期"It doesn't feel right"要比任何宗教规范或母亲的建议更具有"影响力或不容反驳的力量"。然后,他指出读者或许会说:"难道那时不是60年代吗?"参见:Julian Barnes, *The Sense of an Ending* (London: Vintage Books, 2012): 23.

朋友的女儿感到万分懊恼。托尼对此感到非常震惊。为了证明自己是"以物易物落后文化"中幸存下来的"老古董",托尼说他初恋时仅仅满足于隔着衣服抚摸维罗妮卡(21)。尽管他们后来曾有过一次性关系,但这却发生在分手不久后在酒吧的某次邂逅,并且完全是因为维罗妮卡的主动邀请。初恋中唯一美好的记忆或许就是维罗妮卡的母亲萨拉"不要让维罗妮卡占你太多便宜"的友善忠告以及分手后萨拉就家人给他造成的伤害写信道歉这两件事情(28,39)。除此之外,初恋留下的只有分手之前维罗妮卡对他"性迟钝"、"平淡"和"没有任何出路"的指责以及她父亲和哥哥在他拜访时流露出来的令他蒙羞的鄙夷和不屑(35)。恰如威廉姆斯所分析的那样,他与维罗妮卡的分手"无疑是由他在性格上的平庸迟钝以及才华上的拙笨无能造成"(Wilhelmus 2012:706)。

在追忆和艾德里安的关系时,托尼努力把自己刻画成一个具有道德正义感的人。由于自认为没有出众的才华,他立志成为一个二等毕业生。在他眼里,才华出众的艾德里安是一等生,他在剑桥大学学到的道德科学也必然使他在毕业后适合政府部门的、需要做"道德决策"的工作。托尼记得,自己在分手后便专注学业,然而不久,艾德里安请求允许他和维罗妮卡交往的来信打破了托尼平静的生活。托尼记得,艾德里安在信中暗示他们早已交往,如若自己再去剑桥找他,必然会碰见维罗妮卡,所以他必须做出抉择。艾德里安的道德顾虑无疑显得有点虚伪,但考虑到他在为人处世上非常不老练,托尼怀疑肯定是维罗妮卡在背后煽风点火。托尼说这就是"我对那时事件的解读。或者,这是我对那时事件解读的现在记忆。"(41)他记得在回信中如何告诫艾德里安要"小心维罗妮卡,因为她曾受过伤害",祝愿他"好运,找个空壁炉把信烧掉",并决定"彻底从他俩的生活中消失"(42)。此外,托尼告诉读者,说自己在那时还邮寄了一张明信片,表明"自己一点都不在意",认为自己的"不干预"政策是"自我保护的本能",指出这种"息事宁人的态度"在维罗妮卡眼里或许就是"懦弱"的表现(42)。可以看出,托尼在保护自己的同时也试图捍卫艾德里安的利益。虽然他对艾德里安有所不满,道德正义感却使他不愿看到艾德里安受到与自己一样的伤害。正是出于这种正义感,托尼在得知艾德里安自杀后不仅"有史以来第一次当着父母的面说了粗话",而且内心诅咒维罗妮卡:"如果这世上有哪个女人会让男人在爱上她后仍觉得生不如死,这个女人非维罗妮卡莫属。"(47,51)即便他在后来从好友亚历克斯(Alex)那里得知艾德里安生前很快乐,托尼对维罗妮卡仍耿耿于怀,内心指责她"没有能够拯救艾德里安"(52)。

托尼对艾德里安自杀行为的记忆理解凸显了他所接受的平庸生活观。在他看来,自杀可分为"身患恶疾或老迈年高时的合理行为"、"受尽折磨或目睹他人可避免的死亡时的英雄之举"和"情场失意而怒不可遏时的性情之举"这三个范畴,但艾德里安的自杀明显不属于这三个范畴中的任何一个(48,52)。根据亚历克斯的说法,艾德里安爱维罗妮卡,然而他却自杀了,这又该如何解释呢?① 于是,托尼推测到:如果中间发生了其他事件,艾德里安必然会在自杀留言中说明,因为他是"真理探寻者和哲学家……如果自杀留言上所说的是他的理由,它们必然是他自杀的真正理由"(52)。经过深思熟虑后,托尼发现了艾德里安的自杀留言(即"生命是未经任何请求就赋予个体的礼物……如果该个体决定放弃生命,并依据该行为的后果来行事,那么这就不违背道德和人性责任")背后的哲学依据,认为他无非想强调"主动地介入生活而不是无意义地等待生活的降临"(50)。

托尼认为,艾德里安所坚持的"自杀是唯一的哲学问题",体现了加缪的荒诞主义哲学思想。他发现艾德里安历来都以哲学理性来指导行动,但以自己为代表的绝大多数平庸的人都是先做出本能的决定,然后再寻找解释该行为的理性框架,并把这种结果称为常识(13)。托尼最后总结说,艾德里安自杀也许是他发现自己的行为与他所坚持的理性产生了冲突,内心由此滋生"罪感和懊恼",因而陷入"存在主义的焦虑",最终以自杀来回应"生命的无意义"(9,53)。② 艾德里安也许"享受过生命的乐趣",但"他是否活过?"(53)虽然加缪说"自杀是唯一真正的哲学问题",他并不反对平庸无聊的存在;相反,他认为古希腊神话中的西西弗斯可能觉得日复一日的、由山低往山顶推巨石的乏味的存在本身非常有趣(Reynolds 2006:15;Camus 1942:26)。因此,托尼觉得生活的意义不在于理性思考生命的价值存在于何处,而在于切身体验日常

---

① 此处译文参考郭国良翻译的《终结的感觉》(南京:译林出版社,2011),63.

② 另参见:Ronald Aronson, "Albert Camus", *The Stanford Encyclopedia of Philosophy* (Spring 2012 Edition). < http://plato.stanford.edu/archives/spr2012/entries/camus/ > .

生活中的各种可能性,在于体验这个过程本身,即便这种体验如他所从事的"神秘事业"一样可能不会走向成功,在他人看来可能很平庸、无意义或完全是"以自己为中心的自我消匿"(Greaney 2014:231)。

托尼在回忆中强调的生活主张发展了实践日常生活价值的现代自我。泰勒认为,这种现代自我强调"个体在面对无意义存在时的勇气、理性和尊严",强调平庸生活中的寻常乐趣(Taylor 2001:94)。艾德里安自杀,也许是因为他无法接受这种庸俗的乐趣,或者就如《少年维特之烦恼》中的维特那样,"因为缺乏体验平庸世界中寻常乐趣的能力而走向自杀"(Taylor 2001:296)。托尼在"息事宁人"态度下奉行的自我保护政策从本质上来说是他捍卫自己在平庸生活中个体尊严和生活勇气的举措。如昆德拉在《庆祝无意义》中所指出的那样,"无意义也许是生活的本质……不但要把它认出来,还应该爱它——这个无意义,应该去学习如何爱它。"(昆德拉 2014:127)通过回忆艾德里安的自杀,托尼发现,如何在这种无意的平庸生活中存活下去,本身是一个有价值的东西。他记得,自己很快就忘记了与好友共同做出的每年纪念艾德里安的约定,沉入了在别人看来"沉闷"、"平淡"和"安静"的婚姻生活,贷款购买了伦敦郊区的房子,终生恪守"文化官员"之职,并在离婚后与前妻玛格丽特(Margaret)共同抚养女儿,直至她步入婚礼的殿堂(Barnes 2012:54)。尽管离婚给他带来白色长信封所暗示的苦痛,托尼与背叛他的前妻却一直保持了融洽的关系,甚至得到前妻复婚的暗示,但他"已经习惯了日常生活的规律,喜欢自己的独居"(55)。在无为中,托尼步入了更为平淡的退休生活,志愿管理本地医院的图书馆,认识了一些垂死的病人朋友,预想自己终将到来的那一天,即生老病死的那一天。他的叙事也由"那时"返回收到律师公函前的"现在",过去的记忆、现在的自述和将来的展望"涵盖了职业、家庭、爱好等整个生命的平面图",从而构成了利于发现并阐明群体共有之"善"的"生活的叙述整体(narrative unity of a life)"(Ricoeur 1992:157;Macintyre 2007:258)。此处所提的"群体共有之'善'"就是泰勒所说的有价值的日常生活,它强调构成"善的生活的核心"的工作、家庭和孕育后代(Taylor 2001:23)。

在这种日常生活价值的指导下,托尼反思了自己生命的意义。"这就是生活,难道不是吗?些许成就,些许失望。这在我看来一直非常有趣,若有人要抱怨或不理解,我也绝不感到奇怪。或许,艾德里安多少明白自己干了什么。这倒不是说我会为了什么而放弃生命,你应该理解。"(56)"我不会为了什么而放弃生命",表明托尼对日常生活价值的理解使得他勇敢地抵制各种生命无意义的论调。此外,这边的"你"显然是指阅读托尼叙事的读者。泰勒指出,就"孤独的艺术家而言,他的作品指向未来的读者或作品本身创造的读者……不管艺术家本人如何看待,在缺乏英雄行为的平庸生活中,构建和维护自己身份的叙事,总体上表现出对话的特性。"(Taylor 2003:35)借助这种性质的对话,托尼期望把自己建构成在读者眼中具有一定"德行"的人物、一个值得维罗妮卡母亲用"不多也不少"的遗产来证明其生命价值的人。另外,他在叙事中所发展的内省意识、他所表达的日常生活的价值观、他所训诫的自我表达能力,这一切都使他成为一个具有"资产阶级平庸道德观"的现代自我(Bevir 2011:58)。[1] 在建构现代自我的过程中,托尼认为自己的平庸生活如果有害的话,那只能是"它太平淡而对我自身不利",即前妻由于这个原因而出轨并最终与他离婚,这对其他人应该是"完全无害"(Barnes 2012:54;Greaney 2014:236)。这种叙事理解把托尼这个"没有任何害处的、城郊平庸生活的典范"带回了小说叙述行为发生时的现实,他渴望"得到一点安息"、他的"德行得到回报"(Greaney 2014:232;Barnes 2012:59)。托尼觉得,自己作为初恋的受害者,并非一定要得到维罗妮卡母亲的金钱补偿,但他不至于被维罗妮卡剥夺可能解释一切谜案的艾德里安的日记。为了探寻真相,并捍卫自己的遗产获赠权,托尼只能将维罗妮卡重新写进自己的生活故事。用克里斯汀·豪斯(Christian House)的话来说,"遗产的继承将为托尼理解自我历史提供一种新视角"。[2]

情感创伤使得托尼在重新面对维罗妮卡时无法释怀。维罗妮卡是他人生中的"失败",她的"鄙视"和他的"羞辱"让他在与前妻

---

[1] 泰勒在《身份之源:现代身份的构成》中指出,现代身份主要由现代内省意识(即我们对我们具有内在深度的自我的认识)、对日常生活价值的肯定和自我表达着三个方面构成。参见:Charles Taylor, *Source of the Self: The Making of Modern Identity* (Massachusetts: Harvard University Press, 2001): x.

[2] 参见:Christian House, "*The Sense of an Ending* by Julian Barnes: A Dark Alley, Just off Memory Lane". *The Independent*, Sunday 07 August 2011. < http://www.independent.co.uk/arts-entertainment/books/reviews/the-sense-of-an-ending-by-julian-barnes-2333068.html >.

的交往之初就把她"排除在自己的生活故事之外"(65)。也许,情感创伤使得他"主动地忘记一切"或"选择性遗忘"某些令人难堪的经历(LaCapra 1999:716;Greaney 2014:234)。他蓄意掩盖自己的过往情史,即便在婚后告诉前妻时,他也刻意将自己当成受害者——维罗妮卡父亲对他屈尊俯就,维罗妮卡的哥哥杰克(Jack)用眼神鄙视他,维罗妮卡处处控制他(64)。不管如何回忆,"记忆总机械地重复着同样的事实,因为我一直以来就是这样告诉自己"——"40年前的维罗妮卡是一个残忍的人……岁月也没有使她变得温柔。"(69,82)不难理解,在向维罗妮卡索要艾德里安日记的过程中,托尼依然将自己当成受害者,采用自己对付保险公司那样的铆劲,每隔一天就进行一次电子邮件"保卫战",迫使她"省去冗长乏味的交流,促成了富有实效的第一结果",即维罗妮卡在不久后就委托律师交给托尼一封装有艾德里安日记的信件(84-85)。

　　托尼从未料到,可能揭开历史迷局的艾德里安的日记,竟会将其拖入道德困境。为了"报复"维罗妮卡,托尼没有根据自己的想象,按照维罗妮卡可能期待的那样,迫不及待地阅读艾德里安的日记,毕竟"他不想让别人来操纵自己的故事"(Hungerford 2012:151)。尽管如此,他还是被维罗妮卡挫败了,因为信封中装有的只是艾德里安日记复印件中的一页——如果不是艾德里安的字迹,"我肯定会认为,这个惊险的连载故事是维罗妮卡精心编造的骗局。"(86)托尼强压内心的愤怒,阅读了这个"惊险的连载故事",发现它充其量只是艾德里安通往自杀的理性思辨,根本无法让他推测出艾德里安所面临的"只有死亡才是黑暗中一线希望"的绝境:

　　　　5.4 累加的问题。如果人生是一场赌博,那么采取何种形式的赌局?在赌马中,赌注的累加是利滚利,将赢得的赌金滚到下一匹马身上,如此循环往复。

　　　　5.5 那么,a)在多大程度上,数学公式或者逻辑表达式可用来表示人际关系?b)如果可行的话,整数之间可以插入什么符号?加减号是自然不必说,有时还用乘除号。可是,符号是有限的。因为,一对全然失败的关系既可以表示为亏损/减法,或者除法/减少,两者总和均为零;而一对圆满的关系则可用加法和乘法表示。那绝大多数关系又怎样？它们难道就不需要用逻辑上不通、数学上无解的符号来表示吗？

5.6 又该如何表达一个包含 b, a^1, a^2, s, v？五个整数的累加呢？

$$b = s - v \stackrel{+}{_\times} a^1$$

或者 $a^2 + v + a^1 \times s = b$

5.7 或则，这么提问题或表达这种累加的方式本身是个错误呢？将逻辑运用到人类处境上本身是一种自我挫折？如果一个论据链的每个环节都用不同的金属构成，每种金属的延展性不同，情况又会变得怎样？

5.8 或者，"链条"本身是个错误的隐喻？

5.9 倘若这个隐喻错误，链条断了，责任又归于何处？是断裂部分的两端，还是环环相扣的整个链条？"整个链条"又是何意？责任又在怎样程度上延伸？

6.0 我们不妨缩小责任范围，将其分摊地更精确一些，用传统叙事术语而不是等式和整数来表达事物间的关系。因此，比如，假设托尼。(86-87)

在这种用数学公式来表达人际关系的"维特根斯坦式"哲学思辨中，托尼发现自己成为艾德里安自杀身亡的责任链条上的一环（Hungerford 2012：152）。虽然这些表达必须从具体语境来理解，但它们却暗示了艾德里安对托尼所做的批评："如果托尼能看得更清楚、行为更果断、坚守更真实的道德准则、不那么容易地安于起初被称为快乐而后来却被称作自满、消极、平淡的生活，不那么害怕、不那么指望从他人的赞许中获得自我肯定……如果托尼不是托尼。"(88-89)艾德里安的日记无疑将托尼推入了无休止的道德反思中。由于维罗妮卡只为其提供了艾德里安日记中的一页，托尼无法弄清自己在艾德里安的整个人际关系链中到底处于什么位置，又该承担何种道德责任。在原先以自我为主体的记忆叙事中，由于托尼既是道德评判的主体又是道德评判的客体，他只能看见"无任何害处"的道德自我。在审视艾德里安对生命所做的哲学思辨的过程中，托尼成为他的"共同思考者"（co-thinker）(87)，以不是自我的他者身份来进行"道德反思"，进而有可能认清自己的道德义务，此即利科所说的"道德责任中的距离策略"（Ricoeur

1992：207）。

艾德里安的日记所带来的道德不安坚定了托尼探寻艾德里安生命结局背后真相的决心。他不仅每隔一天发一封电子邮件来挑战维罗妮卡的耐心，而且用各式口吻包括玩笑式的告诫"姑娘，别做蠢事"、询问艾德里安的日记和虚情假意的问候来激怒她（89）。托尼辩解说自己根本没有骚扰她，他只想得到从法律上来说属于自己的东西。无疑，托尼假借捍卫自身权利的名义，一改先前回忆中极力想表现出的道德正义感，并将自己的道德不确定性归罪于"历史进程"、"个体责任链"或社会现实的本质（Wilhelmus 2012：706）。比如，当维罗妮卡约定在晃桥（Wobble Bridge）见面时，他立刻以桥的特性来解释自己的道德立场："我们必须偶尔记住，我们脚下的根基并不稳定。"（90）出于道德上的不确定性，托尼在40年后第一次会见维罗妮卡时，无法体察到她紧张不安的可能原因。维罗妮卡说她已经烧毁了艾德里安的日记，辩称托尼不应该看别人的日记，指出托尼不妨读读这个，随即递给他一个信封，然后匆匆地离开了。受思维定式的影响，托尼认为这是维罗妮卡急性子的一贯表现。回家后，托尼如先前一样，并不急于打开信封。相反，他回想自己在快到30岁时，如何放弃了少年理想，而满足于城郊资产阶级的平庸快乐的家庭生活，如修草坪、抚养孩子、贷款买房、有份好工作和度假等（Head 2000：78；Barnes 2012：93）。① 在反思中，他认识到自己也许错了。比如，当维罗妮卡称那笔钱为"付给凶手的酬金"时，除了自己外，他根本未虑及艾德里安（92）。在思考他者的过程中，托尼经历了道德上的自觉，这表明道德不能独立于他者而存在。从根本上来说，托尼的道德不确定性是由他脱离了"道德社区"的缘故而造成的（Arendt 1998：235）。

托尼在打开维罗妮卡的信封前所做的道德反思似乎预示了他将经历的道德危机。他虽然接受强调"什么构成了我们自己的尊严或什么构成了我们有意义的生活"的现代身份理论，但这个理论并不否认我们对"他人生命、福祉和尊严的敬重"（Taylor 2001：

---

① 此处的托尼就和巴恩斯在《伦敦郊区》中刻画的主人公克里斯一样，都经历了由激进到平庸的变化，在中学时都极端地叛逆，追求那种混杂无序的享乐主义生活，在大学毕业后日渐趋于平庸，都从事艺术相关的工作，每天往返于伦敦郊区和伦敦市中心，都"修理自家的草坪、享受自己的假期和过上自己的小资生活"。参见：Julian Barnes, *Metroland* (London: Vintage, 2009): 175.

4)。在追求体现资产阶级价值观的日常生活中,托尼的与世无争和冷淡不仅导致了家庭的破裂,而且使他在离婚后的独居生活中有意淡化与他者的情感联系:他与前妻的关系虽好,但两者各取所需,从未想过如何实现一起度假的愿望;他虽自认为与女儿关系融洽,女儿却只是他经济上的责任,他在履行这种责任的过程中也没有投注太多的亲情;另外,他虽然主动帮助医院的图书馆,这么做的目的无非是为了观察生老病死者,以期自己在今后走到那一天时能做好准备。正是"离群索居"中的"情感含蓄"和自私,使得托尼无法从心底去关心和尊重他者,无法意识到自己在捍卫自身权益和尊严的时候,如何一次次地伤害了他人(Greaney 2014:231)。

如果说艾德里安的日记让托尼察觉到自己可能肩负的道德责任,他在多年前写给艾德里安的信件则直接见证了他的冷漠和自私。原以为维罗妮卡的信封中装有见证他们感情的物件,他给自己倒了杯红酒,试图重温往昔的温情,打开后却发现是多年前他出于"道德正义感"而写给阿德里安的信,一封需要换成"一大杯威士忌"来麻痹自己良知的诅咒信(95)。在信中,托尼写道:

> 亲爱的艾德里安——不妨说,亲爱的艾德里安和维罗妮卡(你好,婊子!欢迎阅读此信),
>
> 嗨!你俩真是天生一对,祝愿你们快乐无比。希望你们缠绵媾和,这样彼此伤害才会更长久。你们会后悔我介绍你们认识的那天。希望你们在分手之际,这一点我非常肯定……希望你们有个孩子,因为我坚信时间是复仇之神,没错,将痛苦一代又一代地传给后人。不妨看看伟大的艺术品吧(你俩当然不是伟大的艺术品,只是漫画家的信手涂鸦)。复仇理应针对你俩,所以又不希望你们有孩子。让无辜的胎儿来发现自己竟是你俩媾和的杂种——请原谅这种陈词滥调——未免太不公平了。所以,维罗妮卡,千万要给他的小鸡巴戴上套套。或许,你还没有让他越雷池一步?
>
> 好了,客套话就到此为止,再给你俩奉上几句真心的忠告。
>
> 艾德里安:你肯定已知道她如何玩弄男人……她会让你失去自我……她母亲也建议我提防她。换成我,就一定会向她母亲求证,问问她之前受过什么伤害。当然,这要悄悄地

问,因为她是十足的控制狂。对了,她还是个势利鬼,想必你也了解。她和你交往就是因为你很快会拥有剑桥大学的学位……

维罗妮卡:你们的联名信倒是非常有趣。你的恶毒和他的一本正经真是天生一对。你卓越的社交才能绝对配得上他的博学多才。不要以为你能像(暂时)征服我那样来征服他。我知道你惯用的伎俩——孤立他、切断他和朋友的联系……我是不能把你怎样,可时间会。时间会证明一切。它永远会。

顺祝节日快乐,愿你们沐浴酸雨的洗礼。托尼(95 – 97)

在诅咒艾德里安和维罗妮卡的同时,这封信也直接披露了彼时的托尼是何等恶毒和凶险,其心理是何等狭隘和阴暗,行为又是何等低俗和无耻。他不仅在语言上侮辱他们的人格,而且还召唤"古老的、超自然的"复仇之神来逆转他俩的命运。他期望"时间"能够替他伸张正义,惩罚背叛友情的艾德里安和背叛恋情的维罗妮卡。他不仅诅咒他们的恋爱关系会破裂,而且期望他们的子孙会因为他们的恶行而被永世打入地狱,让他们为之一世不得安宁,甚至还期望他们经受"酸雨"的重新洗礼(Hungerford 2012:150)。①

这封"记载"自身"丑陋"、"恶毒"、"嫉妒"和"低贱"的信件完全颠覆了托尼在刚收到遗产信后通过记忆叙事所建构的自我身份(97)。他原以为,随着年龄的增长,以及见证个体生命的他者的死亡,能够说明自己是何种人的证据也就随之烟消云散。也就是说,他原以为随着艾德里安的死亡和学生时代好友的离散,能成为他在学生时代的道德形象的证人也就不复存在了。然而,他写给艾德里安的信件却成为他"年轻时的自我"中最"丑陋"一面的最好的见证(97)。虽然萨拉说艾德里安在最后非常快乐,但这无法开脱托尼的罪责,毕竟这封信不仅侮辱了艾德里安的人格,而且破坏了他一生中第一次也是最后一次的恋爱。与其说时间将见证并惩罚艾德里安和维罗妮卡的罪行,不如说时间见证并惩罚了托尼的恶行。这种认知让他惊恐不已,他只有靠酒精才能"麻痹内心的

---

① 另参见:Michael Prodger, *The Sense of an Ending*, *The Financial Times*, August 6, 2011. < http://www.ft.com/cms/s/2/12e22ec4 – b9ea – 11e0 – 8171 – 00144feabdc0.html#axzz1UEKuQYW6August >.

疼痛",希望维罗妮卡"烧毁的若是这个文件该多好啊"(97-98)。托尼在见证自己罪行的同时,也就戳穿了先前记忆叙事所编织的谎言,进而被打回道德品质低下的"恶棍"的原形。①他唯一能申辩的就是"信的作者是曾经的我,而非现今的我",这么做实际上却是"进一步自我欺骗"(97)。万般无奈,托尼只得承认自己的道德劣迹,而这势必意味着全面重构自己的生活故事,特别是在与他者关系的变换中自己如何逐渐地丧失了道德操守。

平庸的价值观使得托尼陷入万劫不复的道德深渊。他坦言,当初在信中如此残暴地发泄内心的怒火,不是因为"受伤的自尊、考试前的压力或失恋后的孤独",而是因为他无法接受维罗妮卡"在背后主导了一切"并在"这么短暂的时间内"就另觅新欢的做法(99)。换言之,托尼无法接受自己作为恋爱失败者的事实,无法接受维罗妮卡能如此毫无痛楚、毫无顾忌地与自己的好友迅速开始一段新的爱情。在内心妒火和失恋苦痛的驱使下,他将矛头指向了无辜的艾德里安,并给他的恋爱造成了无法修复的伤害。除了向维罗妮卡发一封深表歉意的电子邮件外,他找不到任何可逆转局面的措施,因而陷入了一种"超越内疚和耻辱"、一种介于"自我怜悯和自我憎恨"之间的"懊悔"这一复杂情感之中(99)。在审视自己生命中从未有过的悔恨的过程中,托尼发现艾德里安从一开始就把问题看得更清晰、更远,而他自己则历来安于现状,放弃了审视生命的机会和少年时爱冒险的理想,一心希望生活不要过多地烦扰自己。对他而言,一切都是平庸的:"平庸的大学生活、平庸的工作、平庸的友谊、平庸的爱情和平庸的忠诚,毫无疑问,还有平庸的性生活……平庸的生活、平庸的真理和平庸的道德。"(Barnes 2012:100;Hungerford 2012:154)

正是由于这种平庸,托尼失去了年轻时的朋友、妻子的爱以及女儿的信任。托尼固执地以为,这种自我解剖如果不能获得维罗妮卡的谅解,至少能让她肯定自己在自我批评中的准确认识。结果,维罗妮卡却回复说:"你就是不明白,不是吗?你从来都没明白

---

① 和维罗妮卡分手后,托尼收到她母亲萨拉的致歉信,认为他肯定能找到"合适的对象"。托尼觉得萨拉这么说根本不是指"我是一个恶棍,只配找一个道德品质低下的人"。既然原先记忆叙事是个谎言,那么被原先记忆否定的东西,即"否定之否定",应该可以恰当地描述托尼的本来面目了。参见:Julian Barnes, *The Sense of an Ending* (London: Vintage Books, 2012):39.

过"——这让托尼没有任何辩驳的机会,只能暗自神伤地渴望:"哪怕她在这两句回话中有一处提及我的名字,我也就满足了"(100)。在他看来,用名字"托尼"而不是代词"你",不仅能缓和指责的语气,而且能够开启一种身份认同的过程,它通过"呼唤"和"应答",来确认个体作为某个行为动作的施行者或某个事物的拥有者,因为"姓名这一专有名词被赋予了与人类身份和自我认同相关的特权"(Ricoeur 1992:29)。既然"对身份的探究止于对行为主体的命名",那么维罗妮卡在电子邮件中有意不提托尼的名字,其目的无非是想让他明白他的道德身份永远处于一种不可捉摸的状态(Ricoeur 1992:95)。因此,维罗妮卡的电子邮件挫败了托尼想确认自己哪怕是被称为"恶棍"他也愿意的道德身份的企图。自曝家丑的结果,就是他陷入无以复加的道德危机。

　　道德上的碰壁使得托尼设想维罗妮卡也许并不完全鄙视他。如果真的完全鄙视他,"她就不会费心回复我的电子邮件了"(100)。也就是说,维罗妮卡的"否定"或者即使她未做出任何回答,这种"否定"和"不回答"也是一种认可:"即便我们关于个体身份的问题没有得到任何回答,我们仍可以知道发生了什么。"(Ricoeur 1992:136)从这个层面上来说,维罗妮卡的回复在一定程度开启了和托尼的对话交流,"离开与我们所熟悉的人之间的交流,个体就很难了解自己想知道什么,或自己在某个问题上持有什么样的立场。"(Taylor 2001:40)因此,维罗妮卡寥寥数语的回复不仅使得托尼有可能认识到他的道德立场和问题所在,而且也有可能重新确立符合他自身利益的新的道德立场。另外,托尼的道歉和维罗妮卡的回复表达了他们"均想借助行为和话语模式来达到和他人共同生存的意愿",而这种"意愿"在汉娜·阿伦特看来却构成了我们道德的基础(Arendt 1998:246)。借助这种道德基础,并结合他在叙述自我故事中发展的内省意识,托尼就有可能"从内部来克服自己生存处境方面的局限",进而找到重新确立自我身份的方法(Taylor 2001:179)。在接下来的第二小节中,本书将探讨托尼如何通过审视自我眼里的他者,来叙事理解在维罗妮卡看来他无法理解的东西(即好友艾德里安的死亡事件),进而重构道德困境中的自我身份和存在范式。

第二节 自我眼里的他者

克默德在《结局的意义：虚构理论的研究》中提出了三种记忆模式：直接记忆、印象的记忆和超前记忆。直接记忆是"纯生理的对可以理解的事件的记忆"，印象的记忆则是"对不能理解的但通过内省使其复现的印象的记忆"，超前记忆是"产生偏离并使用突变来否定期待的记忆"（Kermode 2000：53）。在小说《结局的意义》中，巴恩斯所探讨的记忆是关于印象的记忆和产生偏离的超前记忆。如托尼所言，现在的记忆是对"过去关于当时事件的理解"的记忆，亦即"现在的记忆是对先前记忆关于更早以前记忆印象的记忆"（Barnes 2012：42；Barnes 1998：3）。假设托尼第一次记忆叙事的目的是为了探究为何维罗妮卡的母亲会馈赠他遗产以及为何维罗妮卡要截留她母亲转赠给他的艾德里安的日记，那么他第二次记忆叙事的目的则是为了向维罗妮卡就自己恶毒的信件给她以及给艾德里安所造成的伤害表示歉意，并就自己的道德做出自我批判。通过上述第一节的探讨，可看出托尼两次探讨艾德里安生命结局的启示的努力均以失败告终，他不仅没弄明白为何维罗妮卡的母亲要给他500英镑的遗产以及她怎么会拥有自己好友的日记，更没理解为何维罗妮卡将之称作为"付给凶手的酬金"，甚至连他所做的道德自我批评，也因维罗妮卡一句简单的话"你从来都没明白过"，被完全否定了。依据克默德的观点，这就是关于结局的假设不断地被推翻，结局的意义被无限地延宕。因此，生活完全变成一个"猜谜游戏"，生活事件的故事塑形似乎无法帮助托尼来理解他是如何深陷道德危机（38）。所有的谜团和困境都迫使托尼反思自己所建构的生活故事。

生活故事并非总是生活现实的原样复制。在阅读见证"年轻时的自我"的信件后，托尼发觉自己在阅读此信之前的记忆和该信中所披露的故事存在很大分歧。他进而总结说："我们的生活其实不是我们的生活，它只是我们所讲述的、关于我们生活的故事。讲给他人，但主要是讲给我们自己听。"（95）第一个"我们的生活"显然是指讲述的结果，是我们想象的结果，既可以指口头文学作品，也可指书面文学作品；第二个和第三个"我们的生活"应当指我们的真实生活体验。"主要是讲给我们自己听"表明叙事是我们认识自己的一个重要手段,即我们可以把生活当成故事来讲述和叙事理解。"不是我们的生活"表明生活和文学存在差异。虽然暗示"生活不可能成为文学作品那样的东西",这句话更表明在讲述故事的过程中人们可能经常"调整、修饰甚至巧妙地删减生活事件"(15,95)。按照阿伦特的理解,叙事中的这种偏离可能是为了剔除"生活中极为私密的或个性化的东西,它不适合在公共领域中表现出来"(Arendt 1998:50)。①

受故事叙述者叙说目的和叙述者本身道德品质的影响,《结局的意义》中的生活故事偏离了生活现实。这不仅体现在第一层面的记忆叙事中,托尼的记忆与现实之间存在严重的分歧,而且还可以从艾德里安在中学时所表达的历史观中窥见一斑。对于艾德里安而言,"历史最关注的就是责任划归,历史事件的责任划归与其说是史学家对历史事件合理分析的结果,毋宁说它反映了史学家本人的心智特征。"(12)鉴于托尼历史专业的背景,同时考察艾德里安话语的表现形式(即它是在40年后由托尼借助记忆叙事而被表达出来的),有充分的理由相信艾德里安的历史观应当就是托尼本人的主张,毕竟历史"是那些幸存下来的既非胜利者亦非失败者的记忆"(56)。借助艾德里安之口,托尼无非想表明他的个人史编纂或自传体书写也会受自己性格特征的影响。既然历史是责任划归的问题,托尼在记忆编纂个人历史时必然会为了自身的目的而将生活事件表现为具有某种特征,进而达到将责任划归给他所想要的任何人。由于认为艾德里安的自杀是由他个人行为和哲学理想之间的冲突造成、维罗妮卡与艾德里安的恋情的破裂是由自己的诅咒造成,个人生活中的历史事件似乎都已归责,受平庸生活观支配的托尼理应就此罢休,要么永远懊悔,要么立志重新做人。然而,道德醒悟后的托尼并不甘愿在平庸中继续故步自封。既然维罗妮卡无法接受他的故事,那么托尼只有寻找其他的故事聆听者,通过重返道德社区来建构符合自己道德意愿的故事。

---

① 在《人类处境》(*The Human Condition*)中,阿伦特指出,"我们看到和听到的现实,哪怕是生活中最为私密的力量如内心的情感、脑海中的思想和感官的愉悦,除非它们的形式、私密性或个性被调整成适合在公共领域出现的形式,否则它们将一直以一种极不确定和极为模糊的形式存在,最常见的形式转换存在于故事叙述和艺术表现个体生活经验的领域内。"参见:Hannah Arendt, *The Human Condition* (London: Universing of Chicago Press, 1998):50.

第三章 《结局的意义》中的道德危机 ‖ 137

符合自己的道德意愿就是为自己讲述故事。当托尼指出我们的生活故事是"讲给他人,但主要是讲给我们自己"时,他也试图理清自我和他者之间的关系。作为自我故事的第一阅读者,我们讲述生活故事的目的主要是为了合理解释自己的行为;我们的解释是否合理,则需要借助他者的理解和认同。另外,我们并非孤立地存在,"我们的生活历史和他者的生活历史不可分割地交织在一起,我的生活同时也是他人生活历史的一部分",我们所讲述的生活故事同时也包含了他者的生活故事(Ricoeur 1992:161)。同样,托尼的故事也毫无例外地"与他人的故事缠结在一起"(Jagannathan 2015:1)。对他而言,"讲给他人听,但主要是讲给我们自己听",意即为了理解我们自己,而向自己或他人讲述关于自我和他者关系的故事。为了赢得读者的认同,进而实现确立自己道德身份的需求,托尼必须考虑自己对故事接受者的道德责任——关切并帮助他者实现他们的需求,是个体实现自身需求的理性的生活方式(Taylor 2001:239)。鉴于这个因素,不难理解为何托尼在第一次叙述中努力把自己建构成一个有道德正义感的人,为何他在第二次记忆叙事中把自己刻画成一个乐于承担道德责任的个体。

托尼考虑自我和他者需求的自我反思脱离了生活故事的本源。[在两次记忆叙事中,无论是出于道德正义感,还是由于道德愧疚感,他都以自我为中心,迫切地希望建构或修正自己在他者眼中的道德形象,忽略了自我故事和他者故事之间的关系。他完全无视自己体现日常生活价值的道德观如何影响了他人的生活或自己眼中的他者,也无法将自己的生活故事置于一个更大的社会文化语境,来考察他在艾德里安的自杀中可能肩负的道德责任。]脱离事件发生的真实语境,自我反思就可能走向极端的抽象,而抽象的最糟糕的结果就是"引发暴力……使得个体丧失存在的现实性和尊严"(Blundell 2010:59)。虽然不可能引发任何暴力,托尼的抽象化的记忆叙事却使他因为维罗妮卡的贬斥而蒙受羞耻,尽管他由于内心的歉疚而"未加以任何抱怨"(100)。① 依据利科的说法,若要克服抽象化的自我反思所带来的缺憾,个体必须首先成为

---

① Hungerford 也意识到了《结局的意义》探究抽象化的危险。参见:Amy Hungerford, "Fiction in Review:'Spoiler Alert':Julian Barnes", *The Yale Review* 2012(4):154.

"自己的主人和以性格、无意识、生活等形象表现出来的必要性的仆人",回归"原始处境"并克服任何"预设"(Ricoeur 1994:12; Blundell 2010:60 – 63)。对于托尼而言,回归原始处境就是回归造成他道德困境的根源,叙事理解他的道德立场如何影响了整个事件的发展、他的立场又如何影响了他对该事件的阐释,特别是与该事件直接相关的几个他者。

人际交往中的认同既是敬重他者的人格、尊严和生命的基础,也是"自我反思由自尊走向关切他者、走向正义的结构"(Ricoeur 1992:296)。由于以维罗妮卡为听众的故事叙述无法为自己提供发展道德尊严所需的赞誉或认同,托尼转向了前妻玛格丽特,她乐意充当善解人意的倾听者。虽然她在婚姻中伤及了自己的人格和尊严,前妻玛格丽特在托尼眼里却"比任何其他人都更理解我",在离婚后"她不仅仍然想和我一起吃饭,而且乐意让我喋喋不休地讨论自己"(101)。不难看出,与前妻的交往能使托尼找到自信和自我。因此,向前妻叙述自我和他者之间关系的故事是托尼在万般懊悔中重构自身道德尊严的不二选择。于是,在自责和羞耻中,托尼告诉前妻,自己如何为了获取维罗妮卡的电子邮箱而联系了杰克、艾德里安的日记、晃桥上的会面、给艾德里安的信件以及自己的懊悔。

在讲述故事的过程中,托尼向前妻承诺:"总有一天我会让你惊奇……某种让你把我想得更好而不是更糟糕的惊奇。"(101)托尼的这种承诺虽然未指向维罗妮卡,但它却回应了维罗妮卡的斥责,表明他不仅期望恢复自己在他人眼中的尊严,而且想摒弃自己身上那种曾给他人带来伤害的劣根性。满以为自己的道德向善能得到赞许,托尼却失望地发现,玛格丽特竟然认同连他自己都鄙视的年轻时的自我:"我没觉得你糟糕,甚至都没觉得维罗妮卡很糟糕,尽管我承认我对她的评价从未高过海平面。"(101)造成玛格丽特这种反应的原因可能有两个:要么她认为,自己在离婚后和托尼交往,是因为这能提醒她自己很庆幸,已经与他离婚了,要么她和托尼一样,都非常"无聊和平庸",或两个原因皆是。①由是观之,玛格丽特的反应无疑会削弱托尼所做的道德承诺的意义,无助于

---

① "dull administrative job, dull wife, even a dull divorce …."参见:Christian House, "The Sense of an Ending by Julian Barnes: A Dark Alley, Just off Memory Lane". *The Independent*, Sunday 07 August 2011.

托尼来重构自我主体,毕竟承诺以及恪守承诺是道德主体在建构自我身份的过程中获取认同的一个重要措施。只有当个体与他者实现了相互认同,个体的自我身份才有可能最终被他者接受(Ricoeur 1992:289,295)。

玛格丽特的评价从侧面反映了托尼眼中的维罗妮卡到底是怎样的人。虽然托尼未提及40年前的维罗妮卡,但前妻"从未高过海平面"的评价,不但指责他之前对维罗妮卡的描述如何诱使自己对她做出负面的判断,而且还披露他对维罗妮卡的新评价也没有脱离之前的思维定式。因此,前妻的反应不仅让他认识到她与自己交往的动机,而且也使他醒觉到自己审视他者的态度"更像[点缀自我的]装饰"(103)。"更像装饰"表明托尼承认自己对他者的评价受到自己性格特征的影响,这与他先前的认识如出一辙,即"生活故事会受到故事叙述者的叙说目的和叙述者本身的道德品质的影响"。另外,"更像装饰"也暗示,托尼为了维护自身的利益,而存在有意扭曲他者在自我眼中形象的嫌疑。正如托尼在日后所感叹的那样,"这么多年来,我一直记住的我与维罗妮卡之间的关系是我当时所需要的那种版本。"(122)对托尼而言,他多年来所需的记忆,无非就是把自己想象成道德上无可指责的初恋受害者。为了实现这一目的,他势必会把维罗妮卡扭曲成他们关系中道德存在问题的"主导者和强势者"。①

事实上,托尼在凸显自己如何固守性传统的同时,也力图把维罗妮卡表现成即使不是特别开放但至少来说更加主动的女性。尽管中学时就渴望性体验,托尼在维罗妮卡说"这不妥"后便偃旗息鼓,认为20世纪60年代的性解放毕竟"属于少数人,仅限于某个地区"(23)。在微醉的某个傍晚,维罗妮卡主动让托尼伸进她的内裤抚摸。随后几天,这种抚摸就演变成维罗妮卡用下体摩擦托尼的手腕直至高潮。正当托尼沉浸在"征服的成就感"中时,维罗妮卡质问他"我们的关系会走向何方";当托尼无言以答时,维罗妮卡便指责他"迟钝"、"懦弱"和"自满",而这标志着"我们恋爱关系的终结"(35)。让托尼更意想不到的是,在分手后偶遇自己时,维罗妮卡显得更主动:"要我陪她回家,路上突然停下和我接

---

① 参见:Kate Wilson, "The Last Laugh: A Review of Julian Barnes' *The Sense of an Ending*", Nov. 13, 2014. < https://sites.google.com/site/booksonthebroad/home/the-sense-of-an-ending >.

吻……她脱光衣服,递给我一包避孕套,当我手忙脚乱不知所措时,她从我手中拿起一个,然后熟练地给我戴上。"(36)之后,维罗妮卡指责托尼几乎强奸了她。托尼认为,维罗妮卡对他的强奸指责不尽诚实,毕竟"两人几乎都是成人,必须对自己的行为负责";另外,这段恋情中既然没有"任何怀孕或自杀",他就没必要心怀愧疚或不安(39)。此处提到的没有"任何怀孕或自杀"显然回应了中学时期罗布森的自杀事件,表明托尼在叙事中"力图借助文化中熟知的情节结构"来理解自己生活中的事件的意义(Ricoeur 1991:23)。

在托尼看来,维罗妮卡的不诚实绝非偶然。周末前往契泽赫斯特(Chislehurst)拜访她父母时,托尼发现维罗妮卡骗全家人说他"喜欢睡懒觉",这使得他在她家人面前非常难堪,认为"和她交往中没任何先例可让她有理由这么编造——我从来没睡过懒觉,就是现在我也没有过"(28,43)。不仅如此,维罗妮卡还蓄意掩盖哥哥杰克与好友艾德里安同在剑桥大学攻读道德科学这一事实。直到托尼发现她在会见自己好友的过程中有意靠近艾德里安时,她方才透露这一情况。另外,在和好友合影时,维罗妮卡重新调整了三个朋友的位置,让矮小的自己站在中间,一边是艾德里安,另一边是其他两个好友。直到多年后,托尼才理解,她的这一举措实则上是她操纵他者的策略:就如她从不穿高跟鞋一样,她有意使自己在他人面前显得更矮小,这样她就"更能引人注目……她历来都非常有心计"(32)。在整个恋爱期间内,托尼意识到维罗妮卡"一直刻意改进自己",告诫他在大学时必须"自己思考",而不是搬用中学老师的说法,指出手表应该像"正常成年人那样",把表面戴在手腕外侧,似乎她比自己大 5 个月,就意味着她"更英明、更有见识",可以对他随便颐指气使(24 – 25,60)。

托尼猜想,维罗妮卡在恋爱中表现出来的任性、自大和强势,极有可能是由她在成长过程中所经历的"创伤"造成的(43)。① 每当回忆起契泽赫斯特的那个周末,除了想起"在擅长社交的上流社会家庭中所感到的局促不安",托尼还隐约感觉到维罗妮卡、维罗妮卡的父亲和维罗妮卡的哥哥之间存在某种不可告人的秘密:或

---

① 另参见:David Sexton, "The Sense of an Ending (Review)", *The Spectator*, July 23, 2011. < ttp://www.spectator.co.uk/books/7112043/the-revised-version/ >.

第三章 《结局的意义》中的道德危机 ‖ 141

许,她父亲在她洗澡和睡觉时就在边上"色眯眯地打量着";或许,她和哥哥之间有着"超越兄妹情谊的搂抱"(43-44)。或许这种"创伤"使得维罗妮卡变得"冷酷和无情",或许这就是为什么维罗妮卡的母亲告诫他"要特别小心"(44)。在探讨维罗妮卡可能受过的创伤时,托尼也丝毫未掩饰自己在初恋中所遭受的创伤,他指出,"我们在某种程度上都经历过创伤……问题就是如何应对创伤:承认还是压制,以及这将如何影响我们与他人的交往。"(44)作为初恋的受害者,托尼的做法就通过蓄意遗忘(即前文提及的把维罗妮卡写出自己的历史)或蓄意扭曲他人来进行"自我保护"(42)。"遗忘"就是个体由于"创伤或伤痕",而在建构自己身份的叙事中,通过情节构造来"抵制或压制记忆"(Ricoeur 1999:6)。"自我保护"是我们每个人的"固有倾向",它是个体受"善的生活目标的驱使"来捍卫自主权利的重要举措(Spinoza 2002:283;Cooke 1999:273)。鉴于此,当艾德里安征询他是否可以和维罗妮卡交往时,托尼就毫不迟疑地告诫他:维罗妮卡曾经受过伤,他若不信就可以向她母亲求证。在向前妻玛格丽特坦白自己曾隐瞒的既往情史时,托尼也必然会把维罗妮卡描述成这种因为个人的创伤经历而无情地凌辱自己的女子。听了托尼的叙说后,玛格丽特指出自己对维罗妮卡的评价"从未高过海平面"也就不足为奇了。

在承认创伤会影响自己和他人的交往的同时,托尼也承认"它将会影响自己叙事的可靠性和忠实度"(45)。对于读者的可能问题"这将会如何影响",托尼则"诚实地说,我不确信该如何回答这个问题"(45)。这个问题其实已不再需要回答,因为托尼的自我保护策略表明,他在初恋中所遭受的伤害已在叙事结构和人物性格这两个层面影响了他的记忆叙事的可靠性。从这个层面上来看,托尼并不是一般意义上的不可靠叙述者,"他用自己的怀疑来消除了我们的疑虑",但这并不意味着我们应该忽略对他叙事可靠性的怀疑,他是一个"在情感上非常诚实"的或"领悟能力不强且中庸"的不可靠叙述者(Hungerford 2012：153)。①托尼在道德危机中一直坚守的情感就是初恋给他带来的苦痛以及"记忆所记住的痛苦"(82)。和托尼的前妻一样,我们无法验证维罗妮卡是否真的像托尼所描述的那样善于说谎、奸诈、放荡或有较强的控制欲。

如果不相信托尼对维罗妮卡的描述,那么我们也就相信托尼对自己叙事可靠性所提出的质疑,即他具有恶意扭曲维罗妮卡的嫌疑,而后者实际上恰是托尼所坦诚的方面。如果我们相信托尼,就必须接受托尼所说的一切,即"我的记忆使得它显得如此,我这么记忆是为了分摊责任"(35)。这边的"责任"应该指道德责任,毕竟他和维罗妮卡的恋情未造成任何民事或刑事上的纠纷。据此,"我的记忆使得它显得如此"就应意味着我的记忆使得维罗妮卡的道德显得"从未高过海平面",或者"我的道德操守"或"内心最深处的本能"使得记忆中的维罗妮卡显得如此(Leiter 2002：9)。即便承认给艾德里安的信件在一定程度上伤害了她,托尼仍不放弃早先的道德立场,认为起初她不愿和他发生性关系,如果不是因为假装有"教养",就是因为他的"笨手笨脚、急切或自私"让她感到体外性接触"不是那么让人十分愉快"(101)。鉴于之前提及的"高潮",维罗妮卡拒绝他的原因只能是她佯装害羞了。这也是唯一能合理解释她为何斥责托尼性迟钝以及后来为何主动与他发生性关系的理由了。非常肯定的是,呈现这种形象的维罗妮卡是托尼为了捍卫自己的道德而"有意调整记忆中的生活事件"的结果(Piqueras 2014：89)。同样,托尼眼中的维罗妮卡的哥哥和父亲,也是他在恋爱创伤中受阶级自卑感的驱使,为了捍卫自己的人

---

① 参见:A. J. Kirby, "The Sense of an Ending (Rev.)", *New York Journal of Books*, October 11, 2011. http://www.nyjournalofbooks.com/book-review/sense-ending#sthash.COMwJ-gyS.dpuf 关于托尼是中庸的不可靠叙述者,参见:David Sexton, "The Sense of an Ending (Review)", *The Spectator*, July 23, 2011. <http://www.spectator.co.uk/books/7112043/the-revised-version/>. 另外,Orthofer 认为与其说托尼是不可靠叙述者,比如说他重塑自己的过去以便能更好地应对自己的生活和自己过去曾做过的事情。参见:M. A. Orthofer, "The Complete Review's Review", June 13, 2012. <http://www.complete-review.com/reviews/barnesj/sense.htm>.

格尊严和道德立场而"重新塑造的结果"(80)。①

撒开他扭曲维罗妮卡时表现出的狭隘心理,托尼在回忆中标榜的道德立场也不见得有多么高尚。如前文所述,叛逆期的托尼玩世不恭且道德缺失。比如,他对艾德里安家庭的不幸非但不同情反而冷嘲热讽。他在罗布森事件上更显得冷漠与恶毒。因此,托尼中学记忆中所持的道德立场与恋爱记忆中所吹嘘的"老古董"道德操守存在较大的分歧。从某种意义上来说,托尼在记忆叙事中所体现出的"道德不一致"是由他实践的双重道德标准造成的(Hua 2013:15)。一方面,他以自己的言行为道德标准,恣意斥责维罗妮卡;另一方面,他不断背弃道德理想,大学毕业时"歇斯底里地喝酒、抽大麻和一夜性"(42)。然而,托尼拒绝承认自己是20世纪60年代狂欢文化的"主人",认为"自己不属于那个时代"(22)。不仅如此,在对艾德里安爱情的记忆中,托尼也实践了同样的双重标准。当收到他请求允许和维罗妮卡谈恋爱的信件时,托尼不禁怀疑他的"道德信条",认为他"违背了伦理原则"(43)。对于给艾德里安的回信,托尼说只记得告诫他关于维罗妮卡的道德准则。当得知艾德里安自杀后,托尼不仅当着父母的面说了粗话,而且诅咒维罗妮卡,认为正是由于她才导致好友走向了极端。显而易见,托尼一直以道德法官自居,拒绝承认自己在爱情结局以及艾德里安生命结局中可能承担的道德责任。

通过反思自我眼中的他者,托尼也反思了自己平庸的道德。他决心使自己成为他人眼中"更好"的人,希望向维罗妮卡证明自己"不再是她想象中的邪恶家伙"(107)。犹豫多天后,托尼给维罗妮卡发了一封关心她父母的邮件,期望"扭转以往的生活局面并重新定义一个新的现实"(110)。让托尼感到欣慰的是,维罗妮卡友善地回复了他的邮件,详述了她父母在晚年的悲欢。由于在这封电子邮件中找不到任何侮辱人的话语,托尼感觉维罗妮卡不再嫉恨自己,守卫记忆的"顾问律师"开始松懈,被"遗忘的记忆"也涌现出来(120,111)。第一个浮现的便是契泽赫斯特的那个周末:"维罗妮卡的父亲在晚餐后让我喝白兰地,当我拒绝后,他问我

---

① 托尼想象维罗妮卡的哥哥大学毕业后靠着家庭的关系进入一家大学跨国企业,刚开始事业还是比较成功,但由于无能而逐渐地变得不那么成功了。托尼说,叙事"重塑"的杰克令他不再"不安"和自卑,表明他的想象或许是阶级自卑感下"偏执"的表现。由于篇幅问题,本书不再详述。

是男人还是胆小鬼……当维罗妮卡把手搭在我身上时,杰克说'放下,不然母亲会怎么想?'母亲只是笑了笑……晚安道别时,维罗妮卡亲了我。"(112–113)在叙述这个记忆时,他不再像往日那样感到刺痛。随后,他上网搜索契泽赫斯特的谷歌地图,发现既找不到维罗妮卡父亲当时告诉他的教堂,也根本不存在所谓的皇家咖啡馆,就连维罗妮卡家的房子也不见了。托尼觉得维罗妮卡的父亲有欺骗的嫌疑,或许他仅是开玩笑而已,自己以往的嫉恨或羞耻就如维罗妮卡家的房子一样不再存在任何可靠的物质依据,因而不再感到羞耻或嫉恨。同时,托尼坦承自己不再责备前妻对维罗妮卡的错误判断,更没有对她背叛自己感到幽怨,觉得自己不再需要和她相互怜惜,"因为现在我已经独立了"(110)。可以看出,关于他者的想象不仅帮助托尼克服先前的道德偏见,而且利于他发展一个健康宽容的自我主体。

从维罗妮卡的电子邮件中,托尼感觉到一种友善,它"促成自我与他者开始步入一种相互关切的动态关系"(Ricoeur 1992:192)。在这种关切中,托尼感受到了久违的人格尊严和自信。受此鼓舞,托尼感觉似乎回到了初恋,"记忆、幻想与憧憬闯入此时此地"(Kermode 2000:18)。为了"就之前造成的任何窘境表示道歉",托尼约见了维罗妮卡(113)。托尼本以为她听了自己"满足但不是自满"的生活故事后会讲述她自己的人生,结果她不辞而别;尽管如此,托尼"并不在意,感觉自己就好像在初次约会没有造成灾难之前就脱身了"(116–117)。"满足但不是自满"表明托尼非常关切维罗妮卡的感受,不想因为自己的平庸而让她想起分手时的悲伤。这也许是托尼为何庆幸没造成灾难的原因了。体恤维罗妮卡的感受,表明托尼开始走出以自我为中心的平庸道德观。只有在关切他者的过程中,托尼才有可能实现真正的独立,因为"自我和对他者的关切……紧密地捆绑在一起"(Taylor 1992:18)。让托尼更感到庆幸的是,维罗妮卡在沉默一周后让他去从未到过的伦敦北部约会。维罗妮卡身上流露出的"神秘感"让托尼反思之前的平庸婚姻,特别是不喜欢惊喜的前妻玛格丽特:"她喜欢把一切计划得井井有条,在女儿苏珊出生前,她总要检测自己的月经期,然后计划何时做爱……我不是说这并非我想要的生活"(121)。言下之意,妻子在平庸生活中背叛他不完全是他的责任,即记忆如托尼所声称的那样,是为了分摊责任。在反思中,托尼

"检视了年轻时的自我",承认自己"曾经非常粗鲁和幼稚",进而"客观"地总结为何之前痛恨维罗妮卡:"年轻的心遭到了背叛,年轻的身体遭到了玩弄,年轻时的尊严受到了侮辱。"(122)鉴于历史是"胜利者的谎言"和"失败者的自我欺骗",作为初恋和婚姻的失败者,托尼自然会虚构一个蒙骗自己的生活故事(122)。

自我蒙骗的幻想使得托尼再次陷入道德危机。正当托尼沉浸在自己虚构的"黄昏恋"般的憧憬中时,维罗妮卡冷漠且野蛮地开车把他带到了伦敦北部的一个社区特护中心,却不让他见任何人(118)。托尼的自私和情感创伤让他再次回到之前所蒙受的"愚蠢和羞耻",认为自己对此"其实不应该觉得奇怪",因为她的鄙视从来没有停止过,只是自己被幻想一时蒙蔽了眼睛,甚至还奢望"证明她误解了我"(123-130)。由于无法理解她为何要带他去特护中心,托尼接连几周开车去特护中心经营的酒吧,直到意外地发现,有个病员即使不做 DNA 鉴定,也能确信是艾德里安的儿子。托尼感到既惊奇又恐惧:一方面,艾德里安标榜的自杀是自由个体对生命的道德责任,它和罗布森的自杀竟然一样庸俗,都是由于无法面对意外怀孕而结束自己的生命;另一方面,艾德里安儿子的不健全似乎应验了他早年的诅咒,使得整个故事带上了"哥特式"的怪诞(Hungerford 2012:151;Hua 2013:15)。这种现实不仅摧毁了托尼刚体验到的道德尊严,而且颠覆了他以往的所有记忆和认识。他发觉自己从来没有真正理解过生活,从来没有真正地体验"道德自责"的含义,而现在却最终领悟到悔恨带来的痛苦(Frierson 2003:102)。① 虽然觉得道歉无济于事,托尼仍然想说声道歉,毕竟"在恰当的时机说对不起……是最起码的道德准则。"(Taylor 2001:55)于是,托尼发电子邮件给维罗妮卡,诚恳地表达了自己对她儿子的同情,强烈地谴责自己的无耻行径,指出自己不再索要艾德里安的日记本,但却无法理解她母亲的行为。然而,维罗妮卡仍然回复说:"你仍然没有理解。你从来没有理解过,也将

---

① 人类历来擅长自我欺骗,特别是当自我欺骗能缓解道德自责带来痛苦的时候。托尼多次自以为发现了真相,而他对道德责任的认同只是他向别人证明自己"变得更好"的一种措施,他内心从来没有真正地感到痛苦过,甚至认为维罗妮卡没有真正地恨过他,这样他就无须懊悔了,顶多是一些内疚。参见:Julian Barnes, *The Sense of an Ending* (London: Vintage Books, 2012):130. 关于道德自责和欺骗的关系参见:Patrick R. Frierson, *Freedom and Anthropology in Kant's Moral Philosophy* (Cambridge: Cambridge University Press, 2003):102.

永远不会。所以,就别试了吧。"(144)

托尼既不愿放弃道德惩戒自己的机会,也不想就此放弃对真相的探索。他不仅不再嫉恨她,甚至还把在特护中心区域的闲逛视作"人生的最后目的"、"垂死前的冲动"以及"短暂羞辱史的补遗"(144)。在托尼看来,这种自我施加的惩罚,能够在一定程度上缓解他在道德上的深重罪责。一次在特护中心酒吧吃薯条时,托尼意外撞见了艾德里安的儿子。当托尼告诉他的监护人特里(Terry)说自己认识他的母亲维罗妮卡、但不知为什么他却称她为玛丽(Mary)时,特里说玛丽是他的姐姐。至此,托尼终于明白了为什么维罗妮卡称她母亲给他的遗产为"付给凶手的酬金",理解为什么艾德里安在日记复印件中写道:

5.6 因此……
$b = s - v {}_{\times}^{+} a^1$
或者 $a^2 + v + a^1 \times s = b$
……

6.0 或许,我们可以用传统叙事术语而不是等式和整数来更狭隘且精确地分摊责任。比如,如果托尼。(86-87)

毋庸置疑,b 代表艾德里安的儿子,s 代表维罗妮卡的母亲,a^1 代表艾德里安本人,a^2 代表托尼,v 代表维罗妮卡。以上等式表明艾德里安相信了托尼,在向维罗妮卡的母亲萨拉求证时,和她发生了性关系并产下一个智障儿。至此,托尼理解了自己在艾德里安道德链上的位置:如果不是托尼,或许艾德里安就不会自杀,或许维罗妮卡的父亲也不会因妻子的背叛而过度悲伤,以至于成天酗酒并早早地离开人世。于是,托尼不禁再度回忆"以前可能不知道但现在却能理解"的事情:向好友介绍维罗妮卡、艾德里安的历史观、艾德里安儿子见到他之后的恐慌、维罗妮卡母亲在厨房漫不经心地煎鸡蛋、晚上和维罗妮卡去看潮水……"还有那些我也做错了呢?"(149)如果记忆"延展了时间"中段中的某些事件,并赋予时间某种结构的话,那么探究艾德里安生命结局的意义则在于"道德责任的延伸"(85)。鉴于这种认识,托尼在听说特护中心近年财政日趋困难后,付了"往常两倍的小费",觉得"这至少可以有点用"(148)。然而,这无法改变现实,一切为时已晚:"当我们走向人生终点时,走向结局的不是生命本身,而是改变人生的任何机会"——随岁月(或记忆)的递增而不断累积的是"道德责任",除此之外就是"良心的巨大不安"(149-150)。

在《结局的意义》中,关于艾德里安生命结局的启示在记忆叙事中不断地被否定。关于他者的叙事不但促成了托尼的道德醒悟,而且也突破了托尼以及读者对结局的期待。诚如克默德所言,记忆是虚构性叙事的重要工具,它可以促成"恍然大悟的反应或突破期待的惊愕"(Kermode 2000:53)。现代社会是一个有着永久道德危机和政治危机的时代,关于结局的启示是一个关于危机的神话,人们不断地修改关于结局的推测,以便"在新知识体系、技术与社会变革等因素的影响下制造出一种与早期预言性启示保持松散关系的末日感"(Kermode 2000:27-28)。可以看出,技术变革在人们对结局启示的探索中扮演着重要的角色。在小说《结局的意义》中,记忆叙事不但受到了叙述者道德立场的影响,而且也受到了科学技术特别是现代网络通信技术的影响。比如,上文所提到的电子邮件,它成为托尼在晚年重新探索艾德里安的生命结局的意义的重要媒介:一方面,它方便了托尼联系维罗妮卡以得到艾德里安的日记本;另一方面,它也便于托尼反思自己在平庸生活中的道德立场。尽管在网络技术的协调下,他最后认识到结局的意义,并承认对艾德里安的自杀以及维罗妮卡的家庭变故等事件负有不可推卸的道德责任,但托尼却忽略了现代媒体技术使用过程中的道德。为索要艾德里安的日记,托尼未经维罗妮卡的许可而获取了她的电子邮箱的地址,并且隔天发一封邮件,根本没有发觉自己"骚扰"并侵犯他人的隐私。虽然托尼意识到电子邮件由于即写即发送,无法像传统邮件那样在邮寄之前可以撤回其中不成熟的想法,但他仍将电子邮件作为宣泄个人情感的工具,并对艾德里安的死因做出种种草率的判断。如 40 多年前写给艾德里安的信件一样,这种电子邮件一次次地羞辱了维罗妮卡。当无法用谷歌地图搜索到多年前维罗妮卡父亲告诉他的一个教堂时,托尼觉得也许维罗妮卡的父亲说谎了,进而推翻他得到维罗妮卡的哥哥电子邮件帮助后而对她父亲做出的道德判断。① 托尼对现代科技干预下的道德问题的忽视表明他并没有像他所声称那样真正理解艾德里安的生命结局的启示,所以关于结局意义的推测不应该就此终止。换言之,关于结局启示的范式应当不断地被突破。或许鉴于此种原因,小说《结局的意义》始于结局的记忆,又结束于结局记忆的开始。借用托马斯·曼(Thomas Man)的话来说,"开头中存在中间和结尾,过去闯入现在,现在受到对于未来关心的侵入,结局中包含开始。"(转引自 Kermode 2000:71)

通过本章讨论,我们发现托尼的记忆在很大程度上影响了他对过去事件意义的理解。随着年龄的递增,记忆会"重叠",会"衰退",会变成"碎片和补丁",就如"飞机上的黑匣子,如果不是发生灾难,就会一直自我抹除"(104)。在他看来,如果说官方历史是"记忆不完美和文献史料不充分的情况下所建构的确然性",那么"个人在时间中的存在只能通过个人和记忆的关系来衡量"(17,122)。如果就此认为托尼的记忆——无论是自发的记忆(或遗忘),还是受外界事件刺激而产生的记忆(或遗忘)——是阻止托尼准确理解艾德里安生命结局启示的唯一因素的话,我们就可能无法看到他的叙述活动在整个小说中的地位和作用了。衰老确实如皮克拉斯指出的那样会影响托尼的记忆能力,进而影响他对生命中难以理解事物的理解(Piqueras 2014:87 – 95)。但是,我们既不能忘记托尼作为"我的书"的作家身份,也不能忘记托尼在叙述自我和他者之间关系的故事时的动因和目的。由于"理论的、自我指涉的、感伤的自传只是手淫",托尼更关注"探讨通过行为和内省来展现心理、情感和社会真理的真正文学"(15)。既然如此,托尼的自述不可能构成传统意义上的自传。相反,它类似《福楼拜的鹦鹉》中布瑞斯维特借助福楼拜的传记而构建的自我故事。由于年轻时的道德自我太让自己惊骇,由于初恋造成的情感创伤严重损伤了自己的尊严和人格,托尼只能借助追忆好友艾德里安"简单清晰的一生"来建构自我故事,即通过他者的故事这一中介来认

---

① 当初得知维罗妮卡截留了艾德里安的日记后,托尼想自己联系维罗妮卡,律师却拒绝提供她的通讯方式,但经过协调提供了维罗妮卡哥哥的电子邮箱。原以为杰克会不回复自己的电子邮件,托尼发现他不但友善地回复自己的邮件而且提供了维罗妮卡的电子邮箱。这时,托尼觉得多年前维罗妮卡哥哥和父亲给他的羞辱只是自己"阶级自卑感"下的多疑。参见:Julian Barnes, *The Sense of an Ending* (London: Vintage Books, 2012):73.

识自我并发展自我身份(104)。

在小说中,托尼的自我故事以及好友艾德里安的故事更多地通过他们与维罗妮卡之间的关系而展现出来。鉴此,托尼主要通过展现自我眼中的维罗妮卡来透视自己所处的道德危机,进而叙事建构他的自我身份。他的记忆或遗忘虽然受到年龄或情感创伤的影响,但是这更多的是他在叙说自我故事的过程中情节配置的结果。遗忘是"选择性记忆"或"记忆受阻"的结果,它是能带来"原谅"和"和解"的伦理行为(Ricoeur 2004:412;Askin 2009:4)。如利科指出的那样,"遗忘的功能最能体现在情节构造、阐释个体或集体身份的叙事中。"(Ricoeur 1999:9)通过有目的地遗忘自身的道德恶行,托尼期望能够建构一个具有道德正义感的自我身份,以便获得读者或自己的认可或谅解。为了主张自己对艾德里安日记的权利,弄清为何前女友母亲会赠予他一笔遗产,托尼踏上了叙事重新认识自我的征途,而这也恰是他在平庸生活中的爱好。

通过对生活故事的追寻和叙说,托尼不仅重新经历了自己的情感创伤和道德危机,而且还反思了造成这种生存困境的根源,即他的平庸生活观。主动声索艾德里安的日记则意味着打破他原先平淡、与世无争和消极被动的生活,"不希望生活太多地烦扰他"(100)。尽管他一再地被维罗妮卡斥责为"从来没理解过"生活,并因此感到自己的人格尊严一再地被羞辱,托尼在这种交往中学会了如何关切他人的情感需求,进而有可能突破自己的道德困境,并逐渐走出以自我为中心的平庸的生活。叙说这种生活故事不仅成为托尼在向死而生的、晚年存在中的"某种目的",而且还成为他在道德向善中的一种生活方式(145)。在故事的"温热火焰彻底灼毁生命灯芯的同时",故事叙说者"遇见了正义的自己"(Benjamin 2006:378)。与《伦敦郊区》和《亚瑟和乔治》中的主人公一样,托尼通过发挥叙事的中介作用发展了自我身份,认知并克服了他在日常生活中所经历的危机。

《结局的意义》在叙事建构小说人物作为"书"的作者这一自我身份的同时,也建构了巴恩斯作为作家的自我身份。从1980年的处女作《伦敦郊区》的发表到2008年妻子去世时,巴恩斯平均每年或每隔一年就发表一部作品。①在妻子卡瓦纳去世后,巴恩斯一度停止了创作。直到 2011 年,巴恩斯的创作实践才回归以往的规律。自 2011 年发表《结局的意义》以来,他在 2012 年、2013 年和 2015 年又分别发表了《透过窗外》、《生命的层级》和《艺术杂论》(Keeping an Eye Open: Essays on Art)这三部作品。因此,小说《结局的意义》不仅重新确立了巴恩斯作为小说家的地位,而且再次阐明了巴恩斯对虚构作品所持有的信念,即巴恩斯对虚构作品在化解个体生存危机和建构身份方面所起的中介作用的信念。

除了重新确立巴恩斯的作家身份,《结局的意义》还叙事理解了巴恩斯已有的生活。从创作层面来看,该部小说延续并发展了巴恩斯在先前小说中所提出的观点。正如王一平指出的那样,《结局的意义》中的托尼和《福楼拜的鹦鹉》中布瑞斯维特都由《伦敦郊区》中的克里斯发展而来,他们都体现了克里斯在年老时可能具有的形象(王一平 2015:92—96)。实际上,托尼和布瑞斯维特一样,都处于克里斯所期待的人生最完美的年龄,他们在退休后都试图通过写作一部关于已经死去的他者的"书",借此来认知自己的生活,并实现自己的艺术理想。因此,《结局的意义》复现了巴恩斯已有的创作生活。不仅如此,《结局的意义》也部分地展现了巴恩斯已有的现实生活。托尼在伦敦郊区的中学生活、大学毕业后的留学生活、留学归来后的文化工作都在不同的程度上复制了克里斯的生活,而克里斯的成长经历却源自巴恩斯自己的真实生活。因此,《结局的意义》和《伦敦郊区》一样,都体现出一定的自传特征,它们在构建小说人物的生活的同时,也都叙事理解了巴恩斯已有的生活。

此外,《结局的意义》还预示了巴恩斯的可能生活。托尼对死亡意义的探讨以及他对向死而生的退休生活的认识,都体现了巴

---

① 这里的作品既包括小说,也包括短篇小说集、评论集、回忆录、随笔等以"书"的形式出现的作品。这里所提的发表周期也有两个例外,它们分别是《一部由 10 1/2 章构成的世界史》和《亚瑟和乔治》这两部小说,它们的发表时间与前一部作品的发表时间都相隔了 3 年。造成这种情况的可能原因在于,巴恩斯在写作这两部小说的过程中为了收集素材而就所写的主题而进行了耗时且详尽地调查。这两部作品中的部分历史细节甚至可以和真实的历史相媲美。正如亚瑟·柯南道尔的传记作家 Andrew Lycett 所指出的那样,巴恩斯的小说是"多么贴近柯南道尔的生活"。参见: Andrew Lycett, "Seeing and Knowing with the Eyes of Faith", Sebastian Groes and Peter Childs (eds.), *Julian Barnes* (London and New York: Continuum International Publish Group, 2011): 130.

恩斯的生活态度。通过叙事追忆自己在艾德里安死亡中可能承担的道德责任，托尼不仅暗示死亡是一种道德空间，而且还说明叙事之于道德空间中的生存的作用。在回忆录《生命的层级》中，巴恩斯探讨了他在妻子去世后所经历的各种悲痛。通过重拾"私密的语言"，巴恩斯每天都与"内化了"的妻子进行"交谈"，告诉她"自己正在做什么"，并"想象妻子的回答"，进而把悲痛变成一种"道德空间"（Barnes 2013：102；Ricoeur 2004：38）。由于妻子在这种"交谈"中无法对"新发生的事件"给出他所期待的"回应"（Barnes 2013：103），巴恩斯只能转向虚构叙事，通过"向死而生存在中的想象，赋予死亡这种或那种形态，缓解未知和虚无给人带来的刺痛"（Ricoeur 1992：160-162），进而展现"我在我所关切的人死后，内化了那些陪伴我的人的眼中我是濒临死亡的人的预想"（Ricoeur 2009：13）。巴恩斯指出，"作家相信自己所建构的范式，认为创作增加了思想、故事和真理，不管悲恸与否，这是作家救赎自我的方法。"（Barnes 2013：85）正是出于这个缘故，巴恩斯在经过一段时间的悲痛和迷茫后，重新踏上了创作之路，通过想象自己以及虚构人物在"道德空间"中的可能生活，来"救赎自我"。从这个意义上来说，《结局的意义》不仅预示了巴恩斯自己的可能生活，而且还预示了他笔下人物的可能生活。[①] 借助他所擅长的思想实验，巴恩斯在建构自己作家身份的同时，也为生存困境中的人们设想了发展自我身份和克服生活问题的种种方法。

[①] 学界认为，《生命的层级》是一部回忆录，但实际上它是一部半虚构、半真实的作品。在该部作品中，巴恩斯关于历史人物 Félix Tournachon 的叙述虽然以历史事实为基础，但它不乏虚构的成分。Fred Burnaby 和 Sarah Bernhardt 之间的爱情叙事完全是虚构的产物。该作品第三部分的叙事则体现了回忆录的特征，它完全围绕巴恩斯在妻子去世后所经历的痛苦以及他如何在痛苦重新走上创作之路而展开。基于这种特征，我们不能把这部作品简单地称为回忆录。

结　论

　　巴恩斯的小说非常关注日常生活中的个人危机,探讨现代个体如何在生存困境中发展自我身份和认知生活。通过研究,本书作者发现巴恩斯的每部小说虽然都代表了一个新的起点,但它们却都探讨了一个共同的主题,即叙事艺术在建构自我身份、认知生活、克服生存困境等方面所起的中介作用。对于《伦敦郊区》中的克里斯而言,他的自白式叙事探讨并释解了他在平庸生活中所经历的婚姻危机和生存焦虑。对于《亚瑟和乔治》中的两个主人公而言,他们各自的叙事都探讨并化解了社会过渡期的信仰危机。对于《结局的意义》中的托尼而言,他的记忆叙事探讨并缓解了他在退休后所经历的道德危机。贯穿巴恩斯各部小说中的共同主题皆源自巴恩斯在生存危机中所进行的思想实验,即他试图通过文学想象来缓解生活实际问题所带来的恐慌和痛苦。

　　巴恩斯所关注的第一个重要的生活问题就是死亡。死亡问题侵扰了《伦敦郊区》中的克里斯、《福楼拜的鹦鹉》中的布瑞斯维特、《亚瑟与乔治》中的两个主人公、《结局的意义》中的托尼以及《生命的层级》中的第一人称叙述者。死亡问题当然也影响了巴恩斯其他小说中的主人公,比如《凝视太阳》中的格雷戈里和《英格兰,英格兰》中的玛莎。各主人公所经历的生存危机从某种意义上来说都是由死亡的恐惧或死亡给人带来的不安和痛苦所造成的。在巴恩斯看来,探讨死亡和衰老是作家义不容辞的责任,因为探讨死亡就是探讨生活。由于衰老意味着向死亡更接近一步,巴恩斯在想象死亡的同时也想象了衰老所带来的种种问题。因此,对衰老的忧惧也贯穿了巴恩斯的所有小说。借助文学创作中的思想实验,巴恩斯设想了一个他能够施展自己力量的可能世界,在文学和向死而生的存在之间确立一种有效的交流。正是鉴于文学与向死而生的存在之间的"有效交流",巴恩斯在妻子死后的悲痛中才惊奇地发现与其说《福楼拜的鹦鹉》精确想象了虚构人物在亡妻后的悲痛,不如说它预测了自己在妻子去世后的可能生活。在通过生产性想象来推测生命结局的过程中,巴恩斯不仅理解了生命的意义,而且设想了他自己的可能生活,并从他自己的虚构作品中看到了自己的存在。

巴恩斯在强调文学作品能够带给死亡恐惧中的人们某种安慰作用的同时,也表达了他对传统宗教信仰的疑虑。传统宗教在巴恩斯看来已丧失存在的依据,对宗教信仰的质疑和焦虑也贯穿了从《伦敦郊区》到《结局的意义》的所有小说。《亚瑟和乔治》全面披露了西方现代化进程中人们所经历的宗教信仰危机。造成巴恩斯这种焦虑的原因在于:在上帝未死之前,人们可借助宗教来克服对死亡的恐惧,而上帝的死亡则剥夺了人们联系亡者的任何渠道。上帝的死亡所造成的直接后果就是巴恩斯在妻子去世后痛苦万分且无所适从。不难看出,巴恩斯怀念关于上帝的虚构,认为艺术和宗教历来交织在一起,强调上帝死后的艺术创作不仅能替代宗教,而且能带来某种安慰。艺术创作反映了人们在探求生命的意义方面所做的努力。借助小说人物克里斯之口,巴恩斯表明文学艺术能赋予我们一定意义的永恒,因为我们的子孙会一直阅读我们的作品,直至星球毁灭。在巴恩斯看来,文学想象能有效地克服信仰危机带来的不安和恐慌。

爱情和婚姻是巴恩斯关注的第二个重要问题。虽然《伦敦郊区》中的克里斯在结婚生子后不再惧怕死亡,但妻子的背叛却使他陷入新的痛苦和焦虑。在焦虑中,他开始反思自己平庸的生活。对爱情的焦虑或婚姻中的背叛所带来的痛苦也在不同程度上造成或加剧了《福楼拜的鹦鹉》、《亚瑟和乔治》、《结局的意义》等小说中各主人公所经历的生存危机。情感和婚姻方面的焦虑也极大地影响了巴恩斯的《她遇我前》、《谈话》、《爱及其他》等其他小说中人物的日常生活。通过想象虚构的人物如何借助叙事来理解婚姻和爱情所造成的生存危机并发展自我身份,巴恩斯也试图表明他是如何通过文学创作来应对他自己在日常生活中所经历的情感和婚姻问题。当巴恩斯说《福楼拜的鹦鹉》准确预测了他自己在妻子去世后所经历的痛苦,他同时也暗示他像布瑞斯维特一样,曾经因妻子的出轨而经历过深重的痛苦。在这种痛苦中,巴恩斯不仅借助文学想象来重构自己的存在范式和作家身份,而且通过叙事理解给他"背叛感"的传统情节结构"配偶的死亡是另一半的解脱",表明亡妻后的悲痛是一种道德空间。显然,巴恩斯试图通过文学想象来表明一种道德立场。在替小说人物做出合乎他们道德身份的决策的过程中,巴恩斯表达了他自己的生活主张。

本书作者认为,巴恩斯的小说所表达的生活主张就是以日常生活价值为指导的生活主张,强调通过自我探索和自我发现来追求自我表达和自我实现。通过创作在生存危机中发展自我身份和认知生活的小说,巴恩斯不仅帮助现代人类寻求摆脱生存困境、走出自我的迷失和理解生活的意义的方式,而且为小时代的人们提供了一种生活理想。

巴恩斯小说中的主人公在发展自我身份时无不关注他者在建构自我故事中的作用。在面对他者给自己造成的伤害或自己给他者造成的伤害的过程中,这些主人公都表现出一定的宽厚和仁慈或一定的懊悔与自责。在实现以自我表达为生活理想的过程中,这些主人公无不关注工作、家庭、爱情、婚姻等体现日常生活价值的善。虽然《伦敦郊区》中的克里斯和《结局的意义》中的托尼都在生存危机中对各自的平庸生活做出一定的反思,这并非表明他们与自满平庸的日常生活彻底决绝。相反,他们在做出具有道德良知的自我反思后,不仅更加拥抱这种生活,而且还原谅了给各自带来伤害的他者。无论是原谅他人还是恳请他人的原谅,这都意味着与过去达成了和解,暗示着遗忘,而遗忘则是重构自我与他者之间关系的第一步。同理,《亚瑟与乔治》中的柯南道尔和《结局的意义》中的托尼在追求体现日常生活价值的理想时,对各自的恶行都深表忏悔,并都试图通过成为一个道德上更好的人来获取他们生活中的重要他者(当然也包括我们读者)的谅解。

不难看出,巴恩斯所表达的生活主张在一定程度上突破了泰勒在《本真性伦理》中所探讨的现代社会的三个隐忧(Taylor 2003:1-12)。在与他者分享强调自我和他者互为依存、互为关切的生活故事的过程中,巴恩斯的小说突破了自我专注的个人主义。在强调铁路、电话、网络通信等现代科技使用过程中的道德问题时,巴恩斯的小说突破了威胁人性和生活的工具理性。在关切他者并原谅他者给自己造成的伤害的过程中,巴恩斯的小说突破了缺乏人情的政治自由。

从叙事中介的角度探讨巴恩斯的危机叙事在建构自我身份、

认知生活等方面所起的作用可以揭示巴恩斯小说创作的特点,拓宽巴恩斯研究的视域,为巴恩斯研究做出贡献;同时,从危机叙事理论、叙事身份理论和现代身份理论的视角来探讨巴恩斯小说在建构自我身份方面所起的中介作用,可以拓展叙事中介理论。另一方面,探讨日常生活危机中的叙事在发展自我身份、认知生活等方面的中介作用,对于帮助现代个体走出自我迷失的困境将有着重要的指导意义。现代社会的生活变得日益平庸化和狭隘化,现代文明陷入了"相对主义、享乐主义和自恋主义"歧途(Taylor 2003:16)。如果能够像巴恩斯小说所设想的那样,陷入歧途的个体能以日常生活价值为指导,在自我探索和自我发现的过程中同时强调自我与他者之间的对话关系,他必然会发展一种本真性的自我身份,并实现"小时代"的生活理想。因此,从叙事中介的角度来探讨巴恩斯的危机叙事,既有助于学界在探索现代身份的发展模式时有所洞见,又可以丰富巴恩斯研究的成果。

本研究存在三个方面的局限。首先,由于时间限制,本书没有探讨巴恩斯的《她遇我前》、《谈话》、《爱及其他》等其他小说中可能存在的、借助危机中的叙事来发展自我身份的现象。另外,本书虽在讨论中多次提及了巴恩斯在小说《福楼拜的鹦鹉》和回忆录《生命的层级》中所探讨的生存危机,由于时间和篇幅方面的限制,没有细致深入地剖析这两部作品中的危机叙事及其中介作用。其次,在分析叙事之于发展自我身份的中介作用时,本书没有考虑叙事形式层面的作用。再次,在探讨技术理性如何影响小说人物的道德立场时,本书没有深入剖析工具理性如何制约现代主体的人性、如何影响现代主体的日常生活和价值主张。这些不足之处将是本书作者在今后研究中的方向和重点。

英文概述

Self and Other in Crisis of Existence: A Study of Julian Barnes's Novels

1. Introduction to Julian Barnes and His Works

Julian Barnes is one of the most renowned novelists and literary critics in Britain. He was born in Leicester on 19 January 1946 but he grew up in a suburban area to the northwest of London, which became the locale where Chris and Tony, the two protagonists in his first novel *Metroland* and latest novel *The Sense of an Ending* (2011), also grew up. With his daring experiments, profound sense of history, humanistic concern and idiosyncratic love for French culture, Barnes has become a figure that represents the development and achievement of contemporary British novels.[①] It would be no exaggeration to rank him, together with Ian McEwan and Martin Amis, as one of the giants in contemporary British literature (Alberge 2010: 25). In 2011, Julian Barnes's eleventh novel *The Sense of an Ending* won him the Man Booker Prize, which marks the highest achievement in novels written in English. In addition, Barnes has also won many other prizes. His first novel *Metroland* won the Somerset Maugham Award shortly after its publication. Before he was awarded the Man Booker Prize in 2011, his novels had been shortlisted three times for this prize. Barnes is also the winner of E. M. Foster Award (1986), Prix Femina Etranger (1992), Shakespeare Prize (1993), Austrian State Prize for European Literature (2004), David Cohen Prize for Literature (2011), Costa Book Awards (2011), Europese Liteeratuurprijs (2012),

---

[①] Sebastian Gores and Peter Childs believe that Barnes' *Flaubert's Parrot*, *A History of the World in 10 1/2 Chapters* and *England, England* constitute major classics of contemporary British novels. See Sebastian Gores and Peter Childs, *Julian Barnes: Contemporary Critical Perspectives* (London: Continuum, 2011): 1.

all of which, in honoring his literary talents and achievements, have established in the mean time his place in British and world literature.

Barnes's novels explore in chameleonic forms with witty language the problems confronting individuals caught in moments of crisis in their daily existence. They offer some philosophical insights into every aspect of ordinary life ranging from death, love, marriage, religious faith to moral beliefs. The problems that Julian Barnes cares to discuss in his novels reveal in different ways his focus of attention in both his life and his writing. It can be said with safety that his novels take their origin from his life experience and reflect the practical problems that he has encountered in his daily life. Therefore, Barnes's novels are to some extent biographical in nature. In addition to the crises of existence in which individuals are caught in their daily life, Barnes's novels also explore how individuals, through narrative mediation, construct their self-identity and make sense of their lives. In dealing with the problems of ordinary life, Barnes's fiction examines the mediatory role played by narrative art.

Barnes's life experience is an important source for his creation. His first novel *Metroland* (1980) demonstrates strong features of autobiography and it explains how Julian Barnes constructed his identity as a writer through the construction of a novel which drew on his experience from school years to professional development and marriage after graduation from university. Like the author Julian Barnes, the protagonist Chris also receives his secondary education from the City of London School, chooses also literature as his major at University, starts as Barnes did his first work of being a teacher and transfers later to the same profession of editor, and lives in the same suburban area of London as Barnes did after marriage. In addition to the overlappings in their life experiences, they suffer the same anxiety over existence. Like Barnes, Chris expresses the same kind of fear toward death, betrayal and infidelity in love and marriage, loss of faith and moral degeneration. For Chris, as for Barnes, 65 is a perfect age in one's life because people by then will no longer be afraid of death.[①] When

---

[①] Julian Barnes, *Nothing to Be Frightened Of* (New York: Alfred A. Knopf, 2008), p. 156; 另参见:Julian Barnes, *Metroland* (London: Vantage Books, 2009): 115.

confronted with the same anxiety in their life, both of them attempt to construct their identity through the telling of their life stories. The story told by the first-person narrator in *Metroland*, when establishing Barnes's status as a novelist, helps Chris in the mean time realize his ambition to be an artist in residence. This novel suggests not only the "semi-autobiographical" features of Barnes later novels (Holland 1981: 16), but also suggests how he would be obsessed with death, betrayal and infidelity in love and marriage, moral crisis, etc., which are real problems in ordinary life that would put Barnes into anxieties over existential crisis.

Barnes's semi-autobiographical novels not only come from the life he knew, but also foretell the possible life he is going to lead. In his second novel *Before She Met Me* (1982), the protagonist Graham shows as Barnes once did some anxieties over his marriage and emotional life. Besides, in this novel the heroine Ann, quite like Julian Barnes's wife Patricia Kavanagh, is also an insignificant actress before getting married. Because of his fear of being betrayed in marriage, Graham not only imagines how his wife Ann had been sleeping with male actors when she was still an actress, but also predicts by reading novels written by Jack how she continues even after their marriage her adulterate relationship with Jack, who is his friend and in whose home he first met her. When he finds what he has guessed about his wife and Jack is true, Graham kills Jack before committing suicide. It is very ironic that the plot Julian Barnes has invented in this novel should become within three years a reality in his own life in 1985, when his wife left him for a while with the novelist Jeanette Winterson. It is in this sense that Barnes has imagined for himself a possible life in *Before She Met Me*.

Fiction is a medium through which Julian Barnes explores his possible life. If what *Before She Met Me* has predicted is the possible life that Barnes would lead in his marriage and emotional life, then, what *Flaubert's Parrot* (1984), his third novel, has predicted is about the possible life he would lead after the death of his wife. It so happens that Braithwaite, the protagonist, is at the perfect age that Barnes has expected, shows the same love as Barnes does for French culture, and demonstrates the same fear as Barnes once did for death. Like Chris in

Metroland, Braithwaite forgives his wife even after he finds out that he has been cuckolded for more than once. When his wife is dead, he attempts to pursue his life story by pursuing that of the deceased French writer Flaubert, with an aim to reconstruct his identity and realize his dream of becoming a writer of some kind. Therefore, *Flaubert's Parrot* also exhibits some features of autobiography. What's more, Barnes points out later in 2013 in his memoir *Levels of Life* (2013) that *Flaubert's Parrot*, rather being a sad story about the fictional widower, predicts with great exactitude his grief over the death of his wife.

The possible life Julian Barnes takes pain to explore in his novels is the ordinary life that one would lead when caught in a crisis of existence. Therefore, Barnes draws on from his life experience the events that are likely to bring about crises of or anxieties over existence. For example, the incident of his wife's adultery constitutes not only a major episode in his fourth novel *Staring at the Sun* (1986), but also the subject matter both of his sixth novel *Talking It Over* (1991) and its sequel *Love, etc* (2000). ① Further, Barnes draws the source of narrative dynamics in *The Sense of an Ending* either from his crisis of identity when inflicted by the grief over the loss of his wife, or just takes it as the subject matter of *Levels of Life*. In addition to the trivial ordinary life, Barnes focuses sometimes his attention on the grand historical narratives relevant to his own life. For example, the nuclear crisis in his fifth novel *A History of the World in* 10 1/2 *Chapter* (1989), the political crisis in Eastern Europe since 1989 in his seventh novel *Porcupine* (1992), the crisis of national identity in his eighth novel *England, England* (1998). In a word, the semi-autobiographical novels written by Julian Barnes are at the same time narratives of crisis.

For Julian Barnes, writing novels is a way to seek answers to the question of how to reconstruct our identity in crisis of existence. His novel *The Sense of an Ending* continues the subject matter he explored in *Metroland* and it can be regarded as its sequel which demonstrates also strong features of autobiography. Like Chris, the protagonist Tony in this Man Booker Prize-

---

① Like Barnes's wife, the heroine in *Staring at the Sun* also experiences a brief period of homosexual relationship in marriage.

winning novel also lives in a suburban area to the northwest of London, harbors the same love for French culture, expresses the same fear toward death, picks up after graduation a work which is also related to arts, and most importantly, is also betrayed by his wife. The difference between these two novels lies in the fact that while *Metroland* examines Chris's anxiety over existence in his transition from adolescence to adulthood, whereas *The Sense of an Ending* discusses Tony's crisis of existence at the perfect age of his life, i. e., the moral crisis experienced by Tony after his retirement. When writing *The Sense of an Ending*, Julian Barnes tried as Tony did to reconstruct his identity after retirement through memory-narrative. For Tony, his life story told by himself enables him to achieve a new understanding of himself, and realize in the meantime his ambition to be a writer. Through the construction of such a story in this novel, which is the first one after the death of his wife, Barnes is able to re-establish his identity as a novelist. In *Levels of Life*, Barnes discusses directly how he returned to his oeuvre as a novelist in his grief over the loss of his wife. In recovering his status as a writer, Barnes managed to overcome his crisis of identity, in which he was cast when his wife died of cancer in 2008.

Barnes also tries to restore in his novels people's faith in imaginative literature. When he was discussing what kind of life he was going to have in his first novel, he also predicted, to a different degree, the life of his protagonists in other novels. Like Chris, the protagonists Braithwaite in *Flaubert's Parrot* is also afraid of death, and he forgives his wife after he finds out that he has been betrayed several times in his marriage. Literature becomes for these two protagonists not only their alternative faith after the death of God, but also their life pursuit which bespeaks their dreams. Through the telling of their life as stories, these protagonists discuss the origins of their crises of existence and (re)construct their self-identity. In his tenth novel *Arthur & George* (2005), Arthur Conan Doyle, the historical figure now turned into a protagonist, regards imaginative literature as an alternative to religious faith. With the help of detective writing and detective practices that epitomize deductive logic and rationality, Arthur overcomes not only the crisis of religious faith brought about by scientific progresses in the 19th century, but also the moral dilemma he was caught in because of his affair with Jean, who would later become his second wife, while his first wife Louise is still suffering from the pains of tuberculosis. Further, his detective writing and detective practices also enable him to realize his grand object and ambition of life. Therefore, Julian Barnes lays strong emphasis from the inception of his writing career on the necessity of constructing our self-identity and making sense of life by means of imaginative literature, in spite of the fact that there is a growing suspicion in contemporary society of the usefulness of imaginative literature.

Julian Barnes emphasizes via fictional plots the function of fictive narrative in confronting the crisis of existence in ordinary life. In addition, Barnes also addresses directly from his novels the function of arts in general and imaginative literature in particular by means of experiments with metafiction featuring postmodern self-reflexivity, which brings forth his authorial presence in his novels. His novel *Flaubert's Parrot* breaks the limits of conventional novels to present Flaubert's life and writing in the form of literary criticism. As all the details conveyed in this novel are the real findings that Barnes has made when investigating into the actual history about the life and writing of Flaubert, the fictional protagonist pursuing Flaubert's life story is just Barnes himself, and all the views expressed by this protagonist also belong to the writer himself.① Claiming that a piece of art outweighs a railway, Barnes points out, with the help of the fictional protagonist who shares the same interest and anxiety over existence, that scientific progress without moral progress is totally

---

① When visiting Flaubert's old home in Rouen, Barnes found as many as fifty parrots professed by the curators of the museums where these parrots are kept, to be the original parrot that Flaubert had borrowed when writing his story "A Simple Heart". Barnes published a critical essay entitled "Flaubert and Rouen" a week later on August 18, 1983. Several days later within the same week, Barnes published a short story with the title of "Flaubert's Parrot" that bases itself on the same findings. Based on these two pieces of writings, Barnes published his novel *Flaubert's Parrot*. With the help of the fictive protagonist Braithwaite, Barnes is able to discuss in more details about how he has found these great number of parrots, so as to explain the great difficulty in making a thorough and reliable understanding of historical truth. In addition to "Flaubert and Rouen", Barnes also published his findings in his collection of essays such as *Something to Declare* (2002) and *Through the Window: Seventeen Essays and a Short Story* (2012). See Patrick McGrath, "Julian Barnes" in *Conversations with Julian Barnes*, Vanessa Guignery and Ryan Roberts (eds.) (Jackson: University Press of Mississippi, 2009): 11 – 19.

unacceptable. *A History of the World in* 10 1/2 *Chapters*, on the other hand, hybrids fables, legal documents, essays and some other genres of writings. In the half chapter "Parenthesis", the first-person narrator, who claims himself to be the writer Julian Barnes, stresses that narratives that fuse fiction and love can work as an important alternative to religious faith. In his memoir *Levels of Life*, Barnes highlights further the significance of imaginative literature by saying that it not only adds to our knowledge but is also a means of self-redemption. It is clear that writing serves Barnes as a way to discuss the function of imaginative arts in daily life.

Rather than laying his emphasis on the grand official history and public truth, Julian Barnes focuses his attention on individual history and private truth when discussing via novel writing how to develop self-identity and make sense of life when we are caught in a crisis of existence. Though the titles of *A History of the World in* 10 1/2 *Chapters* and *England, England* echo the grandeur of official history, these two novels subvert the monolithic truth promoted by official history and accentuate the voices of the groups marginalized by official history. For example, the story told by the woodworm in *A History of the World in* 10 1/2 *Chapters* deconstructs the authority of Bible which is held to be the origin of Western civilization, whereas *England, England* expounds from the perspective of a female character on the crisis of national identity experienced by individuals in their life. Just as Boyd Tonkin has noted, Barnes's fiction that discusses existential crisis in everyday life "denotes minor, private apocalypse".[①] It is certain that Julian Barnes is one of the most important novelists leading the literary scene in Britain since 1980s. His writings have infused new energy into the genre of fiction and offered a way of self-redemption to individuals who are caught in postmodern dilemma of existence.

2. The Critical Reception of Barnes's Novels

The critical reception of Julian Barnes's novels came a little later than the favorable comments and love shown for them by ordinary readers.

---

① Boyd Tonkin, "*The Sense of an Ending*, by Julian Barnes", *The Independent*, Friday 5 August 2011.

Shortly after its publication, his first novel *Metroland* won both the Maugham Prize for Literature and wide acclaim from among the mass reading public. However, these events had gone almost unnoticed by critics, with only several book reviews scattered in newspapers and magazines such as *The Sunday Times*, *New Statesman* and *TLS* (*The Times Literary Supplement*) discussing Barnes's successes and failures as a new writer. It is the same with his second novel *Before She Met Me*, which again failed to draw sufficient attention within the academic circle.① In spite of the fact that Barnes's *Flaubert's Parrot* was shortlisted for the Man Booker Prize in 1984 shortly after its publication, it failed again to obtain wide critical recognition because of "the difficulty in defining the genre" of this work (Holmes 2009: 146). Although Frank Kermode (1919 – 2010), the most renowned theoretician and literary critic in Britain, had noticed the fact that "*Flaubert's Parrot* is a very unusual novel", and his review, after a brief summary of the main plot, failed to make a thorough analysis of the novel (Kermode 1985: 16). It is with the publication of Linda Hutcheon's theoretical monograph *A Poetics of Postmodernism: History, Theory, Fiction* (1988), in which Hutcheon discusses briefly the postmodern features of *Flaubert's Parrot*, that the name of Julian Barnes made its official appearance in the filed of literary criticism. It is not until 1990 when James B. Scott published his critical essay of "Parrot as Paradigms: Infinite Deferral of Meaning in *Flaubert's Parrot*" that Barnes's novels became a real subject worthy of serious critical discussion. From then on, Barnes's novels began to receive growing critical attentions far and wide across the world.

2.1 Critical Studies of Julian Barnes outside China

Barnes studies outside China can be analyzed by consulting the search result of several frequently used databases such as WorldCat, PQDD, MUSE, JSTOR, EBSCO, SAGE, Wiley-Blackwell, Taylor & Francis. By the end of 2014, a search of the afore-mentioned database will turn out 5 monographs, 3 collections of essays, 3 doctoral dissertations, 10 M. A.

---

① Paul Bailey, "Settling for Suburbia", *Times Literary Supplement*, 28 March 1980; Bernard Levin, "Metroland: Thanks for the Memories", *Sunday Times*, 6 April 1980; Edward Blishen, "Growing Up", *Times Educational Supplement*, 2 May 1980.

theses, 80 periodical essays.① Graph (1) records the change in various forms of documents over the past thirty years, while Graph (2) records the change in the sum total of various form of documents (including the number of essays in three collections) over the past thirty years. Judging from Graph (2), we can see that over the past thirty years there are four peaks in 2001, 2005, 2009 and 2011 respectively. The peak of 2009 appeared because of the publication of the conference papers delivered at the international conference on Julian Barnes held at Liverpool Hope University in 2008.② Whereas, the other three peaks appeared just in the same year or several years later when one of Barnes's newly-published novels was shortlisted for the Man Booker Prize. Of the 93 papers (including the doctoral dissertations and M. A. theses), 56 of them are related to the novels that have been shortlisted for the Man Booker Prize. These two situations explain that major awards are an important factor influencing the critical reception of Barnes's works. According to the tendency of change in the sum total of various forms of research documents, we can divide Barnes studies outside of China over the past thirty years roughly into three phases of development: the inception phase (1981 – 1990), the development phase (1991 – 2000) and the phase of preliminary prosperity (2001 –).

---

① When reviewing Barnes studies outside of China, I take into account various forms of documents published only in English. Because most book reviews are not collected in the databases, I am unable to collect all of those book reviews.

② This conference was held just once in and there is no information on other formal conference or symposium on Barnes studies available online or accessible in most frequently used databases.

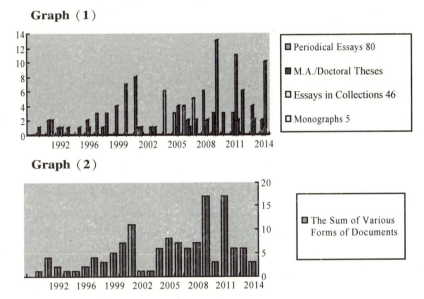

Graph (1)

Graph (2)

The first phase comprises mainly efforts in exploring the writing skills and thematic concerns of Julian Barnes as a new writer. Though famous scholars such as Frank Kermode and famous novelists such as John Updike tried their best to promote Barnes's early novels with sketchy reviews in magazines and newspapers, critical responses from the academic circle are scarce and few. In *A Poetics of Postmodernism: History, Theory, Fiction*, Hutcheon classified *Flaubert's Parrot* as a work belonging to the category of postmodern metafiction that challenges "the concept of the artists as unique and original source of final and authoritative meaning" (77). Though Hutcheon's remark is very brief and succinct, she has left an indelible imprint on later reception and criticism of Barnes's novels, with her theories on postmodern metafiction and historiography serving as theoretical framework for most Barnesian scholars. Of the thirteen doctoral and M. A. theses, ten start their discussion from the theoretical perspective of postmodernism. Among the eighty periodical essays, sixty-seven of them refer to the characteristics defined by Hutcheon while discussing the postmodern features of Barnes's novels. It is safe to say that Barnes studies outside China are postmodern ones in nature.

The publication of *The History of the World in* 10 1/2 *Chapters* marked the beginning of the second phase of Barnes studies. Critics such as Jackie

Buxton (2000: 56 – 86), Gregory Salyer (1991: 220 – 233), Vanessa Guignery, Tania Shepherd (1997: 71 – 95), Neil Brooks (1999: 45 – 51), Gregory J. Rubinson (2000: 159 – 179) and David L. Higdon (1991: 174 – 191) have all paid attention to the historical truth constructed by Barnes's novels as well as the narrative experiments that Barnes has adopted to construct such a kind of truth. In breaking the limitations of thematic studies, Barnes studies at the second phase also managed to extend the theoretical perspectives beyond postmodernism. Scholars such as Mark I. Millington (1992: 1 – 19), Daniel Candel Bormann (1998: 173 – 183), Vanessa Guignery (2008: 59 – 72) and Georgia Johnston (2000: 64 – 69) are very interested in the relationships between gender and power, and they have discussed what women or other marginalized groups have done in subverting authoritative and established truth in Barnes's novels. In addition to gender studies, critics such as Isabelle Raucq Hoorickx and Claudia Kotte also tried to analyze Barnes's novels from the perspective of deconstructionism (Hoorickx 1991: 47 – 54; Kotte 1997: 107 – 128). There appeared a cultural turn at the second phase of Barnes studies. Critics like Lionel Kelly and C. Henke, in order to reveal the relationship between arts and disasters, have made a study of Barnes's cultural stand expressed in his discussion of the artistic representation of the wreck of Medusa in 1816 in Barnes's *A History of the World in* 10 1/2 *Chapters* (Kelley 1993: 1 – 10; Henke 2000:129 – 136). J. F. E. Agudo, Yonka Krasteva and Alberto Lazaro, on the other hand, have talked about Barnes's attitude toward the political culture in contemporary Europe when he was novelizing the political crisis in Bulgaria after the dissolution of the Soviet Union in 1991 (Agudo 1999: 295 – 305; Krasteva 2000: 343 – 353; Lazaro 2000: 121 – 131). The emergence of multiple perspectives, together with the increase in the sum total of different forms of research documents, showed Barnes studies has entered a rapid period of development in the 1990s.

Literary criticism on Barnes's works outside China has entered, since 2001, the third phase of development, which has seen a multiplication in theoretical perspectives, research subject matters, and research methods. Besides theories of postmodernism, sexual politics, cultural criticism, deconstructionism and poststructuralism, theories of dialogism (Craig 2004:

177 – 192), performativity (Berlatsky 2009: 175 – 208), space (Petrar 2007: 117 – 124), ethical criticism (Kim 2009: 70 – 92; 2006: Craps 287 – 298), queer studies (Greaney 2014: 225 – 240; Zwierlein 2008: 31 – 48), posthumanism (Patrascu 2011: 208 – 216), psychoanalysis and so on are also applied to the study of Barnes's novels (Cullum 2011: 1 – 16; Kelley 2012: 179 – 191). In addition to Barnes's perspectives on history, epistemology, arts, infidelity in love and marriage and French culture, Barnesian critics have also shown their interests in Barnes's views on death, religious faith, nationality, subjectivity, technoculture, the culture of consumerism, the queer and the grotesque. Besides the conventional method of qualitative studies, critics overseas have also adopted the methods of interdisciplinary studies, comparative studies and quantitative studies. ① The study of Barnes's novels in the third phase, therefore, has shown a distinct tendency to develop vigorously both in terms of theoretical perspectives and in terms of subject matters and research methods.

At the third phase of its development, Barnes studies began to attend to the special subject discussed by Barnes's novels, namely the mediatory role that narratives have played in developing self-identity and making sense of life, or to put it more simply, the function of narrative mediation. Besides the experiment with postmodern metafiction in which he actively engages himself, Barnes also persists in his effort to investigate, by fusing his life with his writing, the role that narratives have played, in times of crisis in everyday life, in developing self-identity and overcoming the anxiety over existence.

The concept of narrative mediation takes its origin from two sources. The first source is the practice of narrative therapy which, under the

---

① For example, Daria Przybyla's paper discussed from the perspective of poststructuralism Barnes's view on language and history, whereas James Miracky made a comparison of Barnes's *England, England* and Michael Crichton's *Jurassic Park*, and Elean Semino made a study of *England, England* from a corpus linguistic approach. Daria Przybyla, "(Post)Structural Notions of Language and History in Novels of Julian Barnes", Diss, University of Silesia, 2005; James Miracky, "Replicating a Dinosaur: Authenticity Run Amonk in the 'Theme Parking' of Michael Crichton's Jurassic Park and Julian Barnes's *England, England*", *Critique*, 2004 (2), pp. 163 – 171; Elena Semino, "Representing Character's Speech and Thought in Narrative Fiction: A Study of *England, England* by Julian Barnes", *Style*, 2004 (4): 428 – 451.

influence of postmodernism and social constructionism, was first developed in Australia during 1970s and 1980s by the social worker Michael White and his friend David Epston. ① It emphasized the development of personal/ group identity and making sense of life under the guidance of a "narrative mediator" through multiple narratives that destabilize "totalizing descriptions" or authoritative "dominant discourses" (Winslade and Monk 2001: 48; Winslade and Monk 1998: 21 – 43; Hansen 2004: 297 – 308). The second source of its origin is the theory of narrative identity developed by the French Philosopher of hermeneutics Paul Ricoeur, who believed that self-identity is a kind of self-explanation, which can be achieved only through narratives made by individuals or particular social groups in ordinary daily life (Ricoeur 1988: 242 – 249; Ricoeur 1991: 73 – 81). Though some protagonists in Barnes's novels do suffer from some traumatic experiences, the narratives they use to develop their self-identity and make sense of their life result from their own self-exploration, self-pursuit and self-expression in their ordinary existences, all of which without in anyway being intervened by narrative mediators, psychiatrists or even counseling programs aimed at eliciting within a particular social groups life narratives told to each other, which is highly valued by the therapeutic approach to the studies of narrative mediation.

The studies of Julian Barnes's novels from the perspective of narrative mediation started at the beginning of the new century. It is marked by the publication of Vera Nunning's critical essay of "The Invention of Cultural Traditions: The Construction and Deconstruction of Englishness and Authenticity in Julian Barnes's *England, England*" in 2001. In this essay, Nunning discussed Barnes's effort made to construct via narrative mediation the identity pertaining to a particular social group. He argued that Barnes's achievement made in his novel *England, England* "lies neither in perpetuating a number of clichés about the English nor defining the characteristic 'Englishness' of English culture or history. Rather, it can be located in the ways that *England, England* explores, parodies, and deconstructs those 'invented traditions' know as 'Englishness'." (Nunning 2001:59) Nunning's

---

① See http://en.wikipedia.org/wiki/Narrative_therapy

essay constitutes a pioneering effort to study Barnes's novels from the perspective of narrative mediation. Nunning's essay would have made a greater contribution to Barnes studies, if she had taken into consideration *England, England* in relation to other novels by Barnes and made a systematic discussion of how Julian Barnes explores through his fictional narrative the development of personal/individual self-identity in moments of crisis.

Eric Hateley has also discussed the mediatory role played by Barnes's narratives in developing self-identity and making sense of life. Though Barnes has questioned the possibility of ever achieving absolute truth in postmodern conditions, his novel *Flaubert's Parrot* constitutes nevertheless a modernist novel about the growth of Braithwaite as an artist, which, Hateley believed, speaks to the function of imaginative literature in conveying the meanings of life and constructing the identity of fictional characters. In her discussion of what function the fictional narrative in *Flaubert's Parrot* might have, Hateley neither made any reference to theories on narrative mediation, nor carried out her discussion in relation to other novels by Barnes, let alone discussing the relationships among Barnes's fictional narratives, Barnes's identity as a novelist and the issues of ordinary life that Barnes discusses in his novels. Therefore, Hateley's analysis of this novel is neither able to explain why has Barnes created a fictional character to tell readers his personal discovery he made when he visited Flaubert's home in Rouen, nor is it able to explain why has Barnes kept Braithwaite refraining himself from telling readers the adultery committed by his wife.

Allen Hibbard is the first scholar to study from the theoretical perspective of narrative identity the kind of narrative mediation with which Julian Barnes is concerned. Drawing on Paul Ricoeur's theory on narrative identity, Hibbard argued that "a life can be described, summed up, packaged and sold out" as stories, believing that the biographer will create his own identity in the mean time when he creates his subject with his narratives, because "the biographer is prone to identify with certain qualities of his subject and ... his own life is influenced by the subject" (Hibbard 2006: 19). In addition to the theory of narrative identity, Hibbard also drew on theories of postmodern biographical studies. Though *Flaubert's Parrot* has questioned the existence of any "knowable self or truth out there", the narrative that fuses fact and fiction in this novel, Hibbard insisted, is more capable of revealing or constructing Flaubert's identity than any conventional biographies (Hibbard 2006: 32). It is clear that Hibbard has noticed the function the fictional narrative in *Flaubert's Parrot* is able to exert on the construction of self-identity both of the author and that of the fictional character. Yet, Barnes's *Flaubert's Parrot* only served as an example for his discussion of the features of biographical narratives, and he was then unable to make a thorough analysis as to how this novel manages to constructs the identity of Julian Barnes and Braithwaite. His analysis, on the other hand, tends to focus more on the interactive relationship between the author and the reader, and henceforth failing to make a thorough and comprehensive application of Ricoeur's theory on narrative identity. Even then, Hibbard failed again to make a study of the relationship between Braithwaite as a reader of Flaubert's novels and Braithwaite as the author of Flaubert's biographical stories, leaving the question of how Braithwaite constructs his narrative-identity totally unanswered.

Nick Bentley is another critic who attempted to interpret Barnes's fiction on the premise of Paul Ricoeur's narrative theory. In his essay "Re-Writing Englishness: Imagining the Nation in Julian Barnes's *England, England* and Zadie Smith's *White Teeth*", Bentley drew on Ricoeur's argument about narrative mediation in *Narrative and Time* and pointed out that narrative configuration and emplotment can serve as effective means of constructing the national identity of the English, believing that Barnes's *England, England* explains not only how to use the form of imaginative literature to construct individual or group self-identity but also how to reconstruct Britain as a nation state which might recover its glorious past. In his discussion of "the narratives of the self and of the nation" that are conducive to the construction of self-identity, Bentley did not try in any way to illuminate the intricate relationship between the development of Martha's self-identity and other characters in the novel by referring to Ricoeur's argument about the relationship between self and other, especially that expounded by Ricoeur in his theoretical monograph *Oneself as Another* (1992). For this reason, Bentley's essay is unable to explain why Martha keeps going through in her mind her relationship with her father, her lover, her employer and her colleagues while seeking her self-identity.

Bentley also resorted to Lacan's concept of psychoanalysis, arguing that national identity is "constructed in our fantasy space", which is "an imaginary body onto which individuals can project their desire of wholeness, completeness and belongings" (Bentley 2007: 486). In other words, individuals could construct their sense of national-identity by identifying with the "master-signifier" of the nation-state (Bentley 2007: 486). Based on Lacan's psychological model of "the Imaginary, the Symbolic and the Real", which are "three competing orders in the psychological make-up of an individual", Bentley emphasized that in its effort to construct the very notion of Englishness which constitutes the identity of the English people both individually and collectively, *England, England* is sure to suppress the nation's history of colonialism overseas, because "colonialism in its 'Real' form is impossible to imagine if any imaginative and symbolic sense of Englishness is to be maintained. This means that to maintain a positive model of Englishness, the colonial past has to be either repressed or re-worked in a form that does not radically threaten the essential nature of the Symbolic construction." (Bentley 2007: 487) Bentley's interpretation to some extent has put into practice the other perspective of narrative therapy frequently used in the studies of narrative mediation. As a result, Bentley's study has expanded the theoretical horizon of the study of Barnes's novels from the perspective of narrative mediation. In addition to Bentley, Jonathan Daniel Sabol (2011: 31 – 33) also tried to explore from the perspective of psychological analysis the role played by Barnes's fictional narratives in the construction and development of self-identity.

Christine Berberich's article "England? Whose England? (Re) Constructing English Identity in Julian Barnes and W. G. Sebald" proves another effort made to explore the function of Barnes's fictional narrative in the construction of self-identity. Unlike the theoretical perspectives adopted by Hibbard, Bentley and Sabol, Berberich combined contemporary theories on identity politics, memory/mnemonic narratives and travel writings, and discussed how Julian Barnes has managed to construct in *England, England*, through literary narratives, a kind of national identity distinct from that constructed by dominant narratives. For Berberich, fictional narratives may affect the development of individual self-identity, and historical narratives may document the evolution of national identity, while works by anthropologists may try to illuminate the interaction between individual identity and national identity. Identity, whether individual or collective, is simply a human construct and it doesn't exist at all. So far as national identity is concerned, it is the "fictionalized stories designed to convey a common vision" of a nation (Sabol 2007: 192). To put it in Berberich's word, national identity is the "sense of togetherness" constructed by "past success stories" told by members of an "imagined community" (Berberich 2008: 168).

In addition to Nunning, Hibbard, Hateley, Sabol, Bentley and Berberich, Ecaterina Patrascu (2011: 208 – 216), Maricel Oro Piqueras (2014: 87 – 95) and Michael Greaney (2014: 225 – 40) have also made a discussion about the role that Barnes's narratives play in making sense of life for his fictional characters. Peter Childs (2009: 120 – 129) and Soudabe Gholami (2011: 123 – 128), on the other hand, have discussed how fictional narratives are able to help Barnes to construct his identity, rather than that of his fictional characters. For both Childs and Gholami, fictional narratives are an important medium for Barnes to seek consolation and comfort in the face of the anxieties over death, betrayal and infidelity in love and marriage, loss of religious faith and moral degradations. In the discussion of such issues in Barnes's ordinary existence, Childs and Gholami believed writing has enabled Barnes to not only establish himself as a serious writer, but also overcome his fears toward death. Gholami even argued that Barnes's novels have helped him to envision "how he will possibly die, and by this, he imagines his future" (Gholami 2011: 128). This view is very much in congruence with that postulated by Ricoeur in *Time and Narrative*. However, Gholami failed to explain why Barnes has chosen writing to construct his self-identity as a novelist, to overcome his fear of death and to predict a possible life for himself. Further, neither Childs nor Gholami has attempted to make a systematic study of the function of narrative mediation in Barnes's works in the construction of self-identity either for his fictional characters or for Barnes himself.

A review of past studies overseas reveals that though Barnes studies has entered a period of rapid development, the sum of different forms of research documents is relatively small and the discussions through different approaches are more or less influenced by theories of postmodernism. Since the beginning of the 21st century, studies from the perspective of narrative mediation have become a focus of attention in Barnes studies. Though critics interested in this approach have made some progress, they have not reached a consensus about the theoretical framework to be adopted in studies carried out from such a perspective. In addition, they tend to focus too much of their attention on *England, England*, and limit the focus of their discussion to group/collective identity. Therefore, little is done on how individual characters manage to develop their self-identity with the help of the stories they tell to themselves and to others, or stories told by others to them. Therefore, there are still much more to be done from this perspective and a systematic study of Barnes's novels from such a perspective will add tremendously to the study of Julian Barnes.

2.2 Barnes Studies in China

In China, the first serious study of Julian Barnes appeared in 1997, seven years later than that outside China. The sum total of different forms of research documents in China is only 54 (which consists of 36 journal papers, 17 M.A. theses and 1 doctoral dissertation), while the sum outside China amounts to 145. The number of papers published in China is about 2 per year, far below that outside China, which is about 5.4. Obviously, Barnes studies in China lags behind greatly what has been done outside China, both in terms of the sum of different forms of research documents and in terms of its speed of development. In addition, the quality of the journal papers published in China is not so desirable. There is great repetition of views and great concentration of efforts.① An overview of Barnes studies can be seen from Graph (3) and Graph (4), based on the key features of change demonstrated in which, we can divide Barnes studies in China into three phases of development, namely the inception phase (1997 – 2005),

---

① For example, of the 36 journal papers published in China, 9 of them focus on *Flaubert's Parrot*, 9 on *A History of the World in 10 1/2 Chapters*, and 9 on *The Sense of an Ending*. So far as the subject matter is concerned, 29 out of the 36 journal papers have discussed the postmodern characteristics of Barnes's novels, and 15 out of 18 M.A./doctoral theses are about the postmodernity of Barnes's fiction.

the development phase (2006 – 2010), and the phase of preliminary prosperity (2011 –).

Graph (3)

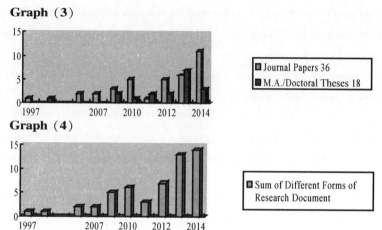

Graph (4)

The first phase of Barnes studies in China comprises two journal papers, one M. A. thesis and several book reviews. Ruan Wei's article "Julian Barnes and His *Flaubert's Parrot*" is the first serious study made in China about the new type of novel that Barnes has created, namely, "the postmodern novel" or "post novel" which challenges the conventional views about the ability of imaginative literature to reflect and represent reality (1997: 51 – 58). Professor Zhang Helong's article "Novels Are Not Dead: British Novels since 1990" has made a discussion of Barnes's concern with historical truth in *England, England* (2004: 195). Luo Yuan's M. A. thesis "In Pursuit of the Real: A Study of *Flaubert's Parrot*" also discusses Barnes *Flaubert's Parrot* as an endeavor to write a new novel, a new biography or postmodern metafiction (2003: ii). The features that Barnes's novels have demonstrated in terms of subject matter and writing techniques are those commonly discussed in the studies of postmodern novels. Of the thirty-six journal papers published in China, twenty-nine of them have discussed the postmodern characteristics of Barnes's novels. Therefore, we can say that Ruan Wei, Zhang Helong and Luo Yuan have set the direction of Barnes studies in China.

Luo Yuan's paper "In Pursuit of the Real: A Study of Julian Barnes's *Flaubert's Parrot*" marked the beginning of the second phase in Barnes studies, which has seen a period of rapid increase in the sum total of different forms of research documents (2006: 115 – 121). Though the second phase lasted only five years, only half the length of the first phase, the sum of different forms of research documents is five times that of the first phase, with twelve journal papers and three M. A. theses, which can be divided into three groups according to their subject matters. The first group comprises Luo Yuan's "In Pursuit of the Real: A Study of Julian Barnes's *Flaubert's Parrot*", Yang Jincai's "Dissolution of the Real in Julian Barnes's *A History of the World in* 10 1/2 *Chapters*" and Luo Yuan's "A Thematic Study of *England, England*", all of which have discussed the historical truth Barnes has discussed through a postmodern perspective (Yang 2006: 91 – 95; Luo 2010: 105 – 114). In addition, Luo Xiaoyun (98 – 102), Xu Yingying (71 – 74), Tang Suna (30 – 31, 58), Qu Yani (2011), Lan Keran (2009), Zhao Bi (2009) and Ni Yunjia (2010) have all discussed Barnes's view on postmodern history either in their papers or in their M. A. theses. The second group of studies consists of two journal papers by Zhang Helong and Li Dong Mei, both of whom have discussed Barnes's interest in arts (Zhang 2009: 81 – 88; Li 2007: 24 – 26). The third group is made up of two papers by Zhang Li, who has discussed Barnes's attitude toward death (2010: 81 – 88; 2010: 28 – 29). Of the fifteen research documents, eleven of them have discussed the postmodern characteristics of Barnes's writings, which accounts for 73.3% of the critical efforts made in the second phase of Barnes studies. Of the fifteen research documents, six of them focus of *Flaubert's Parrot*, and five of them focus of *A History of the World in* 10 1/2 *Chapters*. Obviously, there is much repetition in the critical efforts made in the second phase of Barnes studies.

The third phase started with Barnes's final success in the winning of the Man Booker Prize, which has led to a second period of rapid development in Barnes studies. Of the 36 research documents available in CNKI, 17 of them have taken the Booker Prize winning novel as the subject of their discussion. In addition to the studies carried from the perspective of postmodernism, which account for 32 of all the research documents, there are some studies carried out from the theoretical perspectives of reader-response, feminism, new historicism and narrative studies. So far as the topics of discussion are concerned, in addition to Barnes's concern with historical truth, topics such as modern civilization, morality, death, arts, subjectivity, national identity and unreliable narrators are also explored. Therefore, the third phase of Barnes studies has seen a multiplication and prosperity both in theoretical perspectives and in research topics.

Since 2010, there appeared a tendency in Barnes studies to explore the function of narrative mediation in China. Luo Yuan's paper "A Thematic Study of *England, England*" examines the role that memory narrative has played in the construction of Martha's self-identity. Zhang Li's paper "An Existential Approach to the Thanatopsis in *Nothing to Be Frightened of*", when exploring Barnes's fear toward death, has made a passing comment about the role of memonic narrative in the construction of Barnes's self-identity. In her paper "Love and Mourning in Julian Barnes's *Levels of Life*", Zhang Li has made a further effort to discuss how Barnes's narratives of memory have contributed to the development of Barnes's self-identity. However, neither Luo Yuan nor Zhang Li has discussed the role of significant others in Barnes's construction of self-identity either for the fictional characters or for himself. Though Liu Chengke's paper "Illusion and Awakening—Self-Deconstruction in Barnes's Novel *The Sense of an Ending*" has discussed how Barnes uses the story of "a strange other" to deconstruct and reconstruct Tony's identity, what he cared in his discussion is only a self-defamiliarized by memories, rather than the kind of other which is other than oneself (2014: 231 – 237). Therefore, his discussion has paid no attention to the mediatory role played by narratives about other characters in the construction of one's self-identity.

Different from Luo Yuan, Zhang Li and Liu Chengke, the focus of whose discussions is individual identity, Wang Yiping discussed how Barnes endeavors to construct national identity in his *England, England*, believing that Barnes's status as an "English writer" has influenced the kind of national identity he has constructed in this novel (2014: 78 – 89). However, Wang Yiping failed to explain why Barnes is so interested in constructing national identity through his fictional narrative. Neither has Wang Yiping made an effort to discuss how Barnes's fictional narrative has deconstructed or consolidated his identity as an "English writer". In addition to the journal papers published by scholars mentioned above, there is also an M. A. thesis which has discussed how the protagonist in *The Sense of an Ending* manages to reconstruct his identity through the construction of "personal life stories" and "stories about life" via memory narratives (Hu 2014: 33). Hu Weida emphasized in this thesis that only by establishing some relationships with past events or people, can Tony achieve an understanding of his true self and develop his self-identity. However, Hu failed to explain that Tony's story about others is just his fabrication, by means of which he reconstructs his self-identity.

Based on the review of the critical effort made by Chinese scholars, we can see there are some similar inadequacies between Barnes studies in China and that outside China, one of which is that it is heavily tinted by theories on postmodernism, the second one being that too much effort has been given to one or two particular novels, for example, *Flaubert's Parrot* and *The Sense of an Ending*, and the last one being that there is much repetition on particular topics of discussion. For example, of the fifty-four research documents turned out by critics in China, twenty-seven of them are centered on Barnes's view on postmodern history, whose titles never fail to mention the key word "history".

In addition to the inadequacies, there are some points worth mentioning about Barnes studies in China. First of all, the theoretical perspectives in China are much wider and expansive than those outside China, and almost all theories have been adopted to analyze Barnes's works. However, this virtue can also become a defect because some critics tend to engage in "theory for the sake of theory per se", making no effort to justify their adoption some particular theory (or theories) in their analysis of Barnes's novels. For example, the article "Love and Mourning in Julian Barnes's *Levels of Life*" argues that Barnes may have resorted to Frank Kermode's theory on fiction when composing *Levels of Life*, but it makes no effort to analyze how Kermode's theory has been integrated into this work, let alone using this theory to make a thorough analysis of this work. Secondly, critics in China are able to explore new topics for discussion to keep up with the latest development in Barnes studies outside China. One example is that when *Flaubert's Parrot* was published in 1984, it was introduced to Chinese reader the following year by Kang Tai in a brief review published in China

(Kang 1985: 134). When *The Sense of an Ending* was published in 2011, it was translated into Chinese within the same year. This shows that Chinese scholars have been continuously attentive to what is going on within the literary scene outside China. Another example is that critics in China have also noticed Barnes's interest in exploring the strategies to develop self-identity by means of narrative mediation, which shows that what Chinese scholars have done can perfectly match that outside China.

As can be seen from a review of past studies on Julian Barnes, narrative mediation is a new approach that has developed over the last few years. However, the study of Barnes's novels carried out from this perspective, rather than having reached an advanced stage of its development, is far from being enough either in the depth or in the breadth of its investigations theoretically or practically.

First of all, as most studies carried out from this approach have focused their attention exclusively on one particular novel, no achievement has been made from a holistic or systematic perspective on Barnes's works. By now, no monograph has been published investigating the mediatory role that Barnes's narratives have played in constructing self-identity and making sense of life. What's more, relevant documents are also scarce and few. Second, critical effort made in this direction tended to focus its attention on the narratives investigated by Julian Barnes to develop fictional characters' self-identity and make sense of their life, paying almost no attention either to in what way are Barnes's narratives conducive to the development of his self-identity or to the relationship between self and other in the development of self-identity via narrative mediation. Further, no effort has ever been made to discuss Barnes's novels as a solution to the problems that have engaged Barnes's attention in ordinary existence. Third, few critics have investigated the reasons why Barnes and his fictional characters resort to narratives fusing history and fiction to develop self-identity and make sense of life. In other words, few critics have investigated the crisis of existence, against the background of which Barnes and his fictional characters attempt to develop their self-identity and make sense of their life. Finally, when investigating the kind of self-identity constructed by Barnes's fictional narratives, few critics have noticed the underlying moral values. To put it otherwise, Barnes's concern with modern identity has gone almost unnoticed by Barnesian critics both in and out of China. In my opinion, the kind of modern identity that Barnes wants to construct through narrative mediation is one which, while confirming the values of ordinary life, emphasizes both the dialogical and harmonious relationship between self and other and the importance of self-exploration and self-discovery in the pursuit of self-expression and self-realization.

It is clear that there is still much to be explored in Barnes's novels from the approach of narrative mediation. For the reasons mentioned above, I am going to make in my dissertation a systematic study on the function of Barnes's fictional narratives in constructing self-identity and making sense of life, by drawing on basic concepts from Paul Ricoeur's theory on narrative identity, in combination with Charles Taylors's theory on the formation of modern identity and Frank Kermode's theory on narratives of crisis.

3. Methodology of the Book

This book is a systematic attempt made to investigate, from the approach of narrative mediation, Julian Barnes's *Metroland*, *Arthur and George*, and *The Sense of an Ending*. The purpose of this investigation is to explore the mediatory function of Barnes's fictional narrative in developing self-identity and making sense of life. As Barnes's fictional narratives are semi-biographical in nature and deal with moments of crisis in ordinary existence, I will base my discussion on theories of crisis narrative, narrative identity and the making of modern identity. In the process of my discussion, Barnes's narratives about crisis in marriage, crisis of faith and moral crisis in three of his novels will be examined closely to reveal how fictional narratives created by Barnes have enabled both his fictional characters and himself to construct self-identity and make sense of life in private crises of existence in ordinary life.

In the first place, Frank Kermode's theory on crisis of narrative will be adopted to examine the reasons why Barnes's fictional characters and Barnes himself resort to narrative mediation to establish their self-identity and make sense of life. In *The Sense of an Ending: Studies in the Theory of*

Fiction, Kermode maintains that "to live is to live in crisis" and that crisis has never been far away from our life (Kermode 2000: 26). Fictional narrative is an effective means for individuals to "make sense of our world and our lives" and "it is ourselves we are encountering whenever we invent fictions" (Kermode 2000: 38 – 39). Fictional narratives can not only endow our life with meaning but also predict for us a possible future, because the revelations or apocalypses of literature, like the Apocalypses in the Bible, are human predictions "made under varying existential pressure" about the "imagined ends of the world" (Kermode 2000: 5 – 8). With the declination of religion, "the perpetual transition in technological and artistic matters", and the "perpetual crisis in morals and politics", we need more than ever the "concordant structure" of fiction, where "the end is in harmony with the beginning, the middle with beginning and end" (Kermode 2000: 6). For Kermode, there is a close link between fiction and crisis, both of which are ways in which "we try to give some kind of order and design to the past, the present and the future" (Kermode 2000: 93). Though Kermode did not on any occasion raise the concept of "narratives of crisis", his theory of fiction carries such a connotation that fiction about crisis is "a problem-solving mechanism" that can lead to our understanding both of ourselves and of "the shape of modern experience" (Gorak 1987: 7). For this reason, Jan Gorak praised Kermode as "a critic of crisis" in his monograph *Critic of Crisis: A Study of Frank Kermode* (Gorak 1987: 1). It is therefore not altogether unjustified for me to boil Kermode's theory on fiction down to the simple concept of "narratives of crisis" or "crisis of narrative", which will be utilized in my study of Barnes's novels.

Kermode's theory on narratives of crisis will help illuminate not only the reason why Barnes is so obsessed with various forms of crisis of existence in his novels but also the reason why Barnes, as well as the protagonists in his novels, attempts to develop his self-identity and make sense of his life through narrative activities. Though some of Barnes's fictional narratives treat of the pre-history deluge documented in the Bible, the shipwrecks over the past few centuries, racial conflicts in the colonial period of America, the Holocaust in World War II, the risk of nuclear war during the Cold War and great political changes in Eastern Europe, all of which are great crises in human history, Barnes's novels are more obsessed with death, loss of faith, betrayal and infidelity in love and marriage, moral corruption and loss of individual identity, which are the kind of "private crisis" in our everyday life (Taunton 2011: 20; Tate 2011: 53, 64; Kucala 2009: 61 – 62; Cavalie 2009: 97). A narrative understanding of such private crises will teach us how to solve or avoid such problems in our ordinary existence, because, according to Kermode, we can "think of the novel as peculiarly the resolution of the problem of the individual in an open society—or as relating to that problem in respect of an utterly contingent world ... a necessary and unceasing movement from the known to the unknown; or simply see the novel as resembling the other arts in that it cannot avoid creating new possibilities for our own future" (Kermode 2000: 129).

Another reason why Barnes and his fictional characters are obsessed with telling their life stories is that "man is in his actions and practice, as well as in his fictions, essentially a story-telling animal ... a teller of stories that aspire to truth" (MacIntyre 2007: 216). According to Alasdair MacIntyre, "the concept of a person is that of a character abstracted from a history ... personal identity is just that identity presupposed by the unity of the character which the unity of a narrative requires" (Macintyre 2007: 217 – 218). Drawing on MacIntyre's idea that "the unity of a human life is the unity of a narrative quest" for explanations of human actions ("from birth to death as narrative beginning to middle to end") taking place "in a setting that has a history", Maureen Whitebrook argued that "identity is a matter of the person's place in a narrative history, a story, in which each person is a character" (Whitebrook 2001: 116; MacIntyre 2007: 211). To put it in Barnes's own words, "we are, in deepest selves, narrative animals", because "novels tell us the most truth about life: what it is, how we live it, what it might be for, how we enjoy and value it, how it goes wrong, and how we lose it" (Barnes 2012b: 8). It is clear that Barnes has realized that fictional narratives have the power of, in addition to helping us make sense of our life and obtain "most truth about life", providing answers to the question of why or how our life "goes wrong". In other words, novels can enable us to develop our sense of self-hood and overcome various forms of crisis of existence in our daily life.

The second ingredient that makes up the theoretical framework of the book is the concept of narrative identity or the theory of narrative identity postulated by Paul Ricoeur first in the concluding part of his three volumes of discussions about narrative theory in *Time and Narrative* (Ricoeur 1988: 243 – 249), and later further developed in his essay "Narrative Identity" (Ricoeur 1991a: 73 – 81). In "Narrative Function" (1981), Ricoeur points out that history will borrow from fictional narratives such concepts as "character", "emplotment", "configuration" and "point of view" that construct "meaningful totalities out of scattered events ... in its attempt to 'grasp together' successive events" (278 – 279). Fictional narratives will use, on the other hand, "productive imagination" to simulate "the historicity or the historical condition of man", which, according to Ricoeur, "we belong to history before telling stories or writing history" (289, 294). The corollary of "the criss-crossing processes of a fictionalization of history and a historicization of fiction" (Ricoeur 1988: 246), Ricoeur moves on to tell us, is "the constitution of narrative identity, whether of an individual or a historical community", which is the place to "search the fusion between history and fiction" (Ricoeur 1991a: 73). Basing his argument on one of Charles Taylor's main themes that "man is a self interpreting animal" (Taylor 1985: 45), Ricoeur concludes that identity is a kind of "self-interpretation" (Ricoeur 1992: 179, 188). For Ricoeur, the interpretation of the self "finds narrative, among other signs and symbols, to be a privileged mediation", and this mediation "borrows from history as much as fiction making the life story a fictive history or, if you prefer, a historical fiction, comparable to those biographies of great men where both history and fiction are found blended together" (Ricoeur 1991a: 73). Through the mediation of narratives that combine history and fiction, one will achieve the "durable character of an individual, which one can call his or her narrative identity, in constructing the sort of dynamic identity proper to the plot which creates the identity of the protagonist in the story", after all, "do not human lives become more readable when they are interpreted in function of the stories people tell about themselves? And these 'life stories' are not rendered more intelligible when they are applied to narrative models-plots-borrowed form history and fiction (drama or novels)?" (Ricoeur 1991a: 73, 77) Therefore, identity is an outcome of narrative mediation, in the process of which one integrates life experience into an "internalized, evolving story of the self, which provides the individual with a sense of unity and purpose in life" (McAdams 2001: 101). It is with such narrative mediations, which turn personal life experiences into biographies comparable to those of great historical figures, that the protagonists in *Metroland*, *Arthur & George*, and *The Sense of an Ending* have come to a true knowledge of themselves and established their self-identity. Most importantly, the stories they tell of themselves will enable them to overcome their crises of existence, which have initiated their pursuit for their life stories.

Before being told in the form of life stories, human experience has the so-called "pre-narrative quality", which suggests that "all human experience is already mediated by all sorts of symbolic systems, and it is also mediated by all sorts of stories that we have heard" (Ricoeur 1991: 29). This narrative of quality of human life, Ricoeur insists, enables us to speak of life as "a story in its nascent state" and so life as "an activity and a passion in search of a narrative" (Ricoeur 1991: 29). Before being told in the form of life stories, our life is surrounded by stories either untold or existing in the form of "virtual stories" (Ricoeur 1991: 11). In the process of seeking personal self-identity via narrative mediation, life becomes "human life" and "unexamined life is not worth living" (Ricoeur 1991: 20). In Barnes's novels, the fictional protagonists obviously have realized the pre-narrative quality of life, and have discovered that they are "a characters in a novel" (Barnes 2005: 320), and their life experiences are either "unwritten books" (Barnes 1984: 13), "books not yet written" (Barnes 1980: 29), or "the next moment of my story" (Barnes 2012: 40). In view of this, I will make, according to Ricoeur's views on the narrative configurations of life, a detailed analysis of how Barnes's fictional characters manage to turn their life story "in its nascent stage" into a narrated story, which is conducive not only to the development of their self-identity but also to "restoring a prior order that is threatened ... projecting a new order that would be the promise of salvation"(Ricoeur 1985: 47).

As one can not exist in isolation from the other self, "the otherness is inherent in the relation of intersubjectivity" (Ricoeur 1992: 318). But the other emphasized by Ricoeur is neither the "absolutely other" that is "prior to the notion of myself" or the other as "a master of justice" (Levinas 1979: 31, 39; Ricoeur 1992: 337). Nor is it a "foreign other" or the "marginalized other" in postcolonial studies (Said 1977: xx; West 2010: 235). Rather, it is "one's neighbor" that one shows "solicitude for" or gives "equality in justice" (Ricoeur 1992: 18, 296). Therefore, in addition to looking for some "conversation partners" or "interlocutors", who, according to Charles Taylor, are "significant others not simply external to us, but help constitute my own selfhood", individuals engaged in the development of self-identity via narrative mediation should also "help to meet the needs of others" (Taylor 2001: 36, 509, 239). It is perhaps for this reason that the narrator Tony in *The Sense of an Ending* notices that "our life is not our life, merely the story we have told about our life. Told to others, but-mainly-to ourselves." (Barnes 2012: 95) The stories that Tony told about himself are not solely for the purpose of developing his self-identity, but also for the purpose of expressing his respects and responsibilities for the listeners of his stories. In *Arthur & George*, Arthur helps George both clear his name and restore his work and social status as a lawyer by telling detective stories that fuse reality and fiction, in the process of which, Arthur also manages to reconstruct his identity as writer of detective stories and overcomes the dilemma he is caught in after the death of his first wife. In *Metroland*, the narrator Chris, in the meantime of constructing his self-identity via retrospective narrative, is actively involved in a meditation over the relationship between self and other. For Chris, as well as for the protagonist in *Flaubert's Parrot*, stories of and by others are a "colored glass" through which he examines his self (Barnes 1984: 94).

Finally, Charles Taylor's theory on the making of modern identity will be used to analyze the moral values upheld by Barnes in his construction of self-identity via narrative mediation. Modern identity, as explicated by Taylor in the introduction to his *Sources of the Self: The Making of Modern Identity*, comprises "inwardness/self-consciousness", "the affirmation of ordinary life" and "the expressivist notion of nature as an inner moral source", among which "inward awareness" is "the sense of ourselves as beings with inner depths" (x). Human beings are self interpreting animals and to be self is to be "oriented in moral space", to be able to understand "what makes life worth living", and what kind of person you want to be through "self-exploration", "self-discovery" and "rational reflections" (Taylor 2001: 4, 119, 121, 183; Taylor: 45; Schweiker 1992: 563). For Taylor, self-identity and "the good", in other words "selfhood and morality", are "inextricably intertwined themes" (Taylor 2001:3). The protagonists in Barnes's novels are beings with inner depth, all of whom are strongly aware of the "unchallengeable framework of moral thinking" in the development of their selfhood and have reflected the influences by crisis of existence upon the pursuit of the good life or "life goods" (Taylor 2001: 447, 93). To borrow Taylor's words, if we don't know "the background picture which underlies our moral intuitions" or if we do not have "an understanding of "how our pictures of the good have evolved", we will not be able to understand "what it is to be a human agent, a person or a self" (Taylor 2001: 41, 3).

According to Charles Taylor, moral philosophy has tended to focus on the content of moral obligations rather than the nature of the good life. For this reason, Taylor has expanded the horizon of moral philosophy to encompass our respect for and moral obligations to others, what makes up a meaningful life and our self-esteem (Taylor 2001: 2,15). Different societies have different understandings as to the content and significance of the three aspects of moral thought, underling which are different framework we judge "what constitutes a rich, meaningful life" (Taylor 2001: 14 − 16). In modern Western culture, "the affirmation of the ordinary life" or "everyday life" defined in terms of work, family, marriage and the upbringing of offspring constitutes what it is to respect others, what it is worth living and what is our self-dignity (Taylor 2001: 44 −45). Self-identity involves both strong evaluations and the pursuit for a meaningful life, whereas the "invocation of meaning" depends on our power of "expressive self-articulation" and the "grasp of languages of self-understanding", because we are by nature "expressive beings" and the formation and exploration of selfhood is impossible without linguistic communication (Taylor 2001:18, 390, 36, 198). To stress the importance of "life goods/goods of life" is to express through given medium "our ordinary desires and fulfillments and the larger natural order in which we are set", which, to be more exact, stresses the importance of "personal emotion" and "creative imagination" (Taylor 2001: 372,390). Expressivism that "privileges self-expression" and asserts "the value of ordinary human fulfillment" examines "how an individual life unfolds towards self-discovery" and "how this life fits into the whole human story", and thus greatly influences modern conceptions of history and the artistic view of life as narratives (Taylor 2001: 336, 580, 389). As conventional frameworks of moral sources such as religious faith and warrior virtues invoking the ethic of honor have lost both their values and foundation for existence, Barnes has expressed in his novels an unmistakable concern with how individuals achieve their self-realization and value objectives against the complacency of ordinary life. In telling of their life stories, Barnes's fictional characters (as well as Barnes himself) have expressed their ideals about life and their claims about moral values. Such self-expressions, according to Taylor, constitute "webs of interlocution" that are conducive to individuals' self-realizations. In the main body of my discussion, this book will also examine how Barnes's fictional protagonists manage to develop, under the guidance of "the values of ordinary life", their self-identity and make sense of their life with the help of life stories that stress the importance of self-reflection and self-expression.

4. Framework of the Book

Chapter One "The Crisis of Marriage in *Metroland*" discusses in two parts about the function of self-expression, made in crisis of marriage, in the construction of self-identity that affirms the values of ordinary life. The first part of this chapter analyzes how the protagonist discovers the crisis in his marriage at the instigation by a "significant other", and how he attempts to make a self-reflection under existential anxieties about his growth from a radical adolescent to a complacent adult. Part Two of this chapter examines how the protagonist manages to develop, through his self-expression that confirms the values of ordinary life, his artistic talents and establish his self-identity as an artist in residence. With the publication of this semi-autobiographical novel, Barnes managed to establish his self-identity as a novelist and construct in the mean time a possible life for himself.

Chapter Two "The Crisis of Religious Faith in *Arthur & George*" examines how individuals caught in the crisis of religious faith manage to construct their self-identity and reconstruct their patterns of life via narratives that fuse history and fiction. The first part of this chapter, after an analysis of the crisis of faith experienced by the two protagonists in this novel, makes an investigation into the reasons why both of the protagonists, in order to overcome their crisis of existence, turn to detective stories that uphold scientific rationalism and the virtues of chivalry. Part Two of this chapter examines the role played by narrative mediation in defending (or restoring) the self-image of each of the two protagonists in the minds of others, overcoming their crises of existence, developing their self-identity and reconstructing their patterns of life. Through the writing of this novel, Barnes was able to expand his identity as a novelist and offer some insights into how to make sense of unsolved historical mysteries, develop self-identity and establish some ideals which make life worth living in a lesser age.

Chapter Three makes a study of the moral crisis experienced by the protagonist in *The Sense of an Ending*, as well as how he constructs his self-identity via memory narratives. The first part of this chapter examines how the protagonist slips into a crisis of moral degeneration through an analysis of the reason and motivation of why he attempts to reconstruct his self-identity forged in his youth via narrative mediation. With its attention focused on the strategy of memory narratives adopted by the protagonist in his construction of self-identity, Part Two of this chapter discusses how the protagonist manages to overcome his crisis of existence, make sense of the puzzles in his life, and reconstruct a morally justified self-identity, through self-reflection, carried out in mutual solicitudes between self and other, of other people's image in his mind. This fictional memoir has not only re-established Barnes's identity as a novelist but also suggested the way that Barnes was going to take in his discussion of the problem of death in the case of his wife. The question of death is one of the great issues of life that Barnes continuously explores in his writing.

5. Achievements and Limitations of the Book

Five conclusions can be made about the study of Julian Barnes's novels through the approach of narrative mediation. First, Barnes's novels are semi-biographical in nature and they all investigate, in one way or another, the great issues of ordinary life, with which Barnes is concerned. Second, Barnes's fictional narratives are also narratives of crisis, which are concerned with private crises in ordinary life and discuss how individuals caught in crisis of existence attempt to develop via narrative mediation a possible life for themselves. Third, Barnes's novels explore the function of narrative mediation in constructing self-identity, making sense of life and overcoming various forms of crises in ordinary life. Fourth, when discussing how to develop self-identity in crisis of existence, Barnes stresses the importance of mutual reliance and mutual solicitudes between self and other, believing that individuals searching for their self-identity should rely on the interlocution with a "significant other" to achieve their self-knowledge. Finally, Barnes puts forward in his novels an ideal of life that confirms the values of ordinary life, and maintains that we should pursue our self-expression and self-realization through self-exploration and self-discovery.

Barnes concerns himself with private crises in ordinary life and discusses how modern beings caught in crisis of existence attempt to develop self-identity and make sense of life through narrative mediation. The study made through the approach of narrative mediation to investigate the mediatory role played by Barnes's narratives of crisis can, on the one hand, help to reveal the features of Barnes's writing and expand the horizon of criticism, both of which will make some contributions to Barnes studies. In the mean time, the discussion of the mediatory role played by Barnes's fictional narratives form the perspective of theories on narratives of crisis, narrative identity and the making of modern identity can expand the theoretical horizon of the study of narrative mediation. On the other hand, the discussion of the mediatory role played by narratives produced in crisis of existence in ordinary life can have some implications for modern beings struggling to develop self-identity, make sense of life and solve the issues of ordinary life. Modern life is becoming increasingly more complacent and parochial, and modern civilization has slid into "relativism", "hedonism" and "narcissism", "three malaises of modernity" that feature "our contemporary culture and society that people experience as a loss or a decline, even as our 'civilization' develops" (Taylor 2003:1). If individuals ensnared in such trivialized predicament could, as envisioned by Julian Barnes in his novels, guide themselves with the values of ordinary life and emphasize the importance of mutual reliance and mutual solicitudes in the process of self-exploration and self-discovery, they would be able to develop a kind of authentic identity and realize their goals of self-fulfillment or self-realization in the lesser age as has been delineated by Barnes in *Arthur & George*. The study of Barnes's narratives of crisis through the approach of narrative mediation can offer some insights into the strategies of how to develop modern identity, and therefore enrich the study of Barnes's novels.

In addition to the contributions, there are also some limitations in this book. The first one is that, due to the limitation both of my time and energy, only three novels have been discussed in this research. Therefore, no effort has been made to explore how narratives of crisis are employed by Barnes in other novels, for example, *Before She Met Me*, *Talking It Over*, *Love*, *etc*, to develop self-identity and make sense of life. For the same reason, this book failed to make a thorough analysis of the mediatory role of fictional narratives in *Flaubert's Parrot* and *Levels of Life*, though frequent references have been made to these two works in my discussion. Second, this book failed to make a formal study, by which I mean a study of the narrative forms, of Barnes's novels to explore the function of narrative mediation. Finally, when discussing how science and technology may have influenced the moral stand of Barnes's protagonists in constructing their self-identity, this book also failed to make an in-depth analysis of how instrumentalism has influenced modern individuals' humanity, subjectivity, and value systems in their daily life. The limitations of this book can serve as starting points for future investigations in the study of Julian Barnes's works.

参考文献

Agudo, Juan Francisco Elices. "What Is Right and What Is Wrong in Politics? Objects of Satire in Julian Barnes's *The Porcupine*" [J]. *Revista Canaria de Estudios Ingleses*, 1999 (39): 295-305.

Alberge, Dalya. "Feted British Authors" [N]. *The Guardian*, Wednesday 28 July 2010. 13.25.

Allhadeff, Albert. "Julian Barnes and the 'Raft of the Medusa'" [J]. *The French Review*, 2008(2):276-291.

Arendt, Hannah. *The Human Condition* (2nd Ed.) London: University of Chicago Press, 1998.

Aronson, Ronald. "Albert Camus" [M/OL]. *The Stanford Encyclopedia of Philosophy* (Spring 2012). Edward N. Zalta (ed.). http://plato.stanford.edu/archives/spr2012/entries/camus/. Accessed Dec. 31 2014.

Ascari, Maurizio. "Julian Barnes: Flaubert's Parrot" [A]. *Literature of the Global Age: A Critical Study of Transcultural Narratives* [M]. London: McFarland & Company, Inc, Publishers. 2011.41-51.

Ashe, Nathan. "'Our Case Is Not Complete': Sherlock Homes, Victorian Spiritualism, and the Scientific Use of the Imagination" [D]. Columbia University, 2013.

Askin, Ridvan. "Mneme, Anamnesis and Mimesis: The Function of Narrative in Paul Ricoeur's Theory of Memory" [J/OL] *Fiar* (March 1, 2009). http://interamericaonline.org/volume-2-1/askin/#more-193. Accessed Dec. 31, 2014.

Bailey, Paul. "Settling for Suburbia" [N]. *Times Literary Supplement*, 28 March 1980.

Barnes, Julian. *Keeping an Eye Open: Essays on Art* [C]. Lodon: Vintage Press, 2014.

——*Levels of Life* [M]. London: Jonathan Cape, 2013.

——*The Sense of an Ending* [M]. London: Vintage Books, 2012.

——"My Life as a Bibliophile" [N]. *The Guardian*, June 29, 2012a. 22.55 BST.

——*Through the Window: Seventeen Essays and a Short Story* [M]. Vintage: London, 2012b.

——*Metroland* [M]. London: Vintage Books, 2009.

——*Nothing to Be Frightened Of* [M]. New York: Alfred A. Knopf, 2008.
——*Arthur and George.* [M]. London: Jonathan Cape, 2005.
——*Something to Declare* [M]. London: Picador, 2002.
——*Love, etc* [M]. London: Jonathan Cape, 2000.
——*England, England* [M]. London: Jonathan Cape, 1998.
——*The Porcupine* [M]. London: Jonathan Cape, 1992.
——*Talking It Over* [M]. London: Jonathan Cape, 1991.
——*A History of the World in* 10 1/2 *Chapters* [M]. London: Jonathan Cape, 1989.
——*Staring at the Sun* [M]. London: Jonathan Cape, 1986.
——*Flaubert's Parrot* [M]. London: Jonathan Cape, 1984.
——*Before She Met Me* [M]. London: Jonathan Cape, 1982.
——"Double Bind" [N]. *London Review of Books*, June 3, 1982a. 22 – 24.
Beaumont, Matthew. "Socialism and Occultism at the Fin de Siècle: Elective Affinities" [J]. *Victorian Review*, 2010 (1): 217 – 232.
Bedggood, Daniel. "(Re) Constituted Pasts: Postmodern Historicism in the Novels of Graham Swift and Julian Barnes" [A]. *The Contemporary British Novel* [C]. James Acheson and Sarah C. E. Ross (eds.). Edinburgh: Edinburgh University Press, 2005. 203 – 217.
Bell, William. "Not Altogether a Tom: Julian Barnes's *Flaubert's Parrot*" [A]. *Imitating Art: Essays in Biography* [C]. David Ellis (ed.). London: Pluto Press, 1993. 149 – 173.
Benjamin, Walter. "The Storyteller" [A]. *The Novel: An Anthology of Criticism and Theory 1900 – 2000* [C]. Dorothy J. Hale (ed.). Malden, Mass: Blackwell Publishing, 2006. 361 – 378.
——"Theses on the Philosophy of History" [A]. *Illuminations* [C]. Harry Zohn (Trans.) New York: Schocken Books Inc., 1969. 253 – 264.
Bentley, Nick. "Julian Barnes, *England, England*" [A]. *Contemporary British Fiction: Edinburgh Critical Guides* [C]. Nick Bentley (ed.). Edinburgh: Edinburgh University Press, 2008. 180 – 191.
——"Re-Writing Englishness: Imagining the Nation in Julian Barnes's *England, England* and Zadie Smith's *White Teeth*" [J]. *Textual Practice*, 2007 (3): 483 – 504.
Berberich, Christine. "England? Whose England? (Re)constructing English Identities in Julian Barnes and W. G. Sebald" [J]. *National Identities*, 2008 (2): 167 – 184.
——"'All Letters Quoted Are Authentic': The Past after Postmodern Fabulation in Julian Barnes's *Arthur & George*" [A]. Sebastian Groes and Peter Childs (eds.). *Julian*

Barnes [C]. London and New York: Continuum International Publish Group, 2011. 117 – 128.

Berlatsky, Eric. "'Madame Bovary, C'est Moi!': Julian Barnes's Flaubert's Parrot and Sexual 'Perversion'" [J]. *Twentieth-Century Literature*, 2009 (2): 175 – 208.

Bevir, Mark. *The Making of British Socialism* [M]. Oxfordshire: Princeton University Press, 2011.

Blanchard, Martin. "Ricoeur, Paul. *The Course of Recognition*" [J]. *Ethics*, 2007 (2): 373 – 377.

Blishen, Edward. "Growing Up" [N]. *Times Educational Supplement*, May 2, 1980.

Bloom, Harold. *The West Canon* [M]. New York, San Diego and London: Harcourt Brace & Company: 1994.

Blundell, Boyd. *Paul Ricoeur between Theology and Philosophy* [M]. Bloomington and Indianapolis: Indiana University Press, 2010.

Bormann, Daniel Candel. "Nature Feminize in Julian Barnes's *A History of the World in 10 1/2 Chapters*" [J]. *Atlantis*, 1999 (21): 27 – 41.

——"From Romanticism to Postmodernity: Two Different Conceptions of Nature in Julian Barnes's *A History of the World in 10 1/2 Chapters*" [J]. *Revista Canaria de Estudios Ingleses*, 1998 (36): 173 – 183.

Bradbury, Malcolm (ed.) *The Novel Today* (2nd Ed.) [M]. London: Fontana, 1990.

Bradbury, Malcolm. *The Modern British Novel: 1878—2001* [M]. Beijing: Foreign Language Teaching and Research Press, 2005.

Bradford, Richard. *The Novel Now: Contemporary British Fiction* [M]. Oxford: Blackwell Publishing, 2007.

Brockes, Emma. "Julian Barnes: The Sense of Another Ending" [N]. *The Guardian*, March 30, 2013.

Brooks, Neil. "Interred Textuality: *The Good Soldier* and *Flaubert's Parrot*" [J]. *Critique*, 1999 (1): 45 – 51.

Brooks, Peter. "Obsessed with the Hermit of Croisset" [J]. *New York Times Book Review*, October 3, 1985. 7 – 9.

Brown, Richard. "Barnes, Julian (Patrick)" [A]. *Contemporary Novelists* [C]. Lesley Henderson (ed.). Chicago: St James Press, 1991. 79.

Bulger, Laura Fernanda. "'We Are No Longer Mega' in England, England by Julian Barnes" [J]. *JOLIE*, 2009 (2): 51 – 58.

Buxton, Jackie. "Julian Barnes's Theses on History" [J]. *Contemporary Literature*, 2000 (1): 56 – 86.

Camus, A. *The Myth of Sisyphus* [M]. J. O'Brien (Trans.). Harmondsworth: Penguin, 1942.

Cavalié, Elsa. "'Unofficial Englishmen': Representations of the English Gentleman in Julian Barnes's *Arthur & George*" [A]. F. Reviron-Piégay (ed.). *Englishness Revisited* [C]. New Castle: Cambridge Scholars Publishing, 2009. 352 – 364.

Cavalie, Elsa. "Constructions of Englishness in Julian Barnes's *Arthur and George*" [J]. *American, British and Canadian Studies*, 2009 (2): 88 – 100.

Chau, David. "Julian Barnes Delves into Regret and Memory in *The Sense of an Ending*" [OL]. http://www.straight.com/life/julian-barnes-delves-regret-and-memory-sense-ending. Accessed Dec. 31, 2014.

Chevalier, Tracy. *Remarkable Creatures* [M]. London: Harper Collins, 2010.

Childs, Peter. *Julian Barnes* [M]. Manchester: Manchester University Press, 2011.

——"Beneath a Bomber's Moon: Barnes and Belief" [J]. *American, British and Canadian Studies*, 2009 (2): 120 – 129.

——"Julian Barnes: 'A Mixture of Genres'" [A]. *Contemporary Novelists: British Fiction Since 1970* [C]. Palgrave Macmillan, 2005. 80 – 99.

——*Contemporary Novelists: British Fiction Since 1970* [M]. London: Palgrave Macmillan, 2005.

Cook, Kimberlee S. "The Sensation of Sherlock Holmes" [D]. Wichita State University, 2008.

Cooke, Maeve. "Questioning Autonomy: The Feminist Challenge and the Challenge for Feminism" [A]. *Questioning Ethics: Contemporary Debates in Philosophy* [C]. Richard Kearney and Mark Dooley (eds.). London and New York: Routledge, 1999. 258 – 282.

Costello, Peter. *Conan Doyle Detective: True Crimes Investigated by the Creator of Sherlock Holmes* [M]. London: Robinson, 2006.

Cox, Emma. "'Abstain, and Hide Your Life': The Hidden Narrator of *Flaubert's Parrot*" [J]. *Critique: Studies in Contemporary Fiction*, 46.1 (Aug 2004): 53 – 62.

Craps, Stef. "'Who Lets a Big Question Upset His Small, Safe World?': British Postmodern Realism and the Question of Ethics" [J]. *Zeitschrift fur Anglistik und Amerikanistik*, 2006 (3): 287 – 298.

Cullum, Charles. "Rebels, Conspirators, and Parrots, Oh My!: Lacanian Paranoia and Obsession in Three Postmodern Novels" [J]. *Critique*, 2011 (1): 1 – 16.

Dalton, Abigail G. "Julian Barnes and the Postmodern Problem of Truth" [D]. Wellesley College, 2008.

Dannenberg, Hilary P. *Coincidence and Conunterfactuality: Plotting Time and Space in*

Narrative Fiction [M]. Lincoln and London: University of Nebraska Press, 2008.

Denise, Auster Michelle. "England, My England: Re-Imagining Englishness in Modernist and Contemporary Novels" [D]. Stony Brook University, 2005.

Diamond, Marie Josephine. "Flaubert's 'Quidquid Volueris': The Colonial Father and the Poetics of Hysteria" [J]. SubStance, 1998 (1): 71 – 88.

Dilisio, Rock. Sherlock Holmes: Mysteries of the Victorian Era [M]. Lincoln, NE: iUniverse, 2002.

Doyle, Arthur Conan. "The Case of Mr. George Edalji" [N]. Daily Telegraph, January 12, 1907.

——A Study in Scarlet [M]. Gutenberg EBook, 2008.

——Memoirs of Sherlock Holmes [M]. Gutenberg EBook, 1997.

——Memories and Adventures [M]. London: Hodder & Stoughton, 1924.

——The Stark Munro Letters [M]. London: Longmans, 1895.

——The Vital Message [M] Gutenberg EBook, 1996.

Drga, Wojciech. "The Search Is All?: The Pursuit of Meaning in Julian Barnes's *Flaubert's Parrot*, *Staring at the Sun* and *A History of the World in* 10 1/2 *Chapters*" [D]. University of Glamorgan, 2007.

Eco, Umberto. *Reflections on "The Nature of the Rose"* [M]. William Weaver (Trans.). London: Secker and Warburg, 1985.

Feenberg, Andrew. *Questioning Technology* [M]. London and New York: Routledge, 1999.

Finney, Brian. "Julian Barnes's *A History of the World in* 10 1/2 *Chapters* (1989)" [A]. *English Fiction since 1984: Narrating a Nation* [M]. New York: Palgrave, 2006. 34 – 52.

Fishman, Robert. "Bourgeois Utopias: Visions of Suburbia" [A]. *Readings in Urban Theory* [C]. Susan S. F and Scott C. (ed.). Oxford: Blackwell Publishers Ltd., 2002: 21 – 31.

Fowlie, Wallace. "Flaubert's Self-Portrait: The Letters of Gustave Flaubert: 1857 – 1880 (Review)" [J]. *The Sewanee Review*, 1983 (4): lxxii – lxxiv.

Frank, Lawrence. *Victorian Detective Fiction and the Nature of Evidence: The Scientific Investigations of Poe, Dickens and Doyle* [M]. New York: Palgrave Macmillan, 2003.

Freiburg, Roudolf and Jan Schnitker (eds.). "*Do You Consider Yourself a Postmodern Author?*": *Interviews with Contemporary English Writers* [M]. MünsterLondon: Lit, 1999.

Frey, Olivia. *Narrative Technique in Julian Barnes's Arthur & George: Negotiating Truth and Fiction* [Z]. GRIN Verlag oHG, 2009.

Frierson, Patrick R. *Freedom and Anthropology in Kant's Moral Philosophy* [M]. Cambridge: Cambridge University Press, 2003.

Gholami, Soudabe. "Resistance to the Discourse of Death in *Nothing to Be Frightened Of* by Julian Barnes in the Light of Michel Foucault" [J]. *Studies in Literature and Language*, 2011 (3): 123-128.

Goldthorpe, Rhiannon. "Ricoeur, Proust and the Aporias of Time" [A]. *On Paul Ricoeur: Narrative and Interpretation* [C]. David Wood (ed). London: Routledge, 1991. 84-101.

Gorak, Jan. *Critic of Crisis: A Study of Frank Kermode* [M]. Columbia: University of Missouri Press, 1987.

Greaney, Michael. "The Oddness of Julian Barnes and *The Sense of an Ending*" [J]. *English*, 2014 (242): 225-240.

Guignery, Vanessa. "My Wife … Died: Une Mort en Pointillé dans *Flaubert's Parrot* de Julian Barnes" [J]. *études Bbritanniques Contemporaines*, 1999 (17): 57-68.

——"History in Questions(s): An Interview with Julian Barnes" [J]. *Sources*, 2000 (8): 59-72.

——"A Preference for things Gallic: Julian Barnes and the French Connection" [A]. *Julian Barnes: Contemporary Critical Perspectives* [M]. Sebastian Groes and Peter Childs (eds.). London: Continnum International Croup, 2011. 37-50.

——"Generic Pastiche and Palimpsest in Julian Barnes" [J]. *études Aanglaises*, 1997 (1): 40-52.

——*The Fiction of Julian Barnes: A Reader's Guide to Essential Criticism* [M]. Hampshire: Palgrave Macmillan, 2006.

——"Julian Barnes in Conversation" [J]. *Cercles* 4 (2002): 255-269.

Guignery, Vanessa and Ryan Roberts (eds.). *Conversations with Julian Barnes* [C]. Jackson: UP of Mississippi, 2009.

Guignery, Vanessa and Sebastian Groes (eds.). *Worlds within Words: Twenty-First Century Visions on the Work of Julian Barnes* [C]. Sibiu: Lucian Blaga University Press, 2009.

Guppy, Shusha. "Julian Barnes, the Art of Fiction CLXV" [J]. *The Paris Review*, 2000 (157): 54-84.

Habermas, Jürgen. *The Theory of Communicative Action* [M]. Boston: Beacon Press, 1984.

Hadley, Louisa. "Tell Us What Really Happened: Evidence and the Past in Julian Barnes's *Arthur & George*" [OL]. *The Victorian Web: Literature, History & Culture in the Age of Victoria*, August 26, 2011. 1-5.

Hadley, Louisa. *Neo-Victorian Fiction and Historical Narrative: The Victorans and Us*

[M]. London: Palgrave Macmillan, 2010.

Halim, Nadia M. "'An Ark on Which Two Might Escape': Modernist and Postmodernist Discourse in Julian Barnes's *A History of the World in* 10 1/2 *Chapters*" [D]. Queen's University, 1994.

Hall, Judy. *The Hades Moon: Pluto in Aspect to the Moon* [M]. Massachusetts: Weiser, 1998.

Hamilton, Craig. "Bakhtinian Narration in *Talking it Over* and *Love, etc* by Julian Barnes" [J]. *Imaginaires*, 2004 (10): 177 – 192.

Hamilton, Paul. "Optimism and Pessimism of the New Historicism" [J]. *English*, 1993 (173): 109 – 123.

Hansen, Toran. "The Narrative Approach to Mediation" [J]. *Pepperdine Dispute Resolution Law Journal*, 2004 (2): 297 – 308.

Hateley, Erica. "*Flaubert's Parrot* as Modernist Quest" [J]. *Q/W/E/R/T/Y*, 2001 (11): 171 – 181.

Head, Dominic. "Julian Barnes and a Case of English Identity" [A]. *British Fiction Today* [C]. Philip Tew and Rod Mengham (eds). New York: Contnnum, 2006. 15 – 28.

——*The Cambridge Companion to Modern British Fiction,1950 – 2000* [M]. Cambridge: Cambridge UP, 2002.

——"Poisoned Minds: Suburbanites in Post-War British Fiction" [A]. *Expanding Suburbia: Reviewing Suburban Narratives* [C]. Roger Webster (ed.). New York and Oxford: Berghahn Books, 2000. 71 – 89.

Henker, C. and C. Goer. "Art and Catastrophe: Theodore Gericault's Painting 'Flossder Medusa' in Julian Barnes's Novel *A History of the World in 10 and a Half Chapters*" [J]. *Weimarer*, 2000 (1): 129 – 136.

Henstra, Sarh. "The McReal Thing: Personal/National Identity in Julian Barnes's *England, England*" [A]. *British Fiction of the 1990* [C]. Nick Bentley (ed). London and New York: Routledge, 2005. 95 – 107.

Hibbard, Allen. "Biographer and Subject: A Tale of Two Narratives" [J]. *South Central Review*, 2006 (3): 19 – 36.

Higdon, David Leon. "'Unconfessed Confessions': The Narrators of Graham Swift and Julian Barnes" [A]. *The British and Irish Novel Since 1960* [M]. James Acheson (ed.). London: Macmillan, 1991. 174 – 191.

Higham, Charles. *The Adventures of Conan Doyle: The Life of the Creator of Sherlock Holmes* [M]. London: Hamish Hamilton, 1976.

Holland, Caroline. "Escape from Metroland" [N]. *Islington Gazette*, 31 July 1981: 16.

Holmes, Frederick M. *Julian Barnes: New British Fiction* [M]. Hampshire: Palgrave

Macmillan, 2009.

Homer, Michael W. "Sir Arthur Conan Doyle: Spiritualism and 'New Religions'" [J]. *Dialogue: A Journal of Mormon Thought*, 1990 (4): 97–121.

Hoogenboom, A. M. "Comparing Julian Barnes's *A History of the World in 10 1/2 Chapters* to Elisabeth Wesseling's Descriptions of the Postmodernist Historical Novel" [D]. 2005.

House, Christian. "*The Sense of an Ending*, By Julian Barnes: A Dark Alley, Just off Memory Lane" [N]. *The Independent*, August 7, 2011.

Hua, Chaorong. "(Un) Reliability Revisited: Reading Julian Barnes's *The Sense of an Ending*" [OL]. https://www.academia.edu/5368584/Unreliability_Revisited_Reading_Julian_Barnes_Sense_of_an_Ending. Accessed Dec. 31, 2014.

Hungerford, Amy. "Fiction in Review: 'Spoiler Alert': Julian Barnes" [J]. *The Yale Review*, 2012 (4): 147–154.

Hunter-Tilney, Ludovic. "Man of Mystery" [N]. *Financial Times*, November 25, 2005. 34.

Hutcheon, Linda. *Irony's Edge* [M]. London and New York: Routledge, 1995.

——*The Irony and Politics of Irony* [M]. London and New York: Routledge, 1994.

——*The Politics of Postmodernism* [M] London and New York: Routledge, 1989.

——*A Poetics of Postmodernism: History, Theory, Fiction* [M]. London and New York: Routledge, 1988.

——*Narcissistic Narrative: The Metafictional Paradox* [M]. Ontario: Wilfrid Laurier University Press, 1980.

Hyden, Lars-Christer. "Identity, Self, Narrative" [A]. *Beyond Narrative Coherence* [C]. Matti Hyvarinen (ed.). Philadelphia: John Benjamins B. V., 2010. 33–48.

Ignatieff, Michael. *Julian Barnes in 10 1/2 Chapters* [Z]. BBC2, 14, November 1994.

Ihde, Don. *Technology and the Lifeworld* [M]. Bloomington: Indiana UP, 1991.

Jagannathan, Dhananjay. "On Making Sense of Oneself: Reflections on Julian Barnes's *The Sense of an Ending*" [J]. *Philosophy & Literature*, 2015 (1): 1–13.

Johnston, Georgia. "Textualizing Ellen: The Patriarchal 'I' of *Flaubert's Parrot*" [J]. *Philological Papers*, 2000 (46): 64–69.

Jonathan, Daniel Sabol. "Memory, History, and Identity: The Trauma Narrative in Contemporary North American and British Fiction" [D]. Fordham University, 2007.

Jones, Thomas. "Oh no Oh No OH NO" [N]. *London Review of Books*, February 17, 2011. 31–33.

Kaplan, D. M. "Paul Ricoeur and the Philosophy of Technology" [J]. *Journal of French*

Philosophy, 2006 (1/2): 42-56.

Katka, Gajanan N. "*Flaubert's Parrot*: A Psychological Journey" [J]. *Indian Streams Research Journal*, 2012 (8): 1344.

Kautani, Michiko. "Life in Smoke and Mirrors" [N]. *The New York Times*, Oct. 16, 2011.

Kelley, Kathleen A. "Humors, Neuroses, and Falling in Love in Julian Barnes's *Talking It Over* and *Love, etc.*" [J]. *The International Journal of Humanities*, 2012 (9): 179-191.

Kelly, Lionel. "The Ocean, the Harbour, the City: Julian Barnes's *A History of the World in 10 1/2 Chapters*" [J]. *Etudes Britanniques Contemporaines*, 1993 (2): 1-10.

Kermode, Frank. *Pleasure and Change: The Aesthetics of Cannon* [M]. Oxford: Oxford University Press, 2004.

——*The Sense of an Ending: Studies in the Theory of Fiction* (New Ed.) [M]. Oxford and New York: Oxford University Press, 2000.

——"Stowaway Woodworm" [N]. *London Review of Books*, June 22, 1989. 22.

——*History and Value* [M]. Oxford: Clarendon Press, 1988.

——"Obsessed with Obsession" [N]. *New York Review of Books*, April 25, 1985. 15-16.

——*Essays on Fiction* [M]. London: Routledge & Kegan Paul, 1983.

Kim, Soo. "The Detective and the Witness: An Ethical Friendship in Julian Barnes's *Arthur and George*" [J]. *Reconstruction: Studies in Contemporary Culture*, 2009 (3): 70-92.

Kirby, A. J. "*The Sense of an Ending* (Rev.)" [N]. *New York Journal of Books*, October 11, 2011.

Knežević, Marija and Aleksandra Nikčević Batrićević (Eds.). "The Strange Meeting of Arthur and George in Julian Barnes's *Arthur & George*" [A]. *Recounting Cultural Encounters* [C]. Newcastle: Cambridge Scholars Publishing, 2009. 147-171.

Kotte, Christina. "The Moral Negotiation of Truth in Julian Barnes's *A History of the World in 10 1/2 Chapters*" [A]. *Ethical Dimensions in British Historiogrpahic Metafiction: Julian Barnes, Graham Swift, Penelope Lively* [M]. Trier: WVT Wissenchaftlicher Verladg Trier, 2001. 73-106.

Kotte, Claudia. "Random Patterns? Orderly Disorder in Julian Barnes's *A History of the World in 10 and 1/2 Chapters*" [J]. *Arbeiten aus Anglistik und Amerikanistik*, 1997 (22): 107-128.

Krasteva, Yonka. "Julian Barnes's The Porcupine: Recent Balkan History under Western Eyes" [J]. *Zeitschrift fur Anglist und Amerikanistik*, 2000 (4): 343-353.

Kraus, Chris. "Introduction" [A]. *Madame Bovary* [M]. New York: Barnes and Noble

Classics, 2005: xiii – xxix.

Kucala, Bozena. "The Erosion of Victorian Discourses in Julian Barnes's *Arthur and George*" [J]. *American, British and Canadian Studies*, 2009 (2): 61 – 73.

Kulvete, Samuel C. "Law, History, and Literature as Narrative in *The Sense of an Ending*" [D]. East Carolina University, 2014.

LaCapra, Dominick. "Trauma, Absence, Loss" [J]. *Critical Inquiry*, 1999 (4): 696 – 727.

Lazaro, Alberto. "The Techniques of Committed Fiction: In Defense of Julian Barnes's *The Porcupine*" [J]. *Atlantis*, 2000 (1): 121 – 131.

Lea, Daniel. "'Parenthesis' and the Unreliable Author in Julian Barnes's *A History of the World in 10 1/2 Chapters*" [J]. *Jürgen Joachimsthaler*, 2007 (4): 379 – 394.

Lee, Alison. *Realism and Power: Postmodern British Fiction* [M]. London and New York: Routledge, 1990.

Leiter, Brian. *Nietszche on Morality* [M]. London: Routledge, 2002.

Levin, Bernard. "*Metroland*: Thanks for the Memories" [N]. Sunday Times, 6 April 1980.

Levinas, Emmanuel. *Totality and Infinity: An Essay on Exteriority* [M]. Boston and London: Martinus Nijhoff Publishers, 1979.

Lezard, Nicholas. "*The Sense of an Ending* by Julian Barnes" [OL]. http://www.standard.co.uk/lifestyle/books/the-sense-of-an-ending-by-julian-barnes-review-6424411.html. Accessed Dec. 31 2014.

Lidsky, Paul. *Lesécrivains contre la Commune* [M]. Paris: Maspero, 1970.

Lightman, Bernard and Gowan Dawson. *Victorian Scientific Naturalism: Community, Identity, Continuity* [M]. Chicago: University of Chicago Press, 2014.

Locke, Richard. "Flood of Forms" [J]. *New Republic*, 1989 (201): 42 – 43.

Luo, Yuan. "In Pursuit of the Real: A Study of *Flaubert's Parrot*" [D]. Suzhou University, 2003.

Lycett, Andrew. "Adultery, May Dear Watson" [N]. *The Guardian*, 2007 (September 15):36.

Lycett, Andrew. "Seeing and Knowing with the Eyes of Faith" [A]. Sebastian Groes and Peter Childs (eds.). *Julian Barnes* [C]. London and New York: Continuum International Publish Group, 2011. 129 – 133.

MacIntyre, Alasdair. *After Virtue: A Study in Moral Theory* (3rd Edition) [M]. Indiana: University of Notre Dame Press, 2007.

Marchand, Philip. "English Novelist Re-Creates God in His Own Image" [N]. *Toronto Star*, October 17, 1989. E1.

Martin, James E. "Inventing Towards Truth: Theories of History and the Novels of Julian Barnes" [D]. University of Arkansas, 2001.

Maureen, Whitebrook. *Identity, Narrative and Politics* [M]. Oxford and New York: Routledge, 2001.

McAdams, Dan P. "The Psychology of Life Stories" [J]. *Review of General Psychology*, 2001 (5.2): 100 – 122.

McAuliffe, Pádraig. "The Ambiguities of Transitional Narrative in *The Porcupine* by Julian Barnes" [J]. *Law and Literature*, 2012 (3): 349 – 379.

McGrath, Patrick. "Julian Barnes" [A]. *Conversations with Julian Barnes* [C]. Vanessa Guignery and Ryan Roberts (eds.). Jackson: University Press of Mississippi, 2009. 11 – 19.

McHale, Brian. *Postmodern Fiction* [M]. London: Routledge, 1992.

Millington, Mark I. and Alison S. Sinclair. "The Honorable Cuckold: Models of Masculine Defense" [J]. *Comparative Literature Studies*, 1992 (1): 1 – 19.

Miracky, James. "Replicating a Dinosaur: Authenticity Run Amonk in the 'Theme Parking' of Michael Crichton's Jurassic Park and Julian Barnes's *England, England*" [J]. *Critique*, 2004 (2): 163 – 171.

Misa, Patrik. "Biography in Fiction by Julian Barnes" [D]. Masaryk University, 2013.

Monterrey, Thomas. "Julian Barnes's 'Shipwreck' or Recycling Chaos into Art" [J]. *CLIO*, 2004 (4): 415 – 426

Moseley, Merrit. "Julian Barnes's *Flaubert's Parrot*" [A]. *A Companion to the British and Irish Novel: 1945 – 2000* [C]. Brian W. Shaffer (ed.). Oxford: Blackwell Publishing, 2005.

——*Understanding Julian Barnes* [M]. Columbia: University of South Carolina Press, 1997.

Nadel, Ira Brue. *Biography, Fiction, Fact and Form* [M]. New York: St. Martin's Press, 1984.

Newton, Adam Zachary. *Narrative Ethics* [M]. London and Massachusetts: Harvard University Press, 1997.

Nicol, Bran. "The Postmodern Historical Novel: Fowels, Barnes, Swift" [A]. *The Cambridge Introduction to Postmodern Fiction* [M]. Cambridge, New York, Melbouren, Madrid, Cape Town and Singapore: Cambridge University Press, 2009. 116 – 120.

Nunning, Vera. "The Invention of Cultural Traditions: The Construction and Deconstruction of Englishness and Authenticity in Julian Barnes's *England, England*" [J]. *Anglia*, 2001 (119): 58 – 76.

Oates, Joyce Carol. "Julian Barnes and the Work of Grief" [N]. *TLS*, 1 May, 2013.

——"But Noah Was Not a Nice Man" [N]. *The New York Times*, October 1, 1989.

Onega, Susana. "The Nightmare of History, the Value of Art and the Ethics of Love in Julian Barnes's *A History of the World in 10 1/2 Chapters*" [A]. *Ethics in Culture: The Dissemination of Values through Literature and Other media* [C]. Astrid Erll, Herbert Grabes and Ansgar Nunning (eds.). Berlin and New York: Walter de Gruyter, 2008. 355 – 369.

Orthofer, M. A. "The Complete Review's Review" [OL]. http://www.complete-review.com/reviews/barnesj/sense.htm. Accessed Dec. 31 2014.

Pascal, Janet B. *Arthur Conan Doyle: Beyond Baker Street* [M]. Oxford: Oxford UP, 2000.

Pateman, Matthew. *Julian Barnes: Writers and Their Work* [M]. Devon: Northcote House, 2002.

Patrascu, Ecaterina. "*Flaubert's Parrot* and the Masks of Identity: Between Postmodernism and the 'New Humanism'" [J]. *Acta Iassyensia Comparationis*, 2011 (9): 208 – 216.

Patterson, Christina. "Verlaine and Rimbaud: Poets from Hell" [N]. *The Independent*, Wednesday 08 February 2006.

Petrar, Petronia. "Spatial Histories and Historical Spaces in Julian Barnes's *A History of the World in 10 1/2 Chapters*" [J]. *Studia Universitatis Babes-Bolyai*, 2007 (4): 117 – 124.

Piqueras, Maricel Oró. "Memory Revisited in Julian Barnes's *The Sense of an Ending*" [J]. *Coolabah*, 2014 (13): 87 – 95.

Priestman, *Martin*. "Introduction: Crime Fiction and Detective Fiction" [A]. Martin Priestman (ed.). *The Cambridge Companion to Crime Fiction* [C]. Cambridge: Cambridge UP, 2003. 1 – 6.

Prodger, Michael. "The Sense of an Ending" [N]. *The Financial Times*, August 6, 2011.

Przybyla, Daria. "(Post)Structural Notions of Language and History in the Novels of Julian Barnes" [D]. University of Silesia, 2005.

Pyrbonen, Heta. "Criticism and Theory" [A]. *A Companion to Crime Fiction* [C]. Charles J. Rzepka and Lee Horsley (eds.). West Sussex: Wiley-Blackwell, 2010. 43 – 56.

Rafferty, Terrence. "The Game's Afoot" [N]. *The New York Times Book Review*, 2006 (January 15): 1 – 3.

Raitt, Alan William. *Gustavus Flaubertus Bourgeoisophobus: Flaubert and the Bourgeois Mentality* [M]. New York: Peter Lang, 2005.

Raucq Hoorickx, Isabelle. "Julian Barnes's *A History of the World in 10 1/2 Chapters*: A

Levinasian Deconstructionist Point of View" [J]. *Le Langage et l'Homme: Recherches Pluridisciplinaires sur le Langage*, 1991 (1): 47 -54.

Rennison, Nick. "Julian Barnes" [A]. *Contemporary British Novelists* [C]. New York: Routledge, 2005. 24 -26.

Reynolds, Jack. *Understanding Existentialism* [M]. Bucks: Acumen, 2006.

Ricoeur, Paul. *Living Up to Death* [M]. David Pellauer (trans.). Chicago and London: The University of Chicago Press, 2009.

——*The Course of Recognition* [M]. David Pellauer (trans.). Massachusetts and London: Harvard University Press, 2005.

——*Memory, History, Forgetting* [M]. Kathleen Blamey and David Pellauer (trans.). Chicago and London: The University of Chicago Press, 2004

——"Memory and Forgetting" [A]. *Questioning Ethics: Contemporary Debates in Philosophy* [C]. Richard Kearney and Mark Dooley (eds.). London and New York: Routledge, 1999. 5 -11.

——"Humanities between Science and Art" [A]. *Humanities at the Turn of the Millennium Conference* [C]. Denmark: University of Arhus, 1999a: 2 -15.

——"The Crisis of Cogito" [J]. *Synthese*, 1996 (1): 57 -66.

——"Intellectual Autobiography" [A]. *The Philosophy of Paul Ricoeur* [C]. Lewis Edwin Hahn (ed.). Peru: Open Court, 1994. 1 -22.

—— *Oneself as Another* [M]. Kathleen Blamey (trans.). Chicago and London: The University of Chicago Press, 1992.

——"Life in Quest of Narrative" [A]. *On Paul Ricoeur: Narrative and Interpretation* [C]. David Wood (ed.). London and New York: Routledge, 1991. 20 -33.

——"Narrative Identity" [J]. *Philosophy Today*, 1991a (1): 73 -81.

——"Discussion: Ricoeur on Narrative" [A]. *On Paul Ricoeur: Narrative and Interpretation* [C]. David Wood (ed.). London and New York: Routledge, 1991b. 160 -187.

——*Time and Narrative* (Vol. 3) [M]. Kathleen McLaughlin and David Pellauer (trans.). Chicago and London: The University of Chicago Press, 1988.

——*Time and Narrative* (Vol. 2) [M]. Kathleen McLaughlin and David Pellauer (trans.). Chicago and London: The University of Chicago Press, 1985.

——*Time and Narrative* (Vol. 1) [M]. Kathleen McLaughlin and David Pellauer (trans.). Chicago and London: The University of Chicago Press, 1984.

——"Narrative Function" [A]. *Hermeneutic and Human Science* [C]. John B. Thompson (ed. & trans.). London and New York: Cambridge University Press,

1981. 274 – 296.

—— "Narrative Time" [J]. *Critical Inquiry*, 1980(1): 169 – 190.

—— "The Model of the Text: Meaningful Action Considered as a Text" [J]. *New Literary History*, 1973 (1): 91 – 117.

Risinger, Michael. "Boxes in Boxes: Julian Barnes, Conan Doyle, Sherlock Holmes and the Edalji Case" [J]. *International Commentary on Evidence*, 2006 (2): 1 – 88.

Roberts, Brian. "Sociological Lives and Auto/Biographical Writing" [A]. *Narrative, Memory and Life Transitions* [M]. C. Horrocks (ed.). Huddersfield: University of Huddersfield, 2002. 163 – 170.

Roberts, Ryan. "Inventing a Way to the Truth: Life and Fiction in Julian Barnes's *Flaubert's Parrot*" [A]. *Julian Barnes: Contemporary Perspectives* [M]. Sebastian Gores et al (eds.). London: Continuum, 2011. 24 – 36.

Rose, Phyllis. *Woman of Letters: A Life of Virginia Woolf* [M]. New York: Oxford UP, 1978.

Rossen-Knill, Deborah F. "How Dialogue Creates Opposite Characters: An Analysis of *Arthur & George*" [J]. *Language and Literature*, 2011 (1): 43 – 58.

Rubinson, Gregory J. *The Fiction of Rushdie, Barnes, Winterson and Carter: Breaking Cultural and Literary Boundaries in the Work of Four Postmodernists* [M]. North Carolina: McFarland & Company, 2005.

—— "History's Genre: Julian Barnes's *A History of the World in 10 1/2 Chapters*" [J]. *Modern Language Studies*, 2000 (2): 159 – 179.

Rushdie, Salman. "Julian Barnes" [A]. *Imaginary Homelands: Essays and Criticism 1981 – 1991* [M]. London: Branta Books, 1991. 241 – 243.

Sabol, Jonathan Daniel. "Memory, History, and Identity: The Trauma Narrative in Contemporary North American and British Fiction" [D]. Fordham University, 2007.

Said, Edward. *Orientalism* [M]. London: Penguin, 1977.

Salgas, Jean-Pierre. "Julian Barnes N'en a Pas Fini avec Flaubert" [J]. *La Quinzaine Litteraire*, 1986 (463): 16 – 31.

Salman, Volha. "Fabulation of Metanarratives in Julian Barnes's Novels *Metroland, Flaubert's Parrot, A History of the World in 10 1/2 Chapters* and *England, England*" [D]. Middle East Technical University, 2009.

Salyer, Gregory. "One Good Story Leads to Another: Julian Barnes's *A History of the World in 10 1/2 Chapters*" [J]. *Journal of Literature and Theology*, 1991 (2): 220 – 233.

Sandulescu, Constantin-George. *The Joycean Monologue: A Study of Character and Monologue in Joyce's Ulysses against the Background of Literary Tradition* [M].

Bucuresti: Contemporary literature Press, 2010.

Schick, Ron. *The View from Space: American Astronaut Photography, 1962 – 1972* [M]. New York: C. N. Potter, 1988.

Schneider, Ana-Karina. "Competing Narratives in Julian Barnes's *Arthur and George*" [J]. *American, British and Canadian Studies*, 2009 (2): 50 – 60.

Schrag, Calvin O. *Convergence amidst Difference: Philosophical Conversations across National Boundaries* [M]. New York: State University of New York Press, 2004.

Schweiker, William. "The Good and Moral Identity: A Theological Ethical Response to Charles Taylor's *Sources of the Self*" [J]. *The Journal of Religion*, 1992 (4): 560 – 572.

Scott, J. B. "Parrot as Paradigms: Infinite Deferral of Meaning in Flaubert's Parrot" [J]. *Ariel: A Review of International English Literature*, 1990 (3): 57 – 68.

Semino, Elena. "Representing Character's Speech and Thought in Narrative Fiction: A Study of *England, England* by Julian Barnes" [J]. *Style*, 2004 (4): 428 – 451.

Sesto, Bruce. *Language, History, and Metanarrative in the Fiction of Julian Barnes* [M]. Oxford and New York: Peter Lang, 2001.

Sexton, David. "The Sense of an Ending (Rev.)" [N]. *The Spectator*, July 23, 2011. Spinoza, Baruch. *Complete Works* [M]. Michael L. Morgan (trans.). Indianapolis and Cambridge: Hackett Publishing Company, 2002.

Shepherd, Tania. "Towards a Description of Atypical Narratives: A Study of the Underlying Organization of *Flaubert's Parrot*" [J]. *Language and Discourse*, 1997 (5):71 – 95.

Smith, Amanda. "Julian Barnes" [N]. *Publishers Weekley*, 3 November 1989 (236: 8): 73.

Snyder, Laura J. "Sherlock Holmes: Scientific Detective" [J]. *Endeavour*, 2004 (3): 104 – 118.

Spinoza, Baruch. *Complete Works* [M]. Sameul Shirley (trasn.). Indianapolis/ Cambridge: Hackett Publish Company, Inc., 2002.

Stout, Mira. "Chameleon Novelist" [N]. *New York Time Magazine*, 1992 (22): 29 – 80.

Strout, Cushing. "The Case of the Novelist, the Solicitor and a Miscarriage of Justice" [J]. *Sewanee Review*, 2007 (1): xi – xiii.

Su, Soon Peng. "Moral Positioning of the Reader through Narrative Unreliability" [J]. *The International Journal of the Humanities*, 2010 (1): 391 – 400.

Takapouie, Tina. "A True Survey on *Arthur & George* by Julian Barnes from Historiographic Metafictional Theories by Linda Hutcheon" [J]. *European Journal of Business and Social Science*, 2013 (6): 16 – 25.

Tate, Andrew. "'An Ordinary Piece of Magic': Religion in the Work of Julian Barnes" [A]. *Julian Barnes: Contemporary Perspectives* [C]. Sebastian Groes and Peter Childs (eds.). London and New York: Continnum, 2011. 51 – 68.

Tauton, Matthew. "The Flaneur and the Freeholder: Paris and London in Julian Barnes's *Metroland*" [A]. *Julian Barnes: Contemporary Perspectives* [C]. Sebastian Groes and Peter Childs (eds.). London and New York: Continnum, 2011. 11 – 23.

Taylor, Charles. "Modern Moral Rationalism" [A]. *Weakening Philosophy: Essays in Honour of Gianni Vattimo* [C]. Santiago Zabala (ed). London: McGill-Queen's UP, 2007. 57 – 76.

——*The Ethics of Authenticity* [M]. Massachusetts and London: Harvard University Press, 2003.

——*Sources of the Self: The Making of the Modern Identity* [M]. Cambridge and Massachusetts: Harvard University Press, 2001.

——*Philosophical Papers*, Vol. 1 [C]. Cambridge and New York: Cambridge University Press, 1985.

Tezi, Doktora. "Julian Barnes's Use of Narrators in *Flaubert's Parrot*, *Talking It Over* and *Love*, etc." [D]. Ankara University, 2007.

Thomas, Ronald R. *Detective Fiction and the Rise of Forensic Science* [M] Cambridge: Cambridge UP, 1999.

Thornton, Brian. "Journalists and Miscarriages of Justice" [OL]. http://www.crimeandjusticecentre.com/2014/10/09/journalists-and-miscarriages-of-justice/. Accessed Dec. 31 2014.

Tonkin, Boyd. "*The Sense of an Ending*, by Julian Barnes" [N]. *The Independent*, Friday, 5 August 2011.

Tumbrägel, Tessa. "Struggling with the Postmodern Crisis of History in Julian Barnes's in *Flaubert's Parrot*" [D]. University of Passau, 2011.

Unwin, Timothy. "Flaubert: Transportation, Progression, Progress (Review)" [J]. *French Studies: A Quarterly Review*, 2011(2): 261 – 262.

Updike, John. "A Pair of Parrots" [N]. *New Yorker*, July 7, 1985. 86 – 90.

Walker, Tim. "Pat Kavanagh's Will Omits Former Lover Jeanette Winterson from Remembered Friends" [N]. *The Telegraph*, April 20, 2009.

Waugh, Patricia. *Metafiction: The Theory and Practice of Self-Conscious Fiction* [M]. London: Routledge, 1994.

West, David. *Continental Philosophy: An Introduction* [M]. Cambridge: Polity Press, 2010.

Winslade, John, Gerald Monk and Alison Cotter. *Narrative Mediation* [M]. San Francisco:

Jossey-Bass, 2001.

White, Hayden. "The Structure of Historical Narrative" [A]. *The Fiction of Narrative: Essays on History, Literature, and Theory* [C]. Robert Doran (ed.). Baltimore: The Johns Hopkins UP, 2010. 112 – 125.

——"The Metaphysics of Narrativity: Time and Symbol in Ricoeur's Philosophy of History" [A]. *On Paul Ricoeur: Narrative and Interpretation* [C]. David Wood (ed.). London: Routledge, 1991. 140 – 159.

——*The Content of the Form: Narrative Discourse and Historical Representation* [M]. Baltimore and London: The Johns Hopkins University, 1987.

——"The Question of Narrative in Contemporary Historical Theory" [J]. *History and Theory*, 1984 (2): 1 – 33.

——*Metahisotory: The Historical Imagination in Nineteenth-Century Europe* (2nd Ed.) [M]. Baltimore: John Hopkins University Press, 1974.

White, Michael and David Epston. *Narrative Means to Therapeutic Ends* [M]. New York: WW Norton, 1990.

White, Patti. "Stuffed Parrot" [A]. *Gatsby's Party: The System and the List in Contemporary Narrative* [M]. West Lafayette, Indiana: Purdue University Press, 1992. 111 – 123.

Whitebrook, Maureen. *Identity, Narrative and Politics* [M]. London and New York: Routledge, 2001

Wilhelmus, Tom. "Memory Reconstructed" [J]. *Hudson Review*, 2012 (4): 705 – 711.

Williams, Gareth. "The Genesis of Chronic Illness: Narrative Reconstruction" [J]. *Sociology of Heath and Illness*, 1984 (6): 175 – 200.

Wilson, Kate. "The Last Laugh: A Review of Julian Barnes's *The Sense of an Ending*" [OL]. https://sites.google.com/site/booksonthebroad/home/the-sense-of-an-ending. Accessed Dec. 31 2014.

Wilson, Keith. "Julian Barnes and the Marginalization of Metropolitanism: The Suburban Centre in Metroland and Letters from London" [A]. *The Swarming Streets: Twentieth-Century Literary Representations of London* [C]. Lawrence Philips (ed.). Amsterdam: Rodopi, 2004. 153 – 168.

Winslade, John and Gerald Monk. *Narrative Mediation* [M]. San Francisco: Jossey-Bass, 2001.

Winslade, John, Gerald Monk and Alison Cotter. "A Narrative Approach to the Practice of Mediation" [J]. *Negotiation Journal*, 1998 (1): 21 – 43.

Wood, David (ed.). *On Paul Ricoeur: Narrative and Interpretation* [M]. London: Routledge, 1991.

Woolf, Virginia. "The Art of Biography"［A］. *Collected Essays IV*［C］. London：Hogarth Press，1967.

Wright, Willard Huntington. "'Introduction' to the Great Detective Stories"［A］. Howard Haycraft (ed.). *The Art of the Mystery: A Collection of Critical Essays*［C］. New York：Carroll and Graf, 1983. 33 – 70.

Zwierlein, Anne-Julia. "The gift of Seeing—'The Eyes of Faith'：Visual Evidence and Supernatural in Julian Barnes's *Arthur and George* and other Neo-Victorian Detective Novels"［J］. *Zeitschrift fur Anglistik und Amerikanistik*, 2008 (1)：31 – 48.

侯维瑞,李维屏.英国小说史［M］.南京：译林出版社,2005.

胡伟达.走出自我认识的迷雾——解读《终结的意义》［D］.首都师范大学,2014.

慧辉.世界文坛中心正在消散［J］.读书,1992 (12)：156.

亢泰.湖边旅社［J］.读书,1985 (7)：133—135.

李冬梅.艺术家与失败的"缪斯女神"——从《福楼拜的鹦鹉》说起［J］.世界文化,2007 (1)：24—26.

李景端.仿佛小说的"另类"人物传记［N］.光明日报, 2005 (Dec. 12)：5.

李颖.论《10 1/2 章世界历史》对现代文明的反思［J］.当代外国文学,2012 (1)：76—83.

刘成科.虚妄与觉醒——巴恩斯小说《终结的感觉》中的自我解构［J］.学术界, 2014 (1)：231—237.

刘擎."中文版导言:没有幻觉的个人自主性"［A］.本真性的伦理［C］.查尔斯·泰勒(程炼 译).上海：上海三联书店, 2012. 1—16.

罗小云.震荡的余波——巴恩斯小说《十卷半世界史》中的权力话语［J］.外语研究, 2007 (3)：98—102.

罗媛.历史反思与身份追寻——论《英格兰,英格兰》的主题意蕴［J］.当代外国文学, 2010 (1)：105—114.

——追寻真实——解读朱利安·巴恩斯的《福楼拜的鹦鹉》［J］.当代外国文学评论, 2006 (3)：115—121.

——历史反思与身份追寻——论《英格兰,英格兰》的主题意蕴［J］.当代外国文学, 2010 (1)：105—114.

毛卫强.小说范式与道德批判:评朱利安·巴恩斯的《结局的意义》［J］.外国文学研究, 2012 (6)：119—126.

米兰·昆德拉.庆祝无意义［M］.马振聘(译).上海：上海译文出版社,2014.

秋叶.在哪儿当作家好？［N］.中华读书报, 2001 (Oct. 10)：24.

瞿亚妮.虚构与真实——从历史元小说角度解读《福楼拜的鹦鹉》［J］.怀化学院学报, 2010 (10)：67—69.

阮伟.20世纪英国文学史[M].青岛：青岛出版社，2004.
——巴恩斯和他的《福楼拜的鹦鹉》[J].外国文学评论，1997：51—58.
孙建.英国文学辞典作家与作品[M].上海：复旦大学出版社，2005.
汤素娜.历史与"回荡的声音"——朱利安·巴恩斯《十卷半世界史》互文性解读[J].
　　南昌高专学报，2010（3）：30—31,58.
王守仁，何宁.20世纪英国文学史[M].北京：北京大学出版社，2006.
王一平.《英格兰、英格兰》的另类主题——论怀特岛"英格兰"的民族国家建构[J].
　　外国文学评论，2014（2）：78—89.
——朱利安·巴恩斯小说与新历史主义——兼论曼布克奖获奖小说《终结的感觉》
　　[J].外语与外语教学，2015（1）：92—96.
——试析《福楼拜的鹦鹉》中的动物意象[J].科技文汇，2009（1）：204—205.
吴元迈.20世纪外国文学史：1970—2000年的外国文学［M］.南京：译林出版
　　社，2004.
徐颖颖.从《福楼拜的鹦鹉》看人物传记的真实戏仿[J].广东海洋大学学报，2009
　　（2）：71—74.
杨金才.诘问历史，探寻真实——从《10 1/2章人的历史》看后现代主义小说中真实
　　的隐循[J].深圳大学学报（人文社会科学版），2006（3）：91—95.
翟世镜.当代英国中青年小说家[A].现代主义之后：写实与实验[C].陆建德（编）.
　　北京：中国社会科学出版社，1997：405—429.
张和龙.小说没有死：1990年以来的英国小说[J].译林，2004（4）：192—197.
——鹦鹉、梅杜萨之筏与画像师的画——朱利安·巴恩斯的后现代小说艺术[J].外
　　国文学，2009（4）：3—10.
张莉，郭英剑.直面死亡，消解虚无——解读《没有什么好怕的》[J].当代外国文学，
　　2010（3）：81—88.
——哀悼的意义——评巴恩斯的新作《生命的层级》[J].当代外国文学，2014（1）：
　　73—79.
朱利安·巴恩斯.终结的感觉[M].郭国良（译）.南京：译林出版社，2011.

附录 I 朱利安·巴恩斯生平及著作年表

1946	出生于英国莱斯特地区,父母均为法语教师,哥哥乔纳森·巴恩斯为哲学教授,曾在牛津大学工作过25年,后相继到瑞士日内瓦大学、法国巴黎大学任教,直至退休。
1957—1964	伦敦城市学校任教。
1968	以优异成绩从牛津大学莫得林学院现代语言学系毕业,随后参加《牛津英语词典》增补工作。
1977	担任《新政治家》和《新评论》的评论员。
1979—1986	担任《新政治家》和《观察者》的电视评论员。
1980	发表小说《伦敦郊区》,并笔名以丹·卡纳瓦发表侦探小说《达菲》。
1981	《伦敦郊区》获得毛姆小说奖,以笔名丹·卡纳瓦发表侦探小说《菲德尔城》。
1982	发表《她遇我前》。
1984	发表《福楼拜的鹦鹉》,获布克奖提名并进入短名单。
1985	《福楼拜的鹦鹉》获得杰弗里·费博奖,以笔名丹·卡纳瓦发表侦探小说《猛踢》。
1986	发表《凝视太阳》,《福楼拜的鹦鹉》获得法国普利·美迪斯奖,获得 E. M. Foster 文学奖。
1987	以笔名丹·卡纳瓦发表侦探小说《堕落》,同年获得古藤保文学奖。
1988	被授予法国文学及艺术骑士勋章。
1989	发表小说《10 1/2 章世界史》。
1991	发表小说《谈话》。
1992	发表小说《箭猪》,《谈话》获得法国费米娜奖。
1993	获得莎士比亚文学奖。
1995	发表随笔《伦敦来信》,被授予法国文学与艺术二等勋章。

1996	发表短篇小说集《跨国海峡》。
1998	发表小说《英格兰,英格兰》,该小说获得同年度布克奖提名且进入短名单。
2000	发表小说《爱及其他》。
2002	发表散文随笔《宣言》。
2003	发表饮食评论《厨房垂饰》。
2004	发表短篇小说集《柠檬桌》,获得奥地利欧洲文学国家奖。
2005	发表小说《亚瑟和乔治》,该小说获得同年度布克奖提名且进入短名单。
2008	发表散文随笔《没有什么好怕的》,同年10月妻子卡瓦纳去世。
2011	发表短篇小说集《律动》,发表小说《结局的意义》并且该小说获得了布克奖,《结局的意义》进入科斯塔图书奖短名单,获得大卫·科恩终生文学成就奖。
2012	发表文学批评随笔《透过窗户》,获得荷兰欧洲文学奖。
2013	发表小说《生命的层级》。
2015	发表《艺术杂论》。

附录 Ⅱ 朱利安·巴恩斯国内外研究文献

一、国外研究专著和论文集

序号	作者/编者	题名	出版社	年度
1	Moseley, Merritt	*Understanding Julian Barnes*	University of South Carolina Press	1997
2	Sesto, Bruce	*Language History and Metanarrative in the Fiction of Julian Barnes*	Peter Lang	2001
3	Pateman, Matthew	*Julian Barnes: Writers and Their Work*	Northcote House	2002
4	Guignery, Vanessa	*The Fiction of Julian Barnes: A Reader's Guide to Essential Criticism*	Palgrave Macmillan	2006
5	Childs, Peter	*Julian Barnes*	Manchester University Press	2011
6	Groes, Sebastian & Peter Childs	*Julian Barnes: Contemporary Critical Perspectives*	Continuum	2011
7	Tory, Eszter	*Stunned into Uncertainty: Essays on Julian Barnes's Fiction*	Eötvös Loránd University	2014
8	Guignery, Vanessa	*Worlds within Words: Twenty-first Century Visions on the Work of Julian Barnes*	Lucian Blaga University Press	2009

二、国外期刊论文

序号	作者	题名	刊名	年度
1	Scott, J. B.	"Parrot as Paradigms: Infinite Deferral of Meaning in *Flaubert's Parrot*"	*Ariel: A Review of International English Literature*	1990
2	Raucq-Hoorickx, Isabelle.	"Julian Barnes's *A History of the World in 10 1/2 Chapters*: A Levinasian Deconstructionist Point of View"	*Le Langage et L'homme*	1991
3	Salyer, Gregory	"One Good Story Leads to Another. Julian Barnes's *A History of the World in 10 1/2 Chapters*"	*Literature and Theology*	1991

序号	作者	题名	刊名	年度
4	Millington, Mark I & Alison S. Sinclair	"The Honorable Cuckold: Models of Masculine Defence"	Comparative Literature Studies	1992
5	Kelly, Lionel	"The Ocean, the Harbour, the City: Julian Barnes's *A History of the World in 10 1/2 Chapters*"	Etudes britanniques Contemporaines	1993
6	Bravo, Eduardo & Jose Varela	"Faulty Logic and Love Affairs: A Pragmatic Interpretation of a Passage from Julian Barnes's *Talking It Over*"	Atlantis	1996
7	Guignery, V.	"Generic Pastiche and Palimpsest in Julian Barnes"	Etudes Anglaises	1997
8	Kotte, Claudia	"Random Patterns? Orderly Disorder in Julian Barnes's *A History of the World in 10 1/2 Chapters*"	Arbeiten aus Anglistik und Amerikanistick	1997
9	Shepherd, Tania	"Toward a Description of Atypical Narratives: A Study of the Underlying Organization of *Flaubert's Parrot*"	Language and Discourse	1997
10	Bormann, Daniel Candel	"From Romanticism to Postmodernity: Two Different Conceptions of Nature in Julian Barnes's *A History of the World in 10 1/2 Chapters*"	Revista Canaria de Estudios Ingleses 36	1998
11	Guignery, V.	"Eccentricity and Interlinguism in Julian Barnes's *Metroland* and *Talking it Over*"	Etudes Britanniques Contemporaines	1998
12	Pedot, Richard	"A Journey to the Centre of a Metaphor: Julian Barnes's *Staring at the Sun*"	Etudes Britanniques Contemporaines	1998
13	Agudo, Juan & Franciso Elices	"What Is Right and What Is Wrong in Politics? Objects of Satire in Julian Barnes's *The Porcupine*"	Revista Canaria de Estudios Ingleses	1999
14	Bormann, D. Candel	"From Romanticism to Postmodernity: Two Different Conceptions of Nature in Julian Barnes's *A History of the World in 10 1/2 Chapters*"	Revista Canaria de Estudios Ingleses	1998
15	Brooks, N.	"Interred Textuality: *The Good Soldier* and *Flaubert's Parrot*"	Critique	1999

序号	作者	题名	刊名	年度
16	Borman, D. Candel	"Nature Feminised in Julian Barnes's *A History of the World in 10 1/2 Chapter*"	*Atlantis*	1999
17	Guignery, V.	"'My Wife ... Died': Death by Suggestion in Julian Barnes's *Flaubert's Parrot*"	*Etudes Britanniques Contemporaines*	1999
18	Buxton, Jackie	"Julian Barnes's Theses on History"	*Contemporary Literature*	2000
19	Henke, C. & C. Goer	"Art and catastrophe. Theodore Gericault's Painting 'Flossder Medusa' in Julian Barnes's Novel *A History of the World in 10 and a Half Chapters*"	*Wiemarer Beitrage*	2000
20	Johnston, G.	"Textualising Ellen: The Patriarchal 'I' of *Flaubert's Parrot*"	*Philological Papers*	2000
21	Krasteva, Y.	"Julian Barnes's *The Porcupine*: Recent Balkan History under Western Eyes"	*Zeitschrift fur Anglistik und Amerikanistik*	2000
22	Lazaro, Alberto	"The Techniques of Committed Fiction: In Defence of Julian Barnes's *The Porcupin*"	*Atlantis*	2000
23	Rubinson, Gregory J.	"History's Genres: Julian Barnes's *A History of the World in 10 1/2 Chapters*"	*Modern Language Studies*	2000
24	Brooks, N.	"Silence of the Parrots: Repetition and Interpretation in *Flaubert's Parrot*"	*QWERTY*	2001
25	Candel, Bormann Daniel	"Julian Barnes's History of Science in *10 1/2 Chapters*"	*English Studies*	2001
26	Guignery, V.	"From Repetition to Emancipation? Flaubertian Transtexuality in Julian Barnes's *Flaubert's Parrot*"	*Etudes Britanniques Contemporaines*	2001
27	Guignery, Vanessa	"'Re-vision' and Revision of Sacred History in the First Chapter of Julian Barnes's *A History of the World*"	*Alizes*	2001
28	Guignery, Vanessa	"The Narratee, or the Reader through the Looking Glass in Julian Barnes's *Flaubert's Parrot*"	*QWERTY*	2001

序号	作者	题名	刊名	年度
29	Hateley, E.	"Flaubert's Parrot as Modernist Quest"	*QWERTY*	2001
30	Joseph-Vilain, Mélanie	"The Writer's Voice(s) in *Flaubert's Parrot*"	*QWERTY*	2001
31	Nunning, Vera	"The Invention of Cultural Traditions: The Construction and Deconstruction of Englishness and Authenticity in Julian Barnes's *England, England*"	*Anglia-Zeitschrift für englische Philologie*	2001
32	Finney, B.	"A Worm's Eye View of History: Julian Barnes's *A History of the World in 10 1/2 Chapters*"	*Papers on Language and Literature*	2003
33	Cox, Emma	"Abstain, and Hide your Life: The Hidden Narrator of Flaubert's Parrot"	*Critique*	2004
34	Dannenberg, H.	"Obsessions with the Past: History and Memory in the Narrative Fiction of Julian Barnes"	*Anglia-Zeitschrift für Englische Philologie*	2004
35	Hamilton, Craig	"Bakhtinian Narration in Julian Barnes's *Talking It Over* and *Love, etc.*"	*Imaginaires*	2004
36	Miracky, James	"Replicating a Dinosaur: Authenticity Run Amonk in the 'Theme Parking' of Michael Crichton's Jurassic Park and Julian Barnes's *England, England*"	*Critique*	2004
37	Monterrey, Tomás	"Julian Barnes's 'Shipwreck' or Recycling Chaos into Art"	*Clio*	2004
38	Semino, Elena	"Representing Characters's Speech and Thought in Narrative Fiction: A Study of *England, England* by Julian Barnes"	*Style*	2004
39	Petrar, Petronia	"The Island Between Heterotopia and Dystopia: Julian Barnes's *England, England*"	*Studia Universitatis Babes-Bolyai-Philologia*	2005
40	Goode, M.	"Knowing Seizures: Julian Barnes, Jean-Paul Sartre, and the Erotics of the Postmodern Condition"	*Textual Practice*	2005

序号	作者	题名	刊名	年度
41	Meyer, M.	"Obsessions with the Past: History and Commemoration in the Narrative Work of Julian Barnes"	Zeitschrift fur Anglistik und Amerikanistik	2005
42	Berce, Sanda	"Julian Barnes's Something to Declare: The Question of Authenticity"	Studia Universitatis Babes-Bolyai-Philologia	2006
43	Craps, S.	"Who Lets a Big Question Upset His Small, Safe World? British Postmodern Realism and the Question of Ethics"	Zeitschrift fur Anglistik und Amerikanistik	2006
44	Risinger, D. Micheale	"Boxes in Boxes: Julian Barnes, Conan Doyle, Sherlock Homes and the Edalji Case"	International Commentary on Evidence	2006
45	Wilson, K.	"'Why aren't the Books Enough?' Authorial Pursuit in Julian Barnes's *Flaubert's Parrot* and *A History of the World in 10 1/2 Chapters*"	Critique	2006
46	Bentley, N.	"Re-writing Englishness: Imagining the Nation in Julian Barnes's *England, England* and Zadie Smith's *White Teeth*"	Textual Practice	2007
47	Carter, Linda	"Sailing into the Void: 'Notness' in Julian Barnes's *A History of the World*"	Représentations	2007
48	Ivanovic, Nina	"The Problem of Genre in Julian Barnes's *Flaubert's Parrot*"	British and American Studies	2007
49	Lea, Daniel	"'Parenthesis' and the Unreliable Author in Julian Barnes's *A History of the World in 10 1/2 Chapters*"	Zeitschrift fur Anglistik un Amerikanistik	2007
50	Petrar, Petronia	"Spatial Histories and Historical Spaces in Julian Barnes's *A History of the World in 10 1/2 Chapters*"	Studia Universitatis Babes-Bolyai-Philologia	2007
51	Berberich, Christine	"England? Whose England? (Re)constructing English Identities in Julian Barnes and W. G. Sebald"	National Identities	2008

序号	作者	题名	刊名	年度
52	Alhadeff, Albert	"Julian Barnes and the Raft of Medusa"	*French Review*	2008
53	Hwang, Pao-I	"The Postmodern Writer and His Alter Ego: Julian Barnes Versus Dan Kavanagh"	*The Wenshan Review of Literature and Culture*	2008
54	Pellow, C. Kenneth	"Braithwaite's Rules and Barnes's Reversals"	*Notes and Queries*	2008
55	Petrar, Petronia	"The Conflict of Representations: Paradigms of Inclusion in Julian Barnes's *A History of the World in 10 1/2 Chapters*"	*Studia Universitatis Babes-Bolyai-Philologia*, Issue 1	2008
56	Zwierlein, A. J.	"The Gift of Seeing—'The Eyes of Faith': Visual Evidence and Supernatural in Julian Barnes's *Arthur and George* and other Neo-Victorian Detective Novels"	*Zeitschrift fur Anglistik und Amerikanistik*	2008
57	Berlatsky, Eric	"'Madame Bovary, C'est Moi!': Julian Barnes's *Flaubert's Parrot* and Sexual 'Perversion'"	*Twentieth-century Literature*	2009
58	Kim, Soo	"The Detective and the Witness: An Ethical Friendship in Julian Barnes's *Arthur and George*"	*Reconstruction: Studies in Contemporary Culture*	2009
59	Miller, Richard E.	"*Nothing to Be Frightened Of*/Final Exam: A Surgeon's Reflections on Mortality/Swimming in a Sea of Death: A Son's Memoir"	*Literature & Medicine*	2009
60	Sibisan, Aura	"Julian Barnes Against the Background of Contemporary Fiction"	*Bulletin of the Transilvania University of Brasov*	2009
61	Stamirowska, Krystyna.	"Language of Ideology and Construction of Identity in Julian Barnes's *The Porcupine*"	*Anglica*	2009

序号	作者	题名	刊名	年度
62	Oancea, Daniela	"Questioning the Limits of the Novel in Julian Barnes's *A History of the World in 10 1/2 Chapters*"	*University of Bucharest Review*,	2010
63	Roscan, Alina	"Reconstructing the Past by Means of Subjectivity and Fictionality in *Love, etc* by Julian Barnes"	*University of Bucharest Review*	2010
64	Su, Soon Peng	"Moral Positioning of the Reader through Narrative Unreliability"	. *The International Journal of the Humanities*	2010
65	Gholami, Soudabe	"Resistance to the Discourse of Death in *Nothing to Be Frightened Of* by Julian Barnes in the Light of Michel Foucault"	*Studies in Literature and Language*	2011
66	Patrascu, Ecaterina	"*Flaubert's Parrot* and the Masks of Identity: Between Postmodernism and the 'New Humanism'"	*Acta Iassyensia Comparationis*	2011
67	Cullum, Charles	"Rebels, Conspirators, and Parrots, Oh My!: Lacanian Paranoia and Obsession in Three Postmodern Novels"	*Critique*	2011
68	Katkar, Gajanan	"*Flaubert's Parrot*: A Psychological Journey"	*Indian Streams Research Journal*	2012
69	Cavalié, Elsa	"'The long-gone, Long-Remembered, Long-Invented': (ab) us de la mémoire et redéfinition de l'identité anglaise dans *Arthur And George*"	*Cercles*	2012
70	Katkar, Gajanan	"*Arthur And George*: A Combination of History and Imagination"	*Golden Research Thoughts*	2012
71	Kelly, Kathleen A.	"Humors, Neuroses, and Falling in Love in Julian Barnes's *Talking It Over* and *Love, etc.*"	*The International Journal of Humanities*	2012

序号	作者	题名	刊名	年度
72	Katkar, Gajanan	"Techniques in the Novels of Julian Barnes: With *Reference to Metroland*, *Flaubert's Parrot*, *Staring at the Sun*, *A History of the World in 10 1/2 Chapters*"	*Indian Streams Research Journal*	2012
73	McAuliffe, Pádraig	"The Ambiguities of Transitional Narrative in *The Porcupine* by Julian Barnes"	*Law and Literature*	2012
74	Katkar, Gajana	"Multidimentional Themes in the Novels of Julian Barnes: With References of *Metroland*, *Flaubert's Parrot*, *Before She Met Me*, *Staring at the Sun*, *A History of the World in 10 1/2 Chapters*"	*Golden Research Thoughts*	2013
75	Katkar, Gajana	"Settings in the Novels of Julian Barnes: With References to *Talking It Over*, *The Porcupine*, *England, England*, *Love, etc*, *Arthur & George*"	*Golden Research Thoughts*	2013
76	Suneetha, P.	"A Sense of Mnemonic Odyssey: A Perspective on Julian Barnes's *The Sense of an Ending*"	*Journal of English Studies*	2013
77	Takapoule, Tina	"A True Survey on '*Arthur & George* by Julian Barnes from Historiogrpahic Metafictional Theories by Linda Hutcheon'"	*European Journal of Business and Social Sciences*	2013
78	Bianca, Leggett	"Coast Guard: Eastern European Stereotyping in Julian Barnes's 'East Wind'"	*Dandelion*	2013
79	Greaney, Michael	"The Oddness of Julian Barnes and *The Sense of an Ending*"	*English*	2014
80	Piqueras, Maricel Oró	"Memory Revisited in Julian Barnes's *The Sense of an Ending*"	*Coolabah*	2014

三、国外博硕士学位论文

序号	作者	题名	学位类型	年度
1	Halim, Nadia M.	"An Ark on Which Two Might Escape: Modernist and Postmodernist Discourse in Julian Barnes *A History of the World in 10 1/2 Chapters*"	硕士	1994
2	Sesto, Bruce	*The Fictional World of Julian Barnes*	博士	1995
3	Martin, James E.	"Inventing Towards Truth: Theories of History and the Novels of Julian Barnes"	硕士	2001
4	Przybyla, Daria	"(Post) Structural Notions of Language and History in the Novels of Julian Barnes"	硕士	2005
5	Hoogenboom, A. M.	"Comparing Julian Barnes's *A History of the World in 10 1/2 Chapters* to Elisabeth Wesseling's Descriptions of the Postmodernist Historical Novel"	硕士	2005
6	Drga, Wojciech	"The Search Is All?: The Pursuit of Meaning in Julian Barnes's *Flaubert's Parrot*, *Staring at the Sun* and *A History of the World in 10 1/2 Chapters*"	硕士	2007
7	Tezi, Doktora	"Julian Barnes' Use of Narrators in *Flaubert's Parrot*, *Talking It Over* and *Love, etc.*"	博士	2007
8	Dalton, Abigail G.	"Julian Barnes and the Postmodern Problem of Truth"	硕士	2008
9	Salman, Volha	"Fabulation of Metanarratives in Julian Barnes's Novels *Metroland*, *Flaubert's Parrot*, *A History of the World in 10 1/2 Chapters* and *England, England*"	博士	2009
10	Tumbrägel, Tessa	"Struggling with the Postmodern Crisis of History in Julian Barnes's in *Flaubert's Parrot*"	硕士	2011
11	Míša, Patrik	"Biography in Julian Barnes's Fiction"	硕士	2013
12	Tesis, di Laurea	"A New Self, History, and Truth: The Postmodern Quest in Julian Barnes's *Flaubert's Parrot*, *A History of the World in 10 1/2 Chapters*, and *Arthur & George*"	博士	2013
13	Kulvete, Samuel C.	"Law, History, and Literature as Narrative in *The Sense of an Ending*"	硕士	2014

四、其他专著或论文集中的章节

序号	作者/编者	题名	来源	出版社	年度
1	Higdon, D. L.	"'Unconfessed Confessions': The Narrators of Graham Swift and Julian Barnes"	*The British and Irish Novel since 1960*	Macmillan	*1991*
2	Rushdie, Salman	"Julian Barnes"	*Imaginary Homelands: Essays and Criticism 1981-1991*	Granta Books	1991
3	White, Patti	"Stuffed Parrot"	*Gatsby's Party: The System and the List in Contemporary Narrative*	Purdue University Press	1992
4	Kotte, Christina	"The Moral Negotiation of Truth in Julian Barnes's *A History of the World in 10 1/2 Chapters*"	*Ethical Dimensions in British Historiogrpahic Metafiction: Julian Barnes, Graham Swift, Penelope Lively*	WVT Wissenchaftlicher Verladg Trier	2001
5	Bedggood, Daniel	"(Re)Constituted Pasts: Postmodern Historicism in the Novels of Graham Swift and Julian Barnes"	*The Contemporary British Novel*	Edinburgh University Press	2005
6	Childs, Peter	"Julian Barnes: 'A Mixture of Genres'"	*Contemporary Novelists: British Fiction since 1970*	Palgrave	2005
7	Henstra Sarah	"The McReal Thing: Personal/National Identity in Julian Barnes's *England, England*"	*British Fiction of the 1990*	Routledge	2005
8	Moseley, Merritt	"Julian Barnes's Flaubert's Parrot"	*A Companion to the British and Irish Novel: 1945-2000*	Blackwell Publishing	2005
9	Finney, Brian	"Julian Barnes's *A History of the World in 10 1/2 Chapters* (1989)"	*English Fiction Since 1984: Narrating a Nation*	Palgrave	2006
10	Head, Dominic	"Julian Barnes and a Case of English Identity"	*British Fiction Today*	Continnum	2006

序号	作者/编者	题名	来源	出版社	年度
11	Bentley, Nick	"Julian Barnes, *England, England*"	Contemporary British Fiction: Edinburgh Critical Guides	Edinburgh University Press	2008
12	Onega, Susana	"The Nightmare of History, the Value of Art and the Ethics of Love in Julian Barnes's *A History of the World in 10 1/2 Chapters*"	Ethics in Culture: The Dissemination of Values through Literature and Other Media	Walter de Gruyter	2008
13	Knežević, Marija	"The Strange Meeting of Arthur and George in Julian Barnes's *Arthur & George*"	Recounting Cultural Encounters	Cambridge Scholars Publishing	2009
14	Nicol, Bran	"The Postmodern Historical Novel: Fowels, Barnes, Swift"	The Cambridge Introduction to Postmodern Fiction	Cambridge University Press	2009
15	Ascari, Maurizio	"Julian Barnes: *Flaubert's Parrot*"	Literature of the Global Age: A Critical Study of Transcultural Narratives	McFarland & Company, Inc	2011

五、国内期刊论文

序号	作者	题名	刊名	年度
1	阮炜	巴恩斯和他的《福楼拜的鹦鹉》	外国文学评论	1997
2	杨金才 王育平	诘问历史,探寻真实——从《10 1/2 章人的历史》看后现代主义小说中真实性的隐遁	深圳大学学报（人文社会科学版）	2006
3	罗媛	追寻真实——解读朱利安·巴恩斯的《福楼拜的鹦鹉》	当代外国文学	2006
4	罗小云	震荡的余波——巴恩斯小说《十卷半世界史》中的权力话语	外语研究	2007
5	李冬梅	艺术家与失败的"缪斯女神"——从《福楼拜的鹦鹉》说起	世界文化	2007
6	张和龙	鹦鹉、梅杜萨之筏与画像师的画——朱利安·巴恩斯的后现代小说艺术	外国文学	2009
7	王一平	试析《福楼拜的鹦鹉》中的动物意象	科教文汇	2009

序号	作者	题名	刊名	年度
8	徐颖颖	从《福楼拜的鹦鹉》看人物传记的真实戏仿	广东海洋大学学报	2009
9	罗媛	历史反思与身份追寻——论《英格兰,英格兰》的主题意蕴	当代外国文学	2010
10	张莉	无所畏惧?"无"所畏惧!——评巴恩斯新作《没有什么好怕的》	外国文学动态	2010
11	汤素娜	历史与"回荡的声音"——朱利安·巴恩斯《十卷半世界史》互文性解读	南昌高专学报	2010
12	张莉	直面死亡,消解虚无——解读《没有什么好怕的》中的死亡观	当代外国文学	2010
13	瞿亚妮	虚构与真实——从历史元小说角度解读《福楼拜的鹦鹉》	怀化学院学报	2010
14	郑小冬	真实与嬉戏:评朱利安·巴恩思的《福楼拜的鹦鹉》	长春理工大学学报（社会科学版）	2011
15	李颖	论《10 1/2 章世界历史》对现代文明的反思	当代外国文学	2012
16	王瑾	忠诚抑或背叛——评朱利安·巴恩斯小说《福楼拜的鹦鹉》中的戏仿	译林(学术版)	2012
17	毛卫强	小说范式与道德批判:评朱利安·巴恩斯的《结局的意义》	外国文学研究	2012
18	张莉	"当我们谈论爱情时,我们在谈论什么"——评巴恩斯的短篇小说集《律动》	外国文学动态	2012
19	陈博	可读性与文学性兼具——评2011年布克奖获奖作品《终结感》	外国文学动态	2012
20	杜鹏	记忆、历史与"向死而生"——论《终结的感觉》的死亡叙事	河南科技大学学报（社会科学版）	2013
21	步朝霞	直面"平凡"超越"失败"——评朱利安·巴恩斯新作《向海明威致敬》	外国文学动态	2013
22	庞翠云	论《10·1/2章世界史》的情节整一性	名作欣赏	2013
23	周宇	《101/2章世界史》——真与假的交织	剑南文学	2013
24	周宇	《10(1/2)章世界史》和历史开个玩笑——对文中两个主题的探究	临沧师范高等专科学校学报	2013
25	聂宝玉	不可靠叙述和多主线叙事——朱利安·巴恩斯小说《终结感》叙事策略探析	北二外学报	2013

序号	作者	题 名	刊名	年度
26	张 莉	哀悼的意义——评巴恩斯新作《生命的层级》	当代外国文学	2014
27	刘成科	虚妄与觉醒——巴恩斯小说《终结的感觉》中的自我解构	学术界	2014
28	蒋昕怡	终结历史 重审自我——论《终结的感觉》	当代教育理论与实践	2014
29	黄 怡	朱利安·巴恩斯小说对于记忆与历史的文学再现	绥化学院学报	2014
30	郝 琳	新历史主义小说与"小说已死"之辨——以朱利安·巴恩斯《十又二分之一章世界史》为例	安阳师范学院学报	2014
31	刘 红	《终结的感觉》中的记忆运作	科教文汇	2014
32	王一平	《英格兰,英格兰》的另类主题——论怀特岛"英格兰"的民族国家建构	外国文学评论	2014
33	谢春丽	从历史编年体元小说视角解读《福楼拜的鹦鹉》	语文建设	2014
34	刘海艳	《柠檬桌子》中重复的艺术——以《美发简史》为例	青年文学家	2014
35	余依婷	论《美发简史》中巴恩斯对自然与文明冲突的反思	当代教育理论与实践	2014
36	李 津	从接受美学视角解读《终结的感觉》	大众文艺	2014
37	王一平	朱利安·巴恩斯小说与新历史主义——兼论曼布克奖获奖小说《终结的感觉》	外语与外语教学	2015

六、 国内博士、硕士学位论文

序号	作者	题 名	学位类型	年度
1	罗 媛	In Pursuit of the Real——A Study of *Flaubert's Parrot*	硕士	2003
2	蓝可染	《福楼拜的鹦鹉》中的虚构世界	硕士	2009
3	赵 璧	在真实与虚构、隐秘与公开之间——从《福楼拜的鹦鹉》与《作者,作者》看传记写作	硕士	2009
4	倪蕴佳	巴恩斯小说历史观研究——《福楼拜的鹦鹉》、《十又二分之一章人的历史》、《亚瑟与乔治》	硕士	2010
5	刘 蔚	警钟为英格兰人而鸣——巴恩斯《英格兰,英格兰》的文化解读	硕士	2011

序号	作者	题名	学位类型	年度
6	瞿亚妮	诘问历史 颠覆叙述：从历史元小说角度解读《十又二分之一卷人的历史》	硕士	2011
7	谢丽琴	父亲的不可回归——《英格兰；英格兰》之心理分析与女性研究	硕士	2012
8	蔡静	朱利安·巴恩斯小说《福楼拜的鹦鹉》的读者反应理论解读	硕士	2012
9	何朝辉	"对已知的颠覆"：朱利安·巴恩斯小说中的后现代历史书写	博士	2013
10	赵启超	无法触及的真实：析巴恩斯的三部作品《福楼拜的鹦鹉》《十又二分之一人的历史》和《终结的意义》	硕士	2013
11	杨帆	《福楼拜的鹦鹉》———一部体现寻觅主题的玄学侦探小说	硕士	2013
12	李梅秀	《福楼拜的鹦鹉》的后现代主义叙事策略	硕士	2013
13	周贝妮	不确定性、反传统、荒诞——论《终结感》的后现代特征	硕士	2013
14	宋来根	迷失的主体：《10 1/2 章世界史》的一种解读	硕士	2013
15	Chang Haige	不可靠叙述：朱利安·巴恩斯《终结的感觉》中英国性的解读	硕士	2013
16	孙菁菁	《终结的感觉》的叙事与回忆	硕士	2014
17	胡伟达	走出自我认识的迷雾：解读《终结的意义》	硕士	2014
18	兰岚	论《终结的感觉》中格林布拉特新历史主义与克莫德虚构理论的会聚	硕士	2014

后　记

　　满怀感激之情回顾近一年来本书的撰写经历，除了其中的艰辛外，让人更无法忘怀的是良师的教诲、益友的帮助和家人的关爱。

　　首先，非常感谢我博士阶段的导师乔国强教授。直到本书完稿，我从未真正地理解过文如其人的含义。回想本书撰写过程中的点点滴滴，我深深地体会到自己在做学问和做人方面的不足。如果不是乔老师的帮助修改，此书稿恐怕是我不足之处的最好见证了。从选题、初稿到修改稿再到定稿，本书撰写过程中的每个环节无不凝聚了乔老师的心血。没有乔老师的严谨教诲和殷殷鼓励，我恐怕无法顺利完成该书稿了。在此，谨向我的导师乔国强教授致以最诚挚的感谢。

　　感谢江苏大学外国语学院各位领导和老师的支持和帮助，替我分担教学工作，让我能够全身心地投入本书的撰写工作。感谢同事马凤华老师，在百忙中阅读我部分书稿，并对书稿的修改提出了宝贵的意见。

　　感谢父母的鼓励和支持。感谢我的妻子，在我求学期间一直独自带着孩子，让我没有任何后顾之忧。感谢年幼儿子的理解，我出国访学一年多，刚回家就到上外做博士论文，几年来都一直没有好好地陪他玩过，他从未因此抱怨过，这让我感到无限的愧疚和不安。